La decisión de Grace Kelly

SOPHIE BENEDICT

La decisión de Grace Kelly

Una novela para vivir la mayor historia
de amor de todos los tiempos

Traducción de Albert Vitó i Godina

ESPASA

Título original: *Grace und die Anmut der Liebe*

© Aufbau Verlag GmbH & Co. KG, Berlín, 2020
Publicado por acuerdo con Aufbau Taschenbuch; Aufbau Taschenbuh es un sello de Aufbau Verlag GmbH & Co. KG
© por la traducción, Albert Vitó i Godina, 2021
© Editorial Planeta, S. A., 2021
Avda. Diagonal, 662-664, 08034 Barcelona (España)

Por esta edición:
Espasa Libros, S. L. U., 2021
Avda. Diagonal, 662-664, 08034 Barcelona (España)
www.espasa.com
www.planetadelibros.com

Ilustración del interior: © Pikisuperstar / Freepik

Primera edición: mayo de 2021
ISBN: 978-84-670-6259-5
Depósito legal: B. 5.195-2021
Composición: Realización Planeta
Impresión y encuadernación: Liberdúplex, S. L.
Printed in Spain - Impreso en España

El papel utilizado para la impresión de este libro está calificado como **papel ecológico** y procede de bosques gestionados de manera **sostenible**.

No se permite la reproducción total o parcial de este libro, ni su incorporación a un sistema informático, ni su transmisión en cualquier forma o por cualquier medio, sea éste electrónico, mecánico, por fotocopia, por grabación u otros métodos, sin el permiso previo y por escrito del editor. La infracción de los derechos mencionados puede ser constitutiva de delito contra la propiedad intelectual (Art. 270 y siguientes del Código Penal).
Diríjase a CEDRO (Centro Español de Derechos Reprográficos) si necesita fotocopiar o escanear algún fragmento de esta obra. Puede contactar con CEDRO a través de la web www.conlicencia.com o por teléfono en el 91 702 19 70 / 93 272 04 47.

Prólogo
Filadelfia, 1941

Grace observó con atención cómo los libros apilados sobre la cabeza de su amiga Selina apenas se tambaleaban. ¿Conseguiría ella también mantenerlos quietos? Orgullosa, Selina continuó andando de un lado a otro, con unos zapatos que le quedaban grandes porque seguramente se los había tomado prestados a su madre.

—Muy bien —la alabó Grace—. Y ahora cuéntame que quieres divorciarte. Que ya estás harta de mí y de mis arrebatos de ira, y que además... —indicó en voz cada vez más baja y más titubeante—, tengo un idilio con tu mejor amiga.

—¡Harry! —exclamó Selina con aire teatral, levantando los brazos hacia el techo—. Oh, Harry, oh...

—¡El texto! —la interrumpió su amiga—. ¿Qué dice tu texto?

—Ah... Harry... —dijo Selina, bajando los brazos—. ¿Cómo era?

Grace no tuvo que consultar sus notas.

—«Se acabó. ¡Te dejo, Harry! No tiene sentido seguir fingiendo... ¡Me marcho!»

Selina se volvió tan de repente hacia su amiga que los nueve libros que llevaba apilados encima de la cabeza cayeron sobre las tablas del suelo con gran estrépito.

—Selina, tienes que moverte de forma controlada, bien erguida —la reprendió Grace—. Los libros deben mantenerse sobre tu cabeza. Para eso los llevas.

—Es que no comprendo por qué tengo que marcharme —explicó Selina mientras se sentaba sobre el viejo arcón del ajuar de la madre de Grace—. Al fin y al cabo, es él quien me ha traicionado a mí. ¿Por qué he de ser yo la que se marche de casa?

—Ahora mismo eso no importa —replicó Grace—. No se trata de si tiene sentido o no, sino de actuar de forma que resulte creíble. De que la rabia que sientas sea verosímil, de que te muestres herida por todas las cosas que te ha hecho. Si lo prefieres, puedes decirle que se marche él. Y ahora vuelve a colocarte los libros encima de la cabeza y pruébalo una vez más.

—Ay, es que... ¿Sabes, Grace? —dijo Selina, negando con la cabeza—. Creo que ya está bien así. Nunca conseguiré ser una actriz de verdad. Me cuesta mucho recordar los textos, y por una cosa o por otra siempre tengo la sensación de estar haciendo el ridículo.

Grace arqueó las cejas.

—¿El ridículo? Selina, ¿qué hay más bonito que interpretar un personaje y jugar a ser otra persona aunque solo sea durante un par de horas?

—Eso es justo lo que te estoy diciendo: que yo prefiero leer. O pintar —aclaró Selina—. Hace poco, papá me regaló una caja de acuarelas nueva con unos tonos verdes preciosos, y he estado pensando que tal vez...

Grace se levantó de un brinco hasta quedar de pie y

erguida como una vela. Luego, con pasos cortos pero poderosos, cruzó la habitación.

—¡Harry! —gritó con impaciencia—. ¿Dónde estás, Harry?

De repente, se dio la vuelta como si clavara la mirada en los ojos de su esposo infiel.

—Ha llegado la hora de que hablemos. Se ha terminado, Harry... No, esta vez es de veras. No te acerques a mí, por Dios. ¡No te acerques o te juro que gritaré! No lo aguanto más. Te dejo, me marcho. Que seas muy feliz con Maureen... Sí, lo sé. Hace tiempo que me engañas con ella, pero esta vez se ha terminado. Harry... No, no... ¿Por qué te arrodillas? Levántate, ¡levántate ahora mismo!

Apenas un instante después, Grace se arrodilló.

—Te perdono, Harry... Yo... yo también te amo. Por más que me resista a ello, no puedo evitarlo.

Selina la observó boquiabierta, impresionada por la increíble transformación que había experimentado su amiga. Acababa de ver cómo las lágrimas le recorrían las mejillas, cómo el rostro se le endurecía primero debido a la ira y luego volvía a suavizarse. Contempló con fascinación los cambios que se sucedían en el semblante infantil de Grace, que de repente parecía haberse convertido en el de una mujer adulta.

—¿Cómo lo haces? —le preguntó.

Grace se puso de pie, se recogió los mechones rubios tras las orejas y se secó las lágrimas de la cara.

—No lo sé, simplemente me sale. Es como si en esos momentos no fuera yo misma, sino otra persona.

Las chicas habían empezado a escribir juntas algún que otro diálogo, pequeñas escenas poéticas e historias, pero a la hora de interpretarlas a Grace se le daba mucho mejor. Le encantaba meterse en el papel, dar vida a los personajes y expresar lo que sentían.

Selina vivía en el mismo vecindario que Grace, de manera que las dos niñas se habían conocido jugando una tarde de verano, a los once años, y desde entonces eran amigas. El padre de Selina, Paul Clayton, un acaudalado industrial, casi nunca estaba en casa. La madre vivía con sus dos hijas y el servicio en una mansión espléndida, pero casi siempre estaba encerrada en su habitación o en el salón contiguo, por lo que Selina y Grace solían pasar el tiempo en la buhardilla, inventándose historias.

—Eres fantástica —dijo Selina con un suspiro de admiración—. Pero ahora tengo que volver a casa. Hoy vendrá mi padre y no puedo llegar tarde. Mamá no se encuentra bien.

—¿Qué le pasa? —preguntó Grace mientras se quitaba las gafas para limpiárselas con un faldón de la blusa.

—La señora Treville dice que sufre «episodios» —contestó Selina con seriedad.

—¿Qué clase de «episodios»?

—El tipo de episodios que se tienen cuando te haces mayor.

Un mes antes la madre de Selina había cumplido los treinta y dos, aunque a juzgar por las habladurías de los vecinos parecía que tuviera ya cincuenta. La señora Treville se refería justo a eso. Era la víbora del vecindario, una chismosa de lengua viperina de Filadelfia, una viuda de unos sesenta años que vivía como una reina en una enorme mansión, con salones espléndidos y una gran veranda. «La casa de la señora

Treville parece la de Tara de *Lo que el viento se llevó*», decía siempre Selina, que había visto la película en el cine dos años antes y no se había movido del asiento de principio a fin, fascinada durante las cuatro horas que duraba.

—Vivien Leigh es tan guapa..., ojalá pudiera ser como ella —dijo en ese momento—. Sea como sea, la señora Treville dice que esos episodios son normales, pero a veces mamá se comporta de un modo extraño. Le cerró la puerta en las narices a la señora Treville porque pasó a visitarla sin que la hubiera invitado, y me preguntó por qué mamá nunca salía de casa. Y eso que ya lo sabe..., es por los episodios.

Grace pensó en su propia madre. Ella nunca sufría esa clase de episodios, Margaret se mostraba siempre igual de inaccesible. La madre de Grace era disciplinada y seria, casi nunca se reía.

Comenzaron a recoger sus cosas y Selina metió los zapatos de tacón rojos en una bolsa que había llevado allí.

—¿Nos vemos mañana? —preguntó.

Grace negó con la cabeza.

—Mañana tengo que estudiar, después ir a clase de tenis y, más tarde, ballet.

Se puso las gafas de nuevo. Grace odiaba ser corta de vista casi tanto como odiaba esas gafas. Si dependiera de ella, habría preferido ir todo el día con los ojos entrecerrados y viendo el mundo borroso con tal de no llevar esa montura horrenda. Sin embargo, su madre la obligaba a usarlas y no le había dado la más mínima oportunidad de discutir el tema. Cuando Margaret Kelly enderezaba la espalda, arqueaba las cejas y respiraba hondo, sabías que era mejor no empezar ninguna discusión.

—¿Y pasado mañana? —preguntó Selina, pero una vez más Grace tuvo que negar con la cabeza.

—Iré con mi hermana por primera vez a las pruebas de la Old Academy Players, la compañía de teatro de East Falls —explicó emocionada—. Nuestros padres nos han dado permiso y me hace mucha ilusión. Y a Peggy también.

A Grace le brillaron mucho los ojos tras los cristales de las gafas. De ser por ella, se pasaría el día entero sumergiéndose en un papel u otro. Había un montón de facetas y de sentimientos que se podían expresar, y ella se había propuesto explorar todas esas posibilidades.

Al menos hasta que consiguiera que su padre se sintiera orgulloso de ella.

Porque eso era lo que más deseaba en el mundo. John Kelly era un hombre directo, enérgico. Había conseguido muchos éxitos como remero, incluso había ganado medallas olímpicas, y las bellas artes no solían impresionarlo tanto como las gestas deportivas. Mientras que sus otros tres hijos iban cumpliendo sus expectativas, a ella la consideraba demasiado débil, reservada y enfermiza para conseguirlo. «¿Se puede saber por qué llora ahora Grace?» Esa frase se la había oído a su padre ya en demasiadas ocasiones.

A veces, cuando se quedaba sola, jugaba a imaginar que su padre la abrazaba con cariño y le decía lo feliz que era de tener a una hija como ella. A Grace le encantaba esa fantasía que únicamente albergaba cuando estaba a solas. En un par de ocasiones se había perdido tanto en esas ensoñaciones que se había olvidado de presentarse a la mesa puntual, y entonces su padre le demostraba cualquier cosa menos cariño. No obstante, en esos instantes eso no la inquietaba lo más mínimo. La idea de poder regresar más tarde a su mundo de ensueño le servía de consuelo y la llenaba de esperanza.

Uno
Filadelfia, 1947

—¿Qué es lo peor que puede pasarme, papá? —preguntó Grace, intentando controlarse, sabiendo que su padre no encajaba nada bien los arrebatos emocionales. Pocas veces le había costado tanto mantener la compostura como en esos instantes, pero realmente se lo estaba jugando todo.

Su padre estaba acostumbrado a que las cosas transcurrieran a su antojo, había trabajado muy duro para que así fuera. John Kelly era el segundo hijo más joven de nueve hermanos y sabía muy bien lo que costaba abrirse paso en la vida. Había empezado como albañil y había conseguido prosperar hasta convertirse en un empresario de éxito: Kelly for Brickwork ya tenía un volumen de ventas millonario en la década de 1920. De sus hijas esperaba respeto y una disciplina impecable, pero por encima de todo confiaba en que le obedecieran. No solía recibir un no como respuesta ni ninguna réplica a sus veredictos.

Estaban sentados a la mesa, era la hora de cenar. Para la familia Kelly, comer juntos era tan importante como la actividad física. John y su esposa Margaret habían animado a sus hijos a practicar deporte desde pequeños, y aunque Grace también jugaba al tenis, nadaba y jugaba al hockey, su rendimiento deportivo era más bien modesto y siempre había preferido practicar el ballet.

—¿Lo peor que te puede pasar si te marchas sola a una ciudad como Nueva York? —respondió John Kelly, y soltó una carcajada—. No es posible que me lo estés pidiendo de verdad, Gracie. ¿Cuántos años tienes? ¡Acabas de cumplir los diecisiete! No hemos invertido tanto en tu formación académica para que ahora nos salgas con que quieres ser actriz. Lo que tienes que hacer es encontrar a un hombre adecuado y casarte, Gracie, y no perder el tiempo con tonterías.

—Pero..., papá, siempre que interpretaba un papel en la escuela todos se quedaban fascinados. Y tú también —dijo Grace, tan indignada que no había conseguido tragar ni un solo bocado durante la cena—. ¿Y si resulta que esto es lo único que sé hacer?

Su padre dejó la cuchara junto al plato.

—Gracie, una función escolar no significa nada en absoluto.

—¿Y qué me dices de la obra del tío George? ¿Ya no te acuerdas de lo mucho que os impresionó mi actuación?

Su tío George, el hermano de John, había escrito una obra de teatro, *The Torch-Bearers* («los que llevan las antorchas»), y Grace sabía que lo había hecho muy bien. Estaba orgullosa sobre todo por las palabras que le habían dedicado los críticos en un periódico local: «Realmente daba la impresión de que Grace Kelly sobre el escenario era la portadora de la antorcha de la familia».

—Gracie, no estás bien sentada; ¿cuántas veces tengo

que repetírtelo? —se limitó a señalar su madre con la frialdad, el dominio y el distanciamiento habituales. Ella ni siquiera recordaba la última vez que había recibido una muestra de afecto suya. Si es que había recibido alguna.

Los seis estaban sentados alrededor de la gran mesa. John, su esposa Margaret, Grace, sus hermanas Peggy y Lizanne y finalmente John, su hermano, que estudiaba en la Universidad de Pensilvania.

—Lo siento, mamá —respondió de forma automática.

—Haz el favor de comer, Gracie. Todavía no has probado bocado. Lizanne, ya sabes que es la cuchara la que se acerca a la boca y no al revés.

—Lo siento, mamá —se disculpó Lizanne, también de forma automática. Tenía cuatro años menos que ella, y tampoco se atrevía nunca a replicar nada.

Su hermana mayor, Peggy, que estaba de visita, también se estremeció. Cuando pasaba por casa seguía sometiéndose a su madre, a pesar de haber tenido ya un hijo. Se quedó sentada tiesa como una tabla, aguardando la próxima crítica mordaz. No tuvo que esperar mucho.

—Peggy, la cuchara debe ir hacia el borde del plato. Es que...

—En cualquier caso, ni siquiera pienso considerarlo —dijo John Kelly en voz baja, sin alterarse lo más mínimo, lo que sin duda constituía una mala señal.

Grace suspiró. Las cosas nunca habían sido fáciles con sus padres. Incluso entonces, con casi dieciocho años, cuando los tenía delante se sentía aún como una chiquilla que no sabía nada sobre el mundo y a la que había que reprender constantemente. Y ella siempre había obedecido, a pesar de que a veces, cuando consideraba que la trataban de forma injusta, habría preferido gritar.

Grace probó la sopa sin apreciar su sabor. Quería ir a Nueva York fuera como fuese. Su mayor deseo era convertirse en actriz; al menos tenía que intentarlo. Pocas veces había estado tan convencida de algo como entonces. Y no estaba dispuesta a renunciar a ese sueño.

—Todos dicen que tengo talento. —Lo intentó de nuevo—. Y que podéis estar orgullosos. De mí.

—Si se tratara de otra cosa, quizá estaría orgulloso —repuso su padre, y Grace supo de inmediato que se refería a los éxitos deportivos que sus hermanos obtenían con regularidad—. Y a partir de ahora no quiero volver a oír hablar del tema —concluyó.

—Pero... —empezó a decir Grace.

—Ya has oído a tu padre, Gracie —la interrumpió su madre—. Se acabó. Come y calla.

Grace se preguntó cuánto tiempo más tendría que esperar para que su vida pudiera empezar de verdad. Fue entonces cuando se le ocurrió la idea: ¿podría solicitar la plaza sin el consentimiento de sus padres, sin su permiso? Un sentimiento hasta entonces desconocido comenzó a apoderarse de ella. No tenía nada que ver con la obediencia, ni con la disciplina o el resto de las cosas que le habían enseñado en casa. No, no se parecía en nada a eso, era algo distinto. No sabía que se trataba de ese sentimiento que comparten todos los jóvenes que se encuentran en el umbral de la vida adulta y por primera vez divisan, al alcance de la mano, lo que hasta el momento solo habían conseguido imaginar de un modo vago: una vida propia, sin tutelas ni reglas, sin tener que pedir permiso a nadie; una vida libre. Un centelleo atravesó el cuerpo de Grace, aunque lo acompañaba, por supuesto, la incertidumbre. ¿Cómo sería la vida más allá de todos esos obstáculos?

Su madre le lanzó una mirada que solo podía anticipar que algo no le parecía bien.

—No harás nada sin nuestra aprobación, Gracie. ¿Me has comprendido?

—Claro, mamá —contestó Grace de forma automática mientras asentía. Aun así, siguió pensando en cómo serían las cosas si se marchara.

—Ten cuidado, no te manches, Gracie.

—Lo siento, mamá.

Margaret se sirvió agua. Como siempre, su aspecto era inmaculado. Una falda estrecha de color beige y una blusa blanca, una chaqueta de punto holgada gris oscuro y el pelo recogido en un moño; apenas se maquillaba, y esperaba de sus hijas que siguieran su ejemplo. Elogiaba la naturalidad, mientras que los colores estridentes, tanto en la ropa como en los cosméticos, le parecían una vulgaridad.

Grace quería a su madre, pero al mismo tiempo esta le infundía mucho respeto. A sus hijos siempre les había inquietado su origen alemán. No conocían ese país que había sido gobernado por un emperador y en el que tanto se valoraban la disciplina y el orden, pero les parecía temible. Cuando los niños no tenían cerca a su madre, la llamaban «el general prusiano».

—Gracie —dijo su padre—. No te han aceptado en el Bennington College... y un Kelly no debería suspender ningún examen de admisión. Por lo menos podrías haber dejado las clases de ballet para estudiar más. Deberías aprovechar más la vida, y no pensar en quimeras como lo de Nueva York.

—No es ninguna quimera —respondió Grace con mucha calma. No estaba dispuesta a que eso la sacara de sus casillas—. Es lo que deseo hacer en la vida. Y si no me han aceptado en Bennington es porque muchos jóvenes han regresado de la guerra y han querido retomar los estudios. Por eso ha habido tanta afluencia de solicitudes y, por supuesto, las chicas somos las que nos hemos quedado fuera. Además, Bennington ha endurecido los requisitos de los aspirantes: dos años de matemáticas en lugar de uno, lo sabes perfectamente. Y yo solo he cursado un año de matemáticas, por eso me han rechazado, no porque haya suspendido ningún examen —explicó indignada.

—Gracie se pondría gorda como una vaca si fuera a Vermont, con la de vacas que hay ahí —bromeó Lizanne. Tenía trece años y estaba en esa época en la que todo la hacía reír.

Grace la fulminó con la mirada.

—Tal vez el tío George podría ayudarme a entrar en la American Academy of Dramatic Arts —dijo Grace—. Al fin y al cabo es la mejor escuela de interpretación.

—Ya me has oído —repitió John Kelly—. De una vez por todas: Nueva York, el teatro, la interpretación..., todo eso no son más que tonterías. Espero que mi hija acabe teniendo una vida más estable que eso. Gracie, deberías dedicarte a algo sensato. Será mejor que te centres en lo esencial: piensa en cómo debería ser tu carrera profesional para que se adecúe a tu familia. No quiero volver a oír hablar del tema.

Grace siguió tomando cucharadas de sopa sin apetito. No iba a dar su brazo a torcer con tanta facilidad. Tal vez pareciera un angelito ingenuo, pero sabía muy bien lo tenaz que podía llegar a ser. Y cuando había deseado algo de verdad, siempre había terminado consiguiéndolo.

Al día siguiente llamó a Nueva York a hurtadillas para pedirle ayuda a su tío. Al fin y al cabo se trataba de su vida, y no estaba dispuesta a vivirla según los mandatos de sus padres.

Sin embargo, su tío también tuvo dudas al respecto.

—Te entiendo, Gracie, pero te lo imaginas demasiado sencillo —le explicó—. La mayoría de los actores no llegan a conocer el éxito, es un trabajo duro y cuesta mucho ganarse la vida con eso.

—Ya, pero estoy convencida de que lo conseguiré, de que es lo más adecuado para mí —dijo ella—. Recuerda mi actuación en la obra que escribiste, ¿te has olvidado de lo bien que lo hice?

—De acuerdo, Gracie, veré lo que puedo hacer, aunque lo más seguro es que tu padre quiera arrancarme la cabeza.

—Pero no lo hará, tío George. ¡Gracias!

Dos
Nueva York, 1947

El Barbizon Hotel for Women le produjo cierta aprensión a Grace cuando se plantó delante.

Miró a su alrededor. Por fin lo había conseguido, estaba en Manhattan. Todo eran luces y destellos de anuncios luminosos, motores y bocinas de coches y voces poblando la calle Sesenta y Tres, muy cerca de la avenida Lexington.

Grace tenía la sensación de estar viviendo en un sueño. Nueva York no estaba a más de dos horas en coche de Filadelfia, pero era un mundo nuevo para ella.

Su tío George había recurrido a toda su capacidad de persuasión y había conseguido que su padre, a regañadientes, le diera permiso para intentarlo.

—No aguantarás ni una semana —le había dicho, y difícilmente podría haber elegido unas palabras más dolorosas para despedirse de su hija.

Sin embargo, Grace estaba dispuesta a demostrarle a su padre que ese era el camino más adecuado para ella.

El Barbizon Hotel for Women era un imponente edificio de ladrillo de veintidós plantas. El vestíbulo constaba de una especie de atrio desde el que subía la escalera que permitía acceder a las habitaciones. Había palmeras de abanico por todas partes. La residencia era únicamente para chicas, y cualquier contacto con hombres estaba prohibido; la encargada no se cansaba de recordárselo a todas. Allí imperaban normas muy estrictas, y por eso el Barbizon era muy popular entre las madres que enviaban a sus hijas a Nueva York. Se garantizaba un modo de vida inmaculado para las hijas, y de vez en cuando las encargadas de dirigir el centro, mujeres de aspecto furioso, se ocupaban de vigilarlo todo, incluso los ascensores que permitían acceder a las plantas en las que se encontraban las habitaciones privadas de las chicas. Cada día, a las siete en punto de la mañana, se controlaba que las residentes hubieran pasado la noche solas.

—Nada de visitas masculinas —advirtió la anciana de rostro pálido y severo que estaba a cargo de la recepción. Las gafas le colgaban de una cadenita sobre el cuello almidonado y apocadamente abotonado de la blusa. Llevaba el pelo peinado hacia atrás y recogido en un moño.

—Por supuesto —contestó Grace, mirando a su alrededor. La decoración era neutra, nada de lo que había le recordaba a su casa ni le resultaba familiar, lo que por un lado le pareció inquietante, aunque también era justo lo que había deseado.

¿Conseguiría superar los desafíos que la esperaban en Nueva York?

—Y la puerta se cierra a las diez en punto —remarcó la señora de la recepción.

—Claro, claro —dijo Grace, y acto seguido recogió su maleta del suelo para llevársela a la habitación.

La señora iba andando por delante de Grace, pero no tardó en volverse hacia ella.

—Es usted de Filadelfia, ¿verdad?

—Así es —respondió ella asintiendo con la cabeza.

—Se le nota —prosiguió la anciana—. Sé reconocer todos los acentos, es algo que se aprende con el tiempo. Más vale que haga algo al respecto, igual que con esa forma de hablar tan nasal.

Grace se sonrojó. ¿Qué le importaba a esa mujer cómo hablaba? Sin embargo, decidió no responder. Además, lo cierto era que la señora tenía razón. Su pronunciación no era tan clara como antes de sufrir una sinusitis que se había prolongado demasiado, y sus compañeras de clase ya le habían tomado el pelo en más de una ocasión diciéndole que hablaba como una reina presumida.

—Aquí está —dijo la señora, abriendo la puerta de la habitación—. Adelante.

El cuarto estaba amueblado de forma modesta pero correcta: una cama, un ropero, un escritorio, una alfombra, cortinas estampadas y una cómoda.

—Los únicos hombres que admitimos en el edificio son médicos, electricistas, fontaneros y otros operarios estrictamente necesarios. En caso de que tenga lugar alguna celebración en el vestíbulo, allí también serán admitidos, aunque solo si antes han avisado de su presencia con nombre y apellido. Tenemos el deber de notificar cualquier vulneración de estas normas y aplicar el castigo que sea conveniente en cada caso. No lo olvide, por favor.

—No lo haré —replicó Grace en tono amistoso mientras inclinaba la cabeza en dirección a la señora que, acto seguido, se marchó de nuevo a la recepción.

Grace le echó un vistazo al reloj. Las cinco y media. Tenía una cita con su tío George en una hora y quería refrescarse y relajarse un poco antes de disfrutar de la primera noche de su nueva vida en Nueva York.

Tres

Grace salió puntual de su habitación en el Barbizon y por primera vez recorrió las calles de Nueva York al atardecer, rodeada de espectaculares edificios, sola y dispuesta a afrontar su nueva vida. Estaba increíblemente contenta de que sus padres al final le hubieran permitido ir. De repente se sentía adulta, a pesar de que todavía faltaban tres meses para el 12 de noviembre, la fecha en la que cumpliría los dieciocho. En esos instantes todo le parecía agradable y sencillo. Por fin había conseguido plantarse en Nueva York, aquella prometedora gran ciudad tan llena de vida. Fascinada, Grace pasó junto a unas tiendas, deteniéndose frente a los escaparates para admirar los sombreros, zapatos, vestidos y chaquetas relucientes. Le llamaron la atención los gigantescos rótulos, así como el leve murmullo que parecía flotar en el aire, procedente de todas las personas que iban de un lado a otro. Poca gente andaba sola, muchos caminaban de dos en dos, o de tres en tres, o formando parte de grupos más numerosos que iban charlando camino del cine o de un restaurante.

Los coches tocaban las bocinas y las personas paraban taxis, se reían, se saludaban y se despedían. Se sucedían las tiendas y los restaurantes, uno tras otro, formando un barullo agradable que la cautivó. Disfrutó tanto contemplando todo aquello que apenas se dio cuenta de que el paisaje se iba vaciando de comercios a medida que se acercaba a una zona más tranquila.

Grace retrocedió unos pasos y miró a su alrededor. No conocía aquella calle, por lo que buscó el rótulo. Estaba en la Primera Avenida, aunque a esas alturas aquello no significaba nada para ella, y cuanto más avanzaba mayor era la sensación de que estaba apartándose de su camino. En algún momento se dio la vuelta. Qué tonta, ni siquiera tenía un simple mapa de la ciudad.

Por suerte todavía no había oscurecido del todo, y tuvo la esperanza de que la calle por la que andaba le permitiría llegar a alguna parte. Decidió preguntar a un señor que paseaba a su perro, pero el tipo no reaccionó. A Grace le sorprendió ese comportamiento y no pudo evitar preguntarse si los habitantes de la gran ciudad evitaban por sistema hablar con desconocidos. Siguió caminando, furiosa consigo misma. ¿Por qué no se había fijado mejor en la dirección del restaurante? El tío George le había dicho que estaba a la vuelta de la esquina del Barbizon, pero ella había recorrido al menos tres kilómetros. De repente ya no se sentía como una adulta, sino como una tonta y una novata.

Grace se detuvo para mirar a su alrededor de nuevo, escuchando atentamente por si oía algún ruido. Pero no oyó nada más que algún que otro coche pasando de vez en cuando. Recorrió otro trecho hasta la siguiente esquina con la esperanza de orientarse de una vez. De pronto vio que a lo lejos había uno de los grandes paneles luminosos que anunciaban el chicle Wrigley's Spearmint y supo, por fin, que iba por buen camino, ya que recordaba haber pasado junto a ese anuncio parpadeante nada más salir del Barbizon.

Poco después Grace encontró el camino de vuelta a la residencia y se detuvo unos instantes para recomponerse un poco. Continuó caminando unos cien metros en línea recta, giró a la izquierda, luego a la derecha y después otra vez a la izquierda, tal como le había indicado el tío George, sin permitir que la vida palpitante de las calles de Nueva York la distrajera de nuevo.

—¿Cuándo tienes la audición? —quiso saber su tío, una vez sentados a la mesa después de haberse encontrado frente al restaurante.

—Pasado mañana —explicó Grace con una emoción patente en la mirada—. El día veinte, y no veo el momento de que llegue de una vez. Tía Marie le ha hablado bien de mí al señor Diestel.

Marie Magee era una actriz amiga de su madre que había recurrido a sus contactos para organizar la audición de Grace para la famosa American Academy of Dramatic Arts. Emil Diestel era el secretario del consejo de administración, y tía Marie había acudido a él directamente para ayudar a Grace. Este le había contado que la lista de inscripciones ya estaba llena y que ni siquiera la siguiente Eleonora Duse sería capaz de conseguir una plaza. Al menos eso fue lo que le dijo.

—Tienes suerte —afirmó George—. Marie ha debido de presionar tanto al pobre Diestel que él no habrá podido negarse. «¡Pobre chica, señor Diestel! ¡Apiádese de ella!» —exclamó, alzando los brazos y poniendo los ojos en blanco.

—¡No! —se quejó Grace, riendo—. Se ha limitado a contarle que eres mi tío —admitió—, el famoso dramaturgo ganador del premio Pulitzer, y eso sí que debe de haber influido bastante. En cualquier caso, tía Marie me ha dicho que ha hecho todo lo posible y que pasado mañana por fin tendré la oportunidad de demostrar mi talento. No veo el momento de contarles a mamá y a papá que me han aceptado.

Estaba tan segura de que iba a conseguirlo que su tío no pudo evitar echarse a reír.

—Ya lo veremos —dijo George para intentar aplacar su entusiasmo—. No te precipites alegrándote antes de tiempo. Por mucho que te ayuden a conseguir la audición, al final el resultado dependerá de cómo lo hagas, Gracie. Y ahora pidamos algo para comer. Es la primera noche que cenamos juntos en Nueva York y hay que celebrarlo.

Dicho esto, le hizo una seña al camarero, que se acercó enseguida para atenderlos. George, que se sentía como en casa en los restaurantes de postín, pidió la carta y una botella de Dom Pérignon.

Grace miró a su alrededor para contemplar el local decorado con opulencia, que rezumaba elegancia y lujo por los cuatro costados. Las gruesas alfombras orientales de colores intensos amortiguaban los pasos de los camareros, mientras que las cortinas de terciopelo verde oscuro que enmarcaban los ventanales, así como las mesitas redondas y las cómodas sillas de caoba y fresno negro, invitaban a disfrutar de la comida. Cuando el camarero les sirvió el champán en relucientes copas de cristal, Grace se sintió como una reina en su palacio. En el centro de la sala había colgada una araña enorme cuyas incontables velas arrojaban una luz maravillosamente atenuada, y un músico sentado frente a un piano de cola negro, enorme y brillante tocaba una de las preciosas composiciones de Chopin.

Grace le dedicó una sonrisa de gratitud a su tío.

—¿Cómo te sientes? —le preguntó este, cogiéndole la mano.

—Muy emocionada —respondió Grace con las mejillas coloradas.

Llevaba un vestido azul marino muy sencillo y pendientes de perla, y los ojos le brillaban como dos zafiros. Apenas se había puesto maquillaje, solo un poco de lápiz de labios rosa, aunque en realidad le habría gustado pintárselos del color rojo intenso que se había comprado a hurtadillas antes de marcharse a Nueva York. Sin embargo, cuando había llegado la hora de ponérselo le había parecido oír la voz de su madre diciéndole «Menos es más, Gracie», de manera que se había decidido por el apocado y discreto tono rosado.

—Me lo imagino —dijo George, contemplando a su sobrina, a la que no veía desde hacía mucho tiempo. Había crecido y se había convertido en una joven muy bella. Tenía el pelo liso y rubio, y una figura que revelaba las horas dedicadas al deporte y a la práctica del ballet. Grace se movía con un garbo y una elegancia naturales, era una joven consciente de que tenía toda la vida por delante, y además parecía absolutamente decidida a abrirse camino en el mundo.

Su tío deseaba que lo lograra y estaba dispuesto a ayudarla en todo lo posible. Por eso había convencido a su hermano para conseguir que Grace tuviera acceso a una audición en Nueva York. A partir de ahí, ya se vería, pero de momento estaba contento de que su sobrina hubiera volado del nido paterno, donde el rigor y la rigidez poco habrían contribuido a alentar su desarrollo y su talento artístico.

A George le habría gustado que su hermano fuera más permisivo, que tuviera más sentido del humor y se mostrara más tolerante, pero sabía que era un hueso duro de roer. John y él eran demasiado distintos, y vivían vidas diametralmente opuestas. John era un hombre acostumbrado a trabajar con las manos, mientras que George dependía de su mente, y la verdad era que no le había ido nada mal, a juzgar por el éxito que había tenido su obra *Craig's Wife*, por la que le habían concedido el premio Pulitzer en el año 1926.

George podía imaginarse a la perfección las dificultades que debía de afrontar Grace con un padre como John. No era más que una joven con sensibilidad para las bellas artes, pero en su familia le había tocado ser la oveja negra, como ya le había ocurrido anteriormente a George. Para demostrarle que no le hacían mucho caso, Grace le contó que, de pequeña, había pasado varias horas encerrada en un armario en el que la habían metido sus hermanas porque nadie la había echado en falta.

—Nadie se dio cuenta de mi ausencia —le confesó Grace—. Aunque yo ya estaba acostumbrada. Cuando mamá por fin me encontró, se sorprendió de que, en lugar de echarme a llorar, me hubiera puesto a jugar con mis muñecas a oscuras.

«Ven conmigo, Gracie», pensó George al oír la anécdota, casi con cierto orgullo. Él no tenía hijos, y eso que el mes de enero ya había celebrado su sesenta cumpleaños. Sin embargo, no se había casado jamás y desde el principio había sentido devoción por su sobrina. George nunca había confesado que en realidad le gustaban los hombres, aunque tampoco trataba la cuestión como un secreto, y a la familia no le había quedado más remedio que aceptar que era «distinto».

Para Grace, su tío George era simplemente el tío George, y lo quería como tal. Tenía unos rasgos delicados, el pelo castaño siempre peinado hacia atrás y la mirada más profunda y afable que se pudiera imaginar. Era un buen conversador, capaz de responder cualquier pregunta sobre política y actualidad mundial, aunque lo que más le gustaba a Grace era que la tomaba en serio y que jamás se burlaba de sus sueños ni de sus planes de vida.

Llegaron los menús y, a pesar de la opulenta oferta que abarcaba desde el solomillo con crema de Madeira, el *foie* trufado y el arroz blanco a la mantequilla o el entrecot con judías y *pommes dauphine* hasta el rollo de hojaldre relleno de arándanos, merengue y chocolate negro, Grace, recién llegada a Nueva York tal como George había constatado con regocijo, pidió una ensalada mixta con pechuga de pollo asada, sazonada con vinagre y aceite de oliva extrafino. El Dom Pérignon burbujeaba prometedor en las refinadas copas cuando brindaron.

—No habría sabido elegir a alguien mejor para pasar mi primera noche en Nueva York —dijo Grace—. Me haces muy feliz, tío George. Te agradezco mucho todo lo que has hecho por mí.

—Y yo me alegro por ti, Gracie. Y te aseguro que no

será la última noche que pasaremos juntos en Nueva York —prometió él con una reverencia—. Para un viejo como yo siempre es una alegría ser la envidia del resto de los viejos.

—¿Qué van a envidiar? —preguntó Grace indignada.

—Bueno, que esté sentado con la joven más encantadora del restaurante —respondió él con una sonrisa—. Por tu futuro, Gracie. ¡A tu salud!

Cuatro

—Gracias, es suficiente.

Emil Diestel, el secretario del consejo de administración de la prestigiosa American Academy of Dramatic Arts, inclinó la cabeza hacia Grace con una expresión indescifrable. Ella se limitó a observar cómo regresaba a su escritorio y se sentaba en su silla giratoria intentando descubrir qué revelaba ese rostro tan austero. ¿Estaba decepcionado? ¿Había confiado en exceso en sus propias posibilidades?

—Por favor, siéntese, señorita Kelly.

Hecha un manojo de nervios, esta ocupó la silla vacía que había frente al escritorio y se alisó la falda unas cuantas veces.

—Ya sabe que el plazo de admisión de solicitudes ha terminado y que los procedimientos de selección están cerrados —constató mientras cruzaba las manos, dedicándole a Grace una mirada afable.

Pensando que aquello no presagiaba nada bueno, ella asintió con cortesía.

—Claro, señor Diestel, soy consciente de ello, y... yo...

Bueno, tenía la esperanza de que tal vez podría convencerlos para que me aceptaran.

El señor Diestel esbozó una sonrisa cordial. Ya había tomado una decisión y le pareció cruel mantener a aquella joven esperando con el corazón en vilo.

Grace había recitado primero una escena de la obra que había escrito su tío, *The Torch-Bearers*, con la que tanto había brillado en una ocasión, y había terminado la audición con un pasaje de *El mercader de Venecia* de Shakespeare.

Emil Diestel era un hombre con mucha experiencia. Tenía buen ojo para detectar el talento teatral y se había percatado enseguida del potencial de la joven. Sin embargo, también había observado que le quedaba mucho trabajo por delante, sobre todo en lo referente a la voz, ya que sin duda necesitaba lecciones de fonación. No obstante, Grace Patricia Kelly era una candidata mucho más prometedora y ambiciosa de lo que estaba acostumbrado a ver, sobre todo teniendo en cuenta su edad.

—Queda admitida, señorita Kelly —anunció el señor Diestel, y Grace reaccionó de inmediato con una sonrisa radiante.

—¡Oh, señor Diestel, cuánto se lo agradezco! —exclamó mientras se ponía en pie y corría a rodear el escritorio para abrazarlo—. ¡No sabe lo mucho que esto significa para mí!

El señor Diestel le entregó la documentación con la información para la matrícula y Grace salió de la Academy danzando de la emoción. Emil Diestel la siguió con la mirada.

«Grace Kelly es una joven actriz de temperamento sensible», escribió el señor Diestel en el informe de admisión. «Posee claras dotes interpretativas y es expresiva, inteligente, amable y vivaz, además de tener muy buena presencia sobre el escenario.»

Su única desventaja era la voz, que sonaba nasal y poco definida. Sin embargo, al señor Diestel le había complacido lo que vio. Y mucho.

Emil Diestel se quedó con la extraña sensación de haber descubierto un diamante en bruto. A partir de ahí dependía solo de ella y de sus maestros que acabara convirtiéndose en un brillante pulido.

Cuando Grace entró entusiasmada en el Barbizon, se topó con Phyllis Lavalle, una chica de dieciocho años que estaba sentada en la biblioteca con Laura Snyder, otra residente.

—Hola —dijo, lanzando su chaqueta sobre uno de los sillones club—. ¿Molesto? —preguntó casi sin aliento.

Tenía unas ganas locas de contarle a alguien lo ocurrido. Después de salir de la Academy había ido directamente a buscar una cabina telefónica para llamar a su tío George, pero resultó que no estaba en casa, y su tía Marie tampoco, de manera que todavía no había tenido ocasión de compartir su felicidad con nadie.

—¿Por qué ibas a molestar? —respondió Phyllis—. Tómate una taza de té. ¿Cómo ha ido la audición?

—Increíble —contestó con entusiasmo mientras se acomodaba frente a Phyllis y Laura—. He empezado con...

Phyllis levantó una mano para interrumpirla.

—Por supuesto que te ha ido bien, y apuesto a que te han admitido a pesar de haber llegado fuera de plazo, pero gracias a tus buenos contactos y a tu enorme talento el señor Diestel seguro que ha decidido hacer la vista gorda una vez más. De manera que Grace ha conseguido entrar en la Academy mientras que las demás hemos recibido una respuesta muy distinta y tendremos que buscarnos un empleo en un supermercado o en un restaurante hasta que comiencen las siguientes audiciones, y llegado ese momento los astros deberán alinearse para que nos admitan. En cambio, para ti, Grace, todo esto es algo natural, ¿verdad? —le espetó Phyllis, que por lo general era de lo más amistosa con ella pero que en esos instantes la estaba fulminando con la mirada.

Grace no supo cómo responder a eso y trató de justificarse, asustada ante aquella reacción.

—Mi tío me ha ayudado a conseguir la cita, sí, pero el señor Diestel no me habría admitido si la audición hubiera ido mal. No dejaría entrar a alguien sin talento en la Academy.

Phyllis soltó una carcajada cargada de desdén.

—¿Lo has oído, Laura? Grace tiene talento, y es evidente que nosotras no. Bueno, tal vez lo que ocurre es que no tenemos un tío que haya ganado un premio Pulitzer, ni una tía actriz que conoce a toda la gente importante de Nueva York.

—¿Qué tiene que ver eso? —preguntó ella algo mosqueada—. Créeme, yo...

—No pasa nada, Grace —dijo Laura—. Ya nos imaginábamos que te admitirían. En cualquier caso, enhorabuena. —Y siguió hojeando la revista de moda que tenía sobre el regazo.

La joven, que había llegado ilusionada por la posibilidad de compartir con alguien su alegría, se puso en pie.

—Muchas gracias por vuestro interés —dijo con la esperanza de no revelar su desesperación, sino simplemente cierta reserva.

Recogió su chaqueta y salió de la biblioteca a paso ligero. Consiguió llegar hasta su habitación antes de derrumbarse y echarse a llorar. ¿Cómo era posible que el hecho de estar cumpliendo su sueño provocara tanta envidia entre las demás chicas?

Ella se habría alegrado si se hubiera enterado del éxito de Phyllis o de Laura. Se detuvo un momento para sonarse la nariz

¿Se habría alegrado? «Sí —pensó enseguida—. Sin duda.»

Grace no era envidiosa. Cuando alguien había demostrado ser mejor que ella, tanto en clase de ballet como en la piscina o en las primeras obras de teatro en las que había participado, siempre había intentado que eso le sirviera de estímulo. No había nada más sencillo que minimizar los éxitos ajenos para no tener que pensar en los fracasos propios. Le parecía mucho mejor, por muy difícil que fuera, seguir el ejemplo de los que hacían las cosas bien e intentar estar a la altura del desafío.

De repente, Grace sintió una añoranza terrible. Le habría encantado poder llamar a casa para hablar de esa envidia que había despertado en las demás. Sin embargo, enseguida le vinieron a la mente las palabras de su padre: «No aguantarás ni una semana». Por supuesto que habría podido contarles lo bien que lo había hecho delante del señor Diestel, pero no estaba segura de que en su casa encajaran la noticia con entusiasmo. Una medalla en una competición de remo sin duda alguna le habría valido más elogios que el hecho de que la hubieran admitido en una escuela de interpretación de prestigio internacional.

Grace se sentó y se sonó la nariz de nuevo. Luego empezó a escribirles una carta a sus padres para contarles que había llegado bien, que había superado la prueba de admisión a la Academy of Dramatic Arts y que en Nueva York se sentía de maravilla.

No era necesario que sus padres supieran nada más.

Cinco

Al día siguiente llegó una chica nueva al Barbizon Hotel for Women, lo que despertó la curiosidad de las residentes. Caitriona MacSimeon of Saintbelaid procedía de una familia escocesa de larga tradición que, según decían las demás chicas, poseía varias mansiones en las Highlands y había amasado una gran fortuna gracias a la producción de whisky.

Alta y delgada, con largos rizos de color cobrizo, los ojos de un verde casi pistacho, la piel blanca como la nata y vestida con ropa refinada, Caitriona fue una verdadera aparición. Además de lucir una manicura perfecta, sus manos exhibían también unos anillos preciosos, y todo con una serenidad que le infundió mucho respeto a Grace, que casi nunca llevaba joyas y siempre temía perder las pocas que se ponía.

Caitriona irradiaba un aura cosmopolita, y con solo diecinueve años parecía ya muy madura. Grace no comprendía por qué aquella joven aparentemente tan adinerada no prefería alojarse en un hotel de lujo.

Justo cuando se disponía a presentarse y a darle la

bienvenida, la chica nueva pasó por su lado dejando el rastro de un perfume caro e intenso. Desconcertada, Grace se limitó a seguirla con la mirada.

Todavía tenía que acostumbrarse a la forma en que las jóvenes se relacionaban entre ellas.

Por la tarde, alguien llamó a la puerta de su habitación.

—¡Está abierta! —gritó.

—Tú eres Grace Kelly, ¿verdad? —preguntó alguien.

Grace, que estaba sentada en la cama leyendo, se volvió hacia la puerta para comprobar que frente a ella se encontraba Caitriona, con los ojos relucientes.

—¿Te apetece explorar conmigo los alrededores?

Cerró el libro de inmediato.

—Sí, soy yo. Pero ¿por qué me lo preguntas a mí?

—Porque tú has sido la única entre ese corral de gallinas que ha sabido mantener la compostura —respondió entre risas—. Bueno, Grace Kelly, ¿qué me dices? ¿Te vienes a tomar una copa?

Por fin encontraba a alguien que no interpretaba su discreción como un signo de arrogancia. Aun así, Grace titubeó antes de contestar.

—No lo sé. Debemos volver a las diez en punto, porque cierran la puerta con llave y... —empezó a decir.

Caitriona se echó a reír de nuevo.

—No le des tantas vueltas, ya encontraremos una solución para eso. Vamos, el atardecer es precioso.

Grace dudó un poco más antes de levantarse de la cama y mirar por la ventana. Era una cálida tarde de verano y la calle estaba llena de gente hablando y riendo.

Alguien tocaba una melodía apasionada con un violín. Estaba en Nueva York, y Filadelfia quedaba muy lejos.

—¿Adónde vamos? —preguntó con una sonrisa.

—Norma, una amiga mía, ha venido a pasar unos días —explicó Caitriona—. Hemos quedado que nos encontraríamos en un bar. ¿Qué te parece el plan?

—Ya, pero ¿en qué bar? —respondió Grace con cautela—. Además, seguro que no lograremos regresar antes de las diez.

—Tranquila, no pasa nada —replicó Caitriona con un tono despreocupado—. Pero... supongo que no piensas salir así.

Ella bajó la mirada. Llevaba un vestido celeste de manga corta hasta las rodillas que ya estaba bastante arrugado, el pelo rubio peinado hacia atrás, como de costumbre, y no se había puesto maquillaje. ¿Para qué?

—Es que pareces tan... virginal —señaló Caitriona—. Santa Grace, pareces. En eso también me he fijado. Y no creo que en realidad quieras ser así, ¿me equivoco?

Dicho esto, Caitriona abrió su bolso y sacó una barra de labios de color rojo intenso.

—Confía en mí.

—Yo también tengo —dijo ella con una sonrisa. Se puso en pie y sacó del cajón de la cómoda el pintalabios rojo que se había comprado antes de marcharse a Nueva York—. ¡Mira!

—¡Ah! —exclamó Caitriona—. Guerlain, son buenos colores.

Mientras Grace se pintaba los labios con sumo cuidado, Caitriona regresó a su habitación y volvió a entrar en la de su amiga con un vestido de cóctel de lentejuelas verde oscuro.

—Es justo tu talla, lo sabía —constató, sosteniéndolo frente a Grace—. Póntelo.

La verdad era que le quedaba como un guante.

—Mucho mejor así —sentenció Caitriona, asintiendo con satisfacción—. Con ese vestidito celeste parecías a punto de hornear un pastel, pero con este ya es otra historia —comentó, y las dos se echaron a reír.

—Hay algo que no comprendo —objetó Grace—. Es evidente que este vestido es demasiado largo para ti. ¿Por qué te lo compraste?

—Me gustó el color —respondió Caitriona—. Simplemente tenía que quedármelo. ¡Menudo verde!

—Lo cierto es que combina muy bien con tus ojos y tu color de pelo —admitió Grace—. Pero ¿por qué no te lo compraste de tu talla?

—Porque no quedaba ninguno. Pero necesitaba que fuera mío de todos modos. ¿No has tenido nunca esa sensación?

—Comprendo que alguien desee conseguir algo como sea —dijo ella—, esa sensación de estar dispuesta a pagar cualquier precio. Pero tratándose de un vestido que además no es de tu talla... ¿Para qué lo quieres?

—Te lo regalo. Además, es de Chanel.

—Pero si debe de ser muy caro, no sé si debo aceptarlo —observó Grace.

—Por supuesto que sí —replicó Caitriona.

Grace se contempló en el espejo. La mujer que vio en el reflejo parecía otra persona; nunca se había visto de ese modo. El vestido de lentejuelas sin mangas le quedaba perfecto, justo por encima de la rodilla, y era cómodo y ligero. Además, con el pintalabios rojo y el pelo rubio, se sorprendió al verse tan guapa.

—Hoy llevarás el pelo suelto... Te queda una onda muy bonita, y toma..., ponte mis pendientes —prosiguió Caitriona, dejándole los dos colgantes de esmeralda en la mano.

—No, no puedo —se negó—. Parecen al menos tan caros como el vestido.

—Qué va —repuso Caitriona—. En realidad son mucho más caros. Pero, por favor, no te preocupes por eso. Te los presto encantada. Además, tienen un cierre de seguridad. Espera, te ayudaré a ponértelos... Grace, estás estupenda. ¿Qué perfume utilizas?

—Mi amiga me regaló uno como obsequio de despedida —le explicó esta—. «Early Iris», se llama.

—Lo conozco. Es la nueva fragancia de Tussy. Pero es demasiado formal para esta noche, hoy tienes que deslumbrar —dijo mientras se sacaba un frasquito del bolso—. Toma, este es el que suelo utilizar últimamente. Me he vuelto una adicta a este perfume.

—«Diavolo» —leyó Grace—. El nombre no podría ser más adecuado para ti y tu pelo rojo.

—Pues lo mismo ocurre con la fragancia. Y además acaba de salir al mercado. Es de Barroché —indicó, y acto seguido abrió el frasco y se lo dejó oler a su amiga, que de inmediato se puso unas gotas detrás de las orejas—. Perfecto. Sabía que encajaría contigo. Entonces ¿qué me dices? ¿Preparadas para salir? —preguntó Caitriona mientras se retocaba los labios frente al espejo.

Grace asintió. De repente se puso nerviosa. ¿Qué le depararía la noche? Esa vez no salía por Nueva York con su tío. Hasta el momento, su vida había sido algo muy controlado, siempre había seguido un camino previsible. Aquella incertidumbre era completamente nueva para ella, aunque le pareció de lo más prometedora.

—¡Vamos! —exclamó Caitriona radiante—. A ver si encontramos a Norma.

Cogieron sus chaquetas y salieron de la habitación de Grace de un humor inmejorable. En la planta baja había unas cuantas residentes que también salían del Barbizon para acudir a citas, ir al cine o a cenar, pero ninguna de ellas tenía un aspecto tan espectacular como el que exhibían Grace y Caitriona.

Phyllis, que estaba sentada con unas cuantas chicas más en los sillones de cóctel, fumando, al verlas frunció los labios con gesto furioso.

Las dos amigas, erguidas y con la cabeza alta, saludaron amistosamente al grupo de jóvenes al pasar.

—Buenas tardes —Caitriona, levantando la mano para saludarlas, y Grace la imitó.

Con cara de haber estado comiendo limones, las chicas del grupo les devolvieron el saludo con una inclinación de cabeza.

Una vez fuera, Caitriona respiró hondo.

—Me encanta volver a estar en Nueva York. Hacía demasiado tiempo que no venía por aquí. Mi familia tiene una vivienda enorme en el Upper East Side. Una buhardilla con unas vistas espectaculares sobre los tejados de la ciudad.

—Entonces ¿por qué te alojas en el Barbizon y no en ese piso? —quiso saber Grace.

Caitriona puso los ojos en blanco.

—Porque mis padres creen que es necesario tenerme bien vigilada. Y puesto que mamá no siempre está en Nueva York, sino que también pasa tiempo en las otras casas que tiene, ha preferido que me quede en la residencia. Mi padre conoce al propietario o a un pariente o algo así. Sea como sea, de esta forma me tienen más controlada. Quieren que haga algo de provecho con mi vida, que me instruya en alguna profesión respetable. En eso papá se muestra inflexible. Además, tengo que ir a una escuela de economía doméstica para aprender a manejarme en mi círculo social, o al menos eso es lo que les gustaría a mis padres, que supiera preparar salsas para el asado o una buena barbacoa, decorar una casa para que mi marido quede encantado... Como si alguien de nuestra familia hubiera hecho algo semejante en algún momento. ¿Para qué está el servicio entonces? Mamá dice que soy demasiado caprichosa, y a papá le da un miedo terrible que me enamore de un hombre inadecuado, aunque lo peor que podría pasarme, según ellos, es que... —dijo, bajando la voz con aire teatral— ¡me quedara embarazada! Sin embargo, yo no comprendo a qué viene tanto jaleo. Solo se vive una vez. Por no hablar de que existen medios para evitar quedarse embarazada. Pero ya he hablado mucho. Cuéntame cosas sobre ti. ¿Qué te ha traído hasta aquí?

Grace le explicó con mucho orgullo lo que le había costado conseguir volar del nido y que la admitieran en la Academy.

—No veo el momento de que comiencen las clases. Llevo tanto tiempo esperándolo..., y ahora por fin podré convertirme en una actriz de verdad —le contó mientras deambulaban a paso ligero por las calles de Nueva York. Poco a poco, la oscuridad se cernió sobre aquel atardecer de agosto y ese mar de luces único de la ciudad empezó centellear a su alrededor—. A decir verdad —añadió

Grace en voz baja—, no se limita a eso: deseo llegar a ser una de esas actrices que atraen al público, que solo con su presencia consiguen llenar los teatros y los cines —confesó con un suspiro—. Ya veremos si lo consigo.

—Al menos tienes un propósito firme —repuso Caitriona—. Seguro que no debe de ser sencillo iniciar una carrera como actriz y conseguir oportunidades —prosiguió, aunque se detuvo enseguida—. Un momento: Norma trabaja de modelo y me contó que también quería entrar en la industria del cine. Quizá ella pueda darte un par de consejos. Le pediré que te ayude.

—Eso sería fantástico —comentó Grace—. Gracias, Caitriona, eres muy amable.

—Bueno, tampoco es nada del otro mundo. Ya hemos llegado. Ya verás cómo causas sensación. Y otra cosa: llámame simplemente Cai. Si la gente tiene que pronunciar mi nombre completo se les acaba trabando la lengua.

—De acuerdo —convino Grace, asintiendo—. ¿Y ahora qué?

Cai se la quedó mirando.

—Bueno, es aquí —dijo, señalando una escalera empinada que bajaba a un piso inferior.

—¿Un sótano? —preguntó Grace desconcertada, escrutando su alrededor. Se encontraban frente a un edificio de ladrillo bastante desvencijado que sin duda alguna había visto tiempos mejores.

—Confía en mí, te gustará —replicó Caitriona con una sonrisa—. Es un lugar único. ¡Vamos allá!

Bajaron por los escalones de piedra con cuidado, abrieron una puerta de madera destartalada y enseguida les llegó la melodía de un saxofón y un piano.

Mientras pasaban por un pasillo apenas iluminado

por una sola bombilla desnuda, la música empezó a oírse cada vez más alto con un barullo de voces de fondo. De repente se plantaron frente a un hombre negro esbelto y corpulento que las saludó con una sonrisa amable y les abrió una puerta metálica que parecía casi la de una cámara acorazada. Hasta el momento solo habían oído la música a una intensidad moderada, pero en esos instantes les llegó el sonido pleno, a todo volumen, y Cai y Grace se encontraron rodeadas de repente por una maraña de gente bailando entre nubarrones de humo. A Grace le pareció notar el ritmo de la música en la barriga.

—¡Increíble! —exclamó Caitriona, aplaudiendo con emoción—. ¿Has visto quiénes están tocando? Son Charlie Parker, Tommy Potter, Miles Davis, Duke Jordan y Max Roach... ¡Todos juntos!

Grace se rio. Había oído hablar de esos músicos, eran los iconos de la música que se escuchaba por todas partes. Sobre Miles Davis incluso se decía que era el maestro indiscutible del jazz. Y cuanto más escuchaba a aquella banda, más creía que realmente poca gente debía de haber capaz de tocar la trompeta como él, con tanta energía y dinamismo. La sala entera estaba hechizada por su interpretación.

Grace quedó impresionada por aquella atmósfera. Ese sótano tenía un aire prohibido, y al verse envuelta al mismo tiempo por tanto humo y tantos desconocidos bailando al son de aquella música ensordecedora, se sintió más viva que nunca. Detrás de la barra había un espejo enorme tapado en parte por una larga hilera de botellas, y cuando se buscó en el reflejo se sorprendió al encontrar a una joven ataviada con un vestido impresionante y los labios pintados de un rojo atrevido.

En su aspecto no quedaba ni rastro de su infancia.

Grace entornó los ojos para poder verse mejor. Maldita miopía. Sin embargo, por nada del mundo estaba dispuesta a sacar las gafas del bolso. Solo se las había llevado por si surgía una situación de absoluta necesidad, y no era el caso ni mucho menos.

En ese mundo no había ninguna madre diciéndole que se contuviera al comer o que anduviera más erguida; tampoco ningún padre que la obligara a practicar deporte u otras actividades que no le interesaban, y que nunca reconociera sus logros, ni siquiera los que más significaban para ella. Allí nadie dudaba de ella ni decía cosas como «No aguantarás ni una semana».

En cambio estaba en ese local, escuchando una música insólita, tan impulsiva y apasionada que se apoderó hasta del último poro de su cuerpo, y de repente estuvo más segura que nunca de que su padre se equivocaba. Ella encontraría su propia manera de vivir y no tendría nada que ver con la de las esposas de buena familia de Filadelfia.

Alguien llamó a Caitriona y esta agarró a Grace de una mano y tiró de ella para llevársela a través de la multitud que bailaba en la pista. Una joven rubia se levantó y las saludó.

—¡Eh, Tamara! —gritó Caitriona con alegría antes de volverse hacia Grace—. ¡No sabía que estuviera aquí, es fantástico! ¡Hola, *darling*, vamos enseguida!

Se acercaron a una mesa redonda en la que, además de Tamara, había tres personas más, bebiendo y fumando con un humor inmejorable. El calor que hacía dentro del local era prácticamente insoportable, porque no había ni una sola ventana para ventilar, aunque aquello no disuadía a la gente de mecerse al ritmo de la música sin dejar apenas espacio.

Grace consultó su reloj de pulsera con disimulo. Las ocho y media. ¡Santo cielo! ¿Cómo se suponía que iban a estar de vuelta en el Barbizon antes de las diez? Sin embargo, decidió no objetar nada para no aguar la fiesta.

—Moveos un poco para que puedan sentarse también Cai y su amiga..., ¡perdona, ¿cómo te llamas?! —le preguntó Tamara a gritos.

—¡Me llamo Grace! —respondió ella, levantando también la voz para hacerse oír por encima de la música.

Dos hombres jóvenes fueron a buscar más sillas para añadirlas al grupo. A Grace le llamó la atención que la clientela fuera exclusivamente blanca. Los únicos negros eran los cinco músicos de jazz que había sobre el escenario y el tipo que guardaba la entrada y que les había permitido el acceso.

—La próxima ronda la pago yo, al fin y al cabo la semana pasada fue mi cumpleaños —exclamó uno de los jóvenes.

A Grace le pareció que tendría veintipocos. Era ancho de hombros y tenía el pelo castaño y los ojos más oscuros que había visto en su vida. Cuando le dedicó una sonrisa, mostró unos dientes de un blanco inmaculado.

—¡Me llamo Rick! —gritó él, tendiéndole la mano—. Disculpa los berridos, pero es que, si no, no se entiende palabra.

—No pasa nada —replicó ella, estrechándole la mano con una sonrisa.

—Tú no eres de Glasgow como nosotros, ¿verdad? —quiso saber él—. Porque si lo fueras te conocería.

—No, soy de Filadelfia —explicó Grace—. Caitriona y yo vivimos en el Barbizon.

—¿Caitriona? —preguntó Rick extrañado.

—Quería decir Cai —se corrigió ella.

—Ah, sí —dijo Rick, negando con la cabeza—. Lo siento, siempre me olvido de cómo se llama en realidad —se disculpó—. Entonces ¿tú también vives en el Barbizon? ¿No es esa residencia tan exclusiva para chicas en la que solo dejan entrar hombres para decapitarlos?

Grace asintió sonriendo.

—Vaya, en ese sentido Brendan sí que ha impuesto su autoridad —comentó Rick en tono de broma—. El padre de Cai —aclaró enseguida—. Siempre está temiendo que pueda deshonrar a la familia.

—¿Hace mucho tiempo que os conocéis?

—Una eternidad. La amistad entre nuestras familias se remonta a varias generaciones, y podría decirse que crecimos juntos en Glasgow —expuso—. Luego nos perdimos de vista durante un buen tiempo. Pero ya se sabe que donde hubo fuego, cenizas quedan, por lo que de vez en cuando nos reunimos de nuevo.

Grace asintió.

—¿Y qué te ha traído por Nueva York?

—Me estoy formando en un banco. Mi viejo quiere que siga sus pasos y que me encargue del negocio de la familia, de manera que cada día tengo que ponerme traje y corbata para aprender todo lo que tiene que ver con las cifras. Pero bueno, está bien salir de Europa de vez en cuando.

—En cambio yo todavía no he salido jamás de América, aunque he conseguido salir de casa de mis padres, que ya es algo —repuso Grace.

—Claro. Oye, lo que deberíamos hacer es tomar algo. ¿Qué te apetece que te traiga, Grace? —preguntó Rick, mirando al resto del grupo para hacer extensiva la propuesta—. Gente, ¿qué os traigo para beber?

Uno tras otro fueron gritando lo que les apetecía tomar. Grace estuvo a punto de pedir una limonada, pero al oír que los demás solo pedían ginebra, vodka y Martini, decidió pedir ginebra con hielo.

Cai se puso a charlar animadamente con Tamara, aunque le lanzaba miradas a Grace para asegurarse de que estaba a gusto y esta le guiñaba un ojo mientras seguía escuchando cómo la otra chica, una joven muy atractiva y con el pelo negro, le relataba su último viaje a París.

—No es justo que me hicieran esperar tanto por el vestido —se quejaba la chica, que resultó llamarse Henrietta—. Pero al menos la espera ha valido la pena, porque el vestido es de ensueño. Deben de haber utilizado veinte metros de tela para confeccionarlo. Es de faya azul marino, muy estrecho en la parte de arriba y con una falda muy amplia, un New Look muy especial —explicó. Henrietta se reclinó en su asiento y le dio un sorbo a su bebida.

—Veo que la moda es importante para ti —constató Grace—. ¿Cómo se llama el diseñador? —preguntó, adivinando ya de quién se trataba, puesto que últimamente todo el mundo hablaba de ese «New Look».

—Dior. Christian Dior. Es un verdadero dios. Y, ya que lo mencionas, lo cierto es que sí, la moda es más importante para mí que muchas otras cosas —convino con un brillo especial en los ojos—. Oye, a ti también te quedaría bien un modelo de Dior, con esa figura que tienes. Llevas un vestido precioso, por cierto.

—Gracias —dijo Grace con una sonrisa—. ¿Trabajas en el sector?

—No —respondió ella—. No trabajo. Estoy casada, con eso ya es suficiente.

—Nuestra querida Henny ha pescado a un naviero multimillonario —explicó Rick—. Y si no, se habría buscado a otro ricachón, ¿verdad, Henny? Y no es que le dé importancia al dinero —añadió en tono de burla—. ¡Es que para ella no hay nada más importante!

—Frederick Kinkane, eres muy mala persona —afirmó Henrietta con una indignación claramente impostada—. ¿Cómo te atreves a calificarme de un modo tan superficial? ¿Qué pensará de mí la amiga de Cai?

—Ah, no te preocupes por eso —repuso Grace antes de darle un sorbo a su ginebra—. No pienso juzgar el hecho de que te guste la moda, te lo aseguro. ¿A qué mujer no le gusta?

—Eres muy amable. A Rick le encanta bromear sobre mi matrimonio, ni se te ocurra tomártelo en serio. Yo creo que después de esta guerra, que gracias a Dios ya ha terminado, nos hemos ganado el derecho a gozar de un poco de color y de pompa. ¿Y a ti qué te ha traído por Nueva York, Grace?

—Pronto empezaré a estudiar interpretación, quiero formarme como actriz —contestó ella—. Por desgracia no tengo ni el tiempo ni el dinero necesarios para preocuparme mucho por la moda.

—Interesante —comentó Henrietta con admiración—. ¿Has debutado ya?

—No —contestó Grace entre risas—. Si ni siquiera he empezado el curso todavía.

En ese instante Cai se puso en pie y pestañeó entre el

gran nubarrón de humo que enturbiaba la visión del local.

—Bueno, ¡por fin! ¡Norma! ¡Estamos aquí!

Una joven rubia de aspecto atribulado saludó y empezó a abrirse paso entre la multitud. El sótano estaba repleto de gente y a Grace le escocían los ojos. Se atrevió a consultar de nuevo su reloj y se dio cuenta de que ya eran las nueve. Debían regresar antes de las diez al Barbizon, ya que la conserje nocturna, por lo que le habían contado las demás, era más estricta e implacable que un celador de prisión. Al parecer no tenía reparos para cerrarle la puerta en las narices a cualquier joven que osara llegar tarde, aunque solo pasaran tres segundos de las diez.

Rick consiguió otra silla y todos se apretujaron un poco más para dejarle sitio a la recién llegada.

Norma se dejó caer en el asiento agotada.

—Antes que nada, necesito una copa —dijo—. ¿Alguien puede pedirme un bourbon? Con hielo. Gracias.

Rick le hizo una seña al camarero vestido de frac y encargó la bebida. Grace consultó de nuevo el reloj. Dios mío, qué rápido pasaba el tiempo.

—Caitriona —susurró en voz tan baja que apenas pudo oírla—. Deberíamos marcharnos pronto.

Cai se volvió hacia ella con una sonrisa radiante en los labios.

—Vamos, Grace. La noche no ha hecho más que empezar.

—Pero... encontraremos la residencia cerrada, y nos lincharán.

Caitriona echó la cabeza hacia atrás para soltar una sonora carcajada.

—Estamos en Nueva York, no pienso volver a casa a las nueve y media. Ya daremos con algún lugar donde pasar la noche. En casa de Rick, por ejemplo, ¿no?

Rick también se rio.

—Por supuesto, en mi casa hay espacio de sobra. Y mañana por la mañana os prepararé el mejor café que hayáis probado en la vida.

Grace se debatía consigo misma. ¿Qué debía hacer? ¿Marcharse? ¿Quedarse? Le dio un sorbo a su bebida. De repente se imaginó lo que dirían sus padres si pudieran verla en esos instantes y casi se echó a reír con solo pensar en lo mucho que se indignarían.

Se reclinó en su silla y contempló el ambiente animado en el que se encontraba. Sobre el escenario, Miles Davis tocaba la trompeta con verdadero fervor, tanto él como el resto de los músicos transmitían un amor puro por la música. En esos momentos tocaban una pieza rápida, algunos clientes se pusieron a bailar, y Cai y Norma también se levantaron. A Grace, Norma le sonaba de algo.

—Ven con nosotras, Grace. ¡Arriba! —exclamó Cai, que seguía el ritmo dando palmadas.

La aludida se puso en pie.

—¿Nos vamos? —preguntó esperanzada. Sin embargo, enseguida se dio cuenta de cuál sería la respuesta.

—¿Que si nos vamos? —repitió Cai, partiéndose de risa—. ¡Sí, pero a bailar! ¡Venga!

Grace se obligó a no consultar su reloj de nuevo.

Un joven con el pelo casi negro y un traje hecho a medida se plantó frente a ella y le tendió la mano.

—Paolo Santos de la Daminque, su humilde servidor —se presentó con un exceso de cortesía, una sonrisa agradable y un beso en la mano—. ¿Me concede este baile? —preguntó con una leve reverencia y un guiño.

Grace dudó un segundo. Si bailaba un poco, seguro que se distraería y dejaría de pensar en la hora.

Estaba claro que el traje de Paolo era hecho a medida. Como todos los amigos de Cai que había presentes, él también irradiaba un aura de juventud acomodada, de no haber tenido que preocuparse nunca por el dinero y, con toda probabilidad, de no tener que hacerlo jamás en el futuro.

En Filadelfia, Grace había estado en casa de gente de círculos parecidos. Su abuelo y su padre habían conseguido que la familia gozara de una buena situación, con una casa de diecisiete habitaciones ya pagada en un buen barrio y el dinero necesario para costearse todos los caprichos que pudieran codiciar. Ella tampoco había tenido que preocuparse jamás por el dinero, aunque ya había comprendido que la vida en Nueva York sería muy distinta a la de la apacible Filadelfia. Nueva York era un gran hervidero lleno de posibilidades y aventuras que no se vaciaba ni se enfriaba jamás, y si quería seguir viviendo allí tendría que tomar decisiones diferentes a las que marcaban el camino seguro de su ciudad natal.

«Solo hay dos opciones —pensó—: o cojo ahora mismo la chaqueta y me marcho, o me quedo. Pero si me decido por la última, más me vale disfrutar de la noche.»

—Señorita —dijo Paolo—, si es tan amable...

Grace se dio la vuelta y los atractivos ojos del chico redujeron al instante las opciones.

Al final resultó muy sencillo. Aceptó la mano que le tendía y se dejó arrastrar hacia la pista de baile.

—Me alegro de poder bailar con usted —expresó Paolo.

—Gracias, lo mismo digo —respondió ella con una sonrisa.

Paolo resultó ser una buena pareja de baile, y Grace le cedió el mando enseguida.

—Cai nos ha contado que quiere convertirse en actriz —comentó él, a lo que Grace asintió con la cabeza—. ¿Por qué? —preguntó, y ella se alegró de que alguien sintiera curiosidad por los motivos de su decisión.

—Simplemente me encanta convertirme en otra persona, vivir la vida de otras mujeres y explorar sus conflictos y posibilidades —explicó ella—. Pero por encima de todo me fascina ese momento en el que me doy cuenta de que me he transformado en el personaje. Es una sensación mágica.

—¿Y se le da bien?

Grace asintió con seriedad.

—Por supuesto. A veces incluso me cuesta volver a ser yo misma.

—¿Qué papeles le resultan más interesantes? —quiso saber Paolo.

A esas alturas la música había apaciguado un poco su ritmo hasta convertirse en una melodía ligera de jazz.

—Los de mujeres que consiguen imponerse a todas las adversidades, que superan sus limitaciones —contestó Grace sin dejar de mecerse siguiendo el ritmo.

—¿Por qué las mujeres últimamente tienden a imponerse? —planteó Paolo mientras la pareja describía un círculo en la pista—. Si usted fuera mi esposa, Grace —dijo en voz baja—, solo querría que se ciñera a su cometido.

—Ajá —replicó ella, frunciendo el ceño—. ¿Y cuál sería ese cometido, si se puede saber?

—Embellecer la vida —contestó Paolo en un susurro.

«No lo dice en serio», pensó Grace, aunque de todos modos no le complació lo más mínimo la respuesta.

—Si de algo estoy segura es de que no estoy hecha para limitarme a embellecer la vida de un hombre —afirmó ella.

—Pues yo discrepo totalmente —dijo Paolo entre risas, antes de pegarse más a su cuerpo—. Estoy convencido de que un bonito collar de brillantes y un abrigo de visón le quedarían de maravilla.

—Por supuesto que ese tipo de cosas bellas me agradan, ¿a qué mujer no le gustan? —repuso Grace, cada vez más incómoda con el tono de la conversación—. En cualquier caso, creo que no conoce usted muy bien a las mujeres —añadió en un tono más mordaz y con los ojos clavados en los de Paolo para observar su sorpresa. Era evidente que no estaba acostumbrado a que las mujeres le llevaran la contraria.

Cai bailaba con un joven de pelo rubio cerca de ellos.

—¿Qué os parece? ¿No es una noche fantástica?

—Mucho —respondió Paolo—. Pero me ha entrado sed. ¿Qué le parece si paramos para tomar algo, Grace?

Cai se unió a ellos frente a la barra, donde reinaba un ambiente de lo más relajado. En locales como ese todavía se respiraba una atmósfera de alegría comparable a la del fin de la guerra, la gente parecía aliviada de que por fin hubiera terminado el conflicto. Paolo pidió una ronda de ginebra con hielo. Norma también estaba cerca, conversando en un tono rápido y elevado con varios hombres a la vez, que la contemplaban con admiración.

Se reía de un modo algo escandaloso y estaba clarísimo que ya se había excedido con la bebida. Grace tuvo la impresión de que Norma ya se había abandonado casi por completo.

—¡Eh! —exclamó, mirándola—. Cai me ha contado que tú también quieres ser actriz.

Grace se acercó a ella.

—Sí. Como tú, por lo que he oído.

—Yo ya lo soy. Lo que pasa es que aún estoy esperando a que me llegue un buen papel. De momento, trabajo de modelo. Emmeline Snively, de la Blue Book Agency de Hollywood, me ha contratado —le explicó Norma—. ¿Qué te parece mi pelo? —preguntó, señalándose la melena rubio platino.

—Elegante —admitió Grace.

—Pues en realidad lo tengo castaño y rizado —confesó Norma—. Pero la agencia opinaba que rubia sería más sexy —añadió, abanicándose con la mano—. Madre mía, sí que está viciado el aire aquí. Oh, mira, dos taburetes libres. ¡A por ellos! —propuso, llevándosela unos metros más allá.

Las dos chicas se abrieron paso entre la multitud y ocuparon los asientos enseguida.

—Te aseguro que el mundo del cine es un verdadero nido de serpientes. Por lo menos esa es mi experiencia hasta el momento —le comentó Norma antes de pedir dos copas de whisky—. Aunque en la agencia me han dicho que con mis curvas no tendré ningún problema.

—¿Qué me recomendarías, como novata? —dijo Grace cuando brindaron con las bebidas que acababan de servirles.

—Lo más importante es que te hagas con un buen agente —le aconsejó Norma—. Y que no aceptes cualquier cosa que te propongan. De lo contrario te quemarás antes de que puedas darte cuenta. Yo todavía estoy aprendiendo a decir que no, y te aseguro que no resulta tan sencillo hacerlo como decirlo, porque tendemos a pensar que si accedemos a todo lo que nos piden avanzaremos más deprisa. No es verdad, créeme. Sobre todo plantéate bien cada oferta antes de aceptarla. El hecho de tomarte tu tiempo no te restará profesionalidad.

Grace asintió con la cabeza.

—Gracias, Norma. Tendré en cuenta tus consejos.

—Eso es bueno —dijo Norma, poniéndose en pie—. Nos vemos más tarde, que yo... ¡Eh, hola, Josh! ¿Cómo estás? —exclamó distraída nada más volverse.

Parecía que estuviera buscando continuamente a personas con ganas de conversación. En realidad, a Grace le habría gustado poder preguntarle más cosas sobre su experiencia como actriz, pero Norma ya había empezado a contarle a ese tal Josh cómo había ido la sesión con un fotógrafo llamado André. No hacían más que acercársele hombres que se iban acumulando a su alrededor, y casi todos parecían más interesados en llevársela del bar que en escucharla.

¿Por qué ella no actuaba de ese modo con los hombres? ¿Acaso era distinta? Pero ¿cómo era ella? Allí, en medio de todos esos jóvenes privilegiados, cuyas vidas en la mayoría de los casos eran el reflejo de las de sus padres y abuelos, y de todas esas mujeres que intentaban encontrar su camino, Grace no pudo más que preguntarse hacia dónde debía dirigir sus pasos. Hasta el momento la habían llevado a Nueva York; tenía muy claro que era allí donde debía estar. Pero ¿qué era exactamente lo que aspiraba a encontrar allí?

Le echó otro vistazo a Norma. Los hombres se le acercaban mucho, de vez en cuando incluso la tocaban, y ella intentaba zafarse, pero eran demasiados y la situación era claramente abrumadora.

A Grace no le pareció que Norma estuviera demasiado cómoda con aquello. Se dio cuenta de que dos de los hombres le tocaban el trasero. Norma se volvió hacia ellos y los fulminó con la mirada, pero estos reaccionaron riendo y continuaron como si nada.

Norma le había aconsejado que dijera que no. «Es algo que tendré que aprender a hacer», pensó Grace.

Entonces se acercó Cai.

—Queremos ir a darnos un baño. Hace mucho calor, necesitamos refrescarnos un poco —dijo esta, que también iba algo achispada.

Rick se unió a ellas.

—Conduciré yo. Vamos.

—Un momento —le pidió Grace a Cai—. ¿No crees que deberíamos regresar ya?

Cai se la quedó mirando con las cejas arqueadas.

—No, madre superiora; ahora nos vamos a nadar —contestó, tirando de ella—. ¡Vamos!

—Pero Cai... —objetó ella—. Si ni siquiera llevamos bañador, y además...

Sin embargo, Cai ya no la escuchaba, y a Grace no le quedó más remedio que seguirla hasta el exterior de aquel bar lleno hasta los topes.

Se fijó en Norma al pasar. Todavía la rodeaba una buena tropa de hombres. Norma echó la cabeza hacia atrás y soltó una carcajada grave que al parecer entusiasmó a todos los tipos que tenía a su alrededor. Luego le dirigió una mirada fugaz a Grace, y esta tuvo la impresión de no haber oído nunca una risa tan triste.

Seis

Cuando Grace subió la escalera del bar, enseguida notó el calor intenso que reinaba fuera a pesar de haber caído ya la noche. Después de todo, resultó que la temperatura era más fresca en el bar que en el exterior.

Cai, Rick, Paolo y los demás que habían compartido mesa acababan de descorchar dos botellas de champán enormes y el líquido burbujeante empezó a fluir con profusión. Todos soltaron un alarido de alegría al unísono e intentaron tomar un trago a morro. Cai quedó completamente empapada de cintura para arriba.

—Toma, bebe un poco —le dijo riendo, mientras le tendía la botella a Grace.

Esta negó con la cabeza.

—Ahora no, gracias.

—Vamos, gente, ¡al coche! —exclamó Rick, avanzando hacia un Aston Martin.

Grace se preguntó cómo podrían caber todos en el vehículo. Además, Rick parecía completamente ebrio.

Paolo se la quedó mirando como si estuviera pensando lo mismo que ella.

—No se preocupe —le dijo—. Yo no voy borracho, si quiere puede venir conmigo.

—¿Y los demás? —preguntó ella.

Paolo dirigió la mirada hacia la pandilla que no paraba de reír.

—Procuro evitar conducir si he bebido —explicó—. Aunque debo admitir que no siempre lo consigo. No sé por qué soy el único que al parecer se aferra a la vida.

—¿No deberíamos al menos intentar hablar con ellos? —señaló Grace, preocupada por la idea de que se subieran a un coche en ese estado.

—Pruebe usted —replicó Paolo, encogiéndose de hombros—. Pero ya le puedo anticipar lo que le dirán: que es vieja sin haber sido joven, que es aburrida y que le da miedo arriesgarse. Todo eso es lo que se expone a oír. Y por supuesto que es una aguafiestas, porque nada resulta más divertido que subir a un descapotable y recorrer Nueva York bebiendo champán a morro a pesar de la posibilidad de herir a alguien o incluso algo peor.

—Comprendo —contestó Grace—. Pero ¿de verdad está usted sobrio?

—Puede confiar en mí —aseveró Paolo, y acto seguido le hizo una seña con la cabeza—. Por aquí.

Mientras se apretujaban armando escándalo en el Aston Martin de Rick, Grace siguió a Paolo hasta un Mercedes. Él le abrió la puerta del acompañante con un gesto caballeroso, esperó a que se hubiera acomodado y la cerró con cuidado.

—¿Le apetece escuchar música? —preguntó él una vez dentro, y Grace asintió mientras contemplaba la oscuridad neoyorquina con fascinación. Los anuncios luminosos, la gente, el ambiente..., todo era indescriptible.

Y aquellos que iban de un lado a otro de la ciudad a esas horas parecían irradiar alegría de vivir.

En la radio, Nat King Cole cantaba *I love you for sentimental reasons*.

Grace sonrió. Había conseguido llegar a aquella ciudad mágica y se convertiría en actriz. Tenía por delante toda una vida llena de posibilidades y de encuentros cautivadores, pero por encima de todo estaría a su aire. Esa noche fue más consciente que nunca de lo importante que era ese hecho para ella. Cerró un momento los ojos mientras Nat King Cole tocaba el piano. Lo lograría todo por sus propios medios, y no pensaba dejar que ningún hombre la convenciera de nada, de eso estaba segura.

Paolo se metió por una calle estrecha y de repente se plantaron frente al lago de Central Park.

—Fíjese en lo bonito que es el reflejo de la luna sobre el agua —le dijo Paolo.

—Maravilloso —convino Grace, refiriéndose no solo a la luz de la luna centelleando en el lago, sino a todo lo que se extendía frente a ella.

—¡Vamos al agua, Grace! —gritó Cai, que poco después llegó acompañada de los demás.

Sin embargo, esta negó con la cabeza. No pensaba quedarse en ropa interior y bañarse delante de todos ellos.

—¡Venga, Grace! —la instaron todos a coro.

—Prefiero quedarme aquí —contestó riendo.

Paolo estaba sentado a su lado. Había sacado una manta del maletero del coche y la había extendido sobre el césped. Luego se tumbó de espaldas para contemplar las estrellas.

—En el agua no debe de hacer tanto calor —dijo. Grace asintió para darle la razón—. A veces las calles de Nueva York son tan sofocantes que incluso cuesta respirar. Los niños ni siquiera pueden jugar descalzos, porque el asfalto quema tanto que los perros se escaldan las patas. Para huir del calor nos vamos a la casa que tenemos fuera de la ciudad.

—Ah, ¿y dónde está? —preguntó Grace, que siempre agradecía las caricias del viento.

—En Long Island —respondió Paolo—. En los Hamptons, un lugar muy bonito. Pensábamos pasar allí el fin de semana; ¿le apetece venir con nosotros? Está solo a unas dos horas en coche de aquí.

—Es muy amable por su parte —afirmó Grace con una sonrisa de agradecimiento—. Pero tengo que concentrarme en el inicio de mi carrera como actriz y todavía he de preparar unas cosas.

Paolo se rio, negando con la cabeza.

—Parece usted una mujer muy ambiciosa.

Grace notó una ligera reticencia.

—¿Y bien? ¿Qué tiene eso de malo?

—Que también hay que vivir, gozar de la libertad, pasar tiempo con los amigos y cosas por el estilo. ¡Es usted joven!

—Sí, pero no he venido a Nueva York para eso, sino para formarme como actriz. Y pienso aplicarme tanto como sea posible —repuso Grace—. Debo centrarme en mi carrera.

—Eso significa que quiere llegar lejos —constató Paolo con una sonrisa.

Grace se lo quedó mirando muy seria.

—Exacto. Me gustaría tener éxito... e independencia. En lugar de dejar que un hombre me regale joyas y pieles, quiero ser yo misma la que se compre los brillantes de vez en cuando.

Pasaron un rato en silencio, observando cómo los demás se lanzaban al agua entre risas.

—Es usted una mujer excepcional —aseguró Paolo en voz baja—. Es una lástima que desee conseguir todo eso sola. ¿Por qué se empeña en elegir el camino más duro?

—Supongo que se refiere al camino más duro para una mujer.

—Mire, voy a serle franco. Usted me fascina, Grace. Soy un hombre realista y no miento cuando le digo que me gustaría tener a una mujer bella a mi lado, por un tema meramente estético. Podríamos formar un buen equipo.

—Paolo —dijo Grace, consternada—, no pienso casarme solo para formar parte de un equipo. Y, a decir verdad, me parece horrible que existan mujeres dispuestas a ello, a las que eso les parezca suficiente. ¿Qué hay del amor entonces?

—Ay, el amor —repitió Paolo, impasible—. El amor llega con el tiempo. A menudo, el matrimonio es una relación de conveniencia. ¿Acaso cree usted que su amiga Cai se casaría con alguien que no cumpliera los requisitos impuestos por su familia?

—Si lo ama, tal vez —respondió Grace—. El amor es capaz de superar cualquier obstáculo.

—Entonces se está engañando. Se sorprendería de lo rápido que puede agotarse el amor.

—Me niego a vivir la vida según esa máxima —replicó ella—. No pienso renunciar a la idea del amor tan fácilmente.

Paolo se puso en pie.

—Bueno, ¿qué le parece si paseamos un poco?

—No, gracias. Prefiero quedarme aquí sentada —contestó ella—. Puede ir a estirar las piernas usted solo, si quiere.

Él se alejó negando con la cabeza, y Grace se alegró de quedarse sola un rato. Sin saber muy bien por qué, no confiaba en Paolo. Parecía amable y bien educado, pero a ella no le había gustado que pretendiera reducirla a un mero accesorio masculino.

Durante un rato se dedicó a contemplar cómo los demás chapoteaban en el agua. Luego se levantó para mirar a su alrededor. El lago estaba precioso y las luces de Nueva York parpadeaban por encima de los árboles que lo rodeaban. El calor ya no era tan bochornoso y se había levantado una ligera brisa, pero no lograba ver a Paolo por ninguna parte.

Grace avanzó por el camino que conducía hasta la oscuridad. Allí oyó unas voces cargadas de rabia contenida. Siguió andando hasta que divisó a dos personas que parecían estar peleándose.

Con mucha cautela, caminó unos pasos más y aguzó el oído.

—No te pongas así. Antes no eras tan mojigata —decía una voz de hombre que ella no tardó en reconocer.

Eran Paolo y Norma. Grace se preguntó cómo había llegado ella hasta allí.

Paolo le cogió una mano a Norma y se la besó. Luego la abrazó y quiso acercar su cuerpo al de ella.

—Déjalo, Paolo, por favor —le pidió Norma, ya en

voz más alta, mientras intentaba retroceder—. No me apetece.

—Venga, Norma... —insistió la voz de Paolo, esta vez con un matiz más ronco que le transmitió a Grace una sensación de incomodidad—. Sé que en el fondo es lo que quieres.

Norma intentó zafarse de su abrazo.

—¡Ya te he dicho que me dejes! —reiteró ella, alzando la voz y con un tono más urgente. Parecía amedrentada.

Paolo jadeó y siguió esforzándose por agarrarla mejor, mientras que ella reaccionaba resistiéndose con más empeño.

—Vamos...

—¡Si no me sueltas enseguida, gritaré! —exclamó Norma.

—Pues grita —repuso Paolo con la voz ensombrecida—. Vamos, inténtalo —la retó mientras le tapaba la boca con la mano.

Norma estaba sumida en el pánico, y a Grace se le aceleró el corazón de repente. No, eso no podía ocurrir. Salió corriendo tan deprisa como pudo hacia la pareja, y los dos se sorprendieron al notar su presencia. Nada más verla, Paolo soltó a Norma y retrocedió un paso, tropezó y cayó al suelo.

Norma tardó unos segundos en reaccionar, pero al hacerlo corrió a colocarse junto a Grace.

—¡Dios mío, menos mal que has venido! —exclamó Norma, abrazando a Grace con fuerza.

Paolo se puso en pie, se limpió la tierra del traje y lanzó sendas miradas de desprecio a las dos chicas.

Grace apartó los ojos de aquel hombre cuya mirada ya no podía soportar más y se volvió hacia Norma.

—Vámonos de aquí —le dijo.

Norma asintió. De repente parecía increíblemente agotada. Grace la agarró con fuerza. Lanzó un último vistazo a su espalda, pero Paolo ya se había esfumado.

Entonces recordó que el Barbizon llevaba un buen rato cerrado. ¿Dónde pasaría la noche? Esperaba que al menos Cai tuviera alguna respuesta para esa cuestión.

Pero primero debía llevarse a Norma a algún lugar seguro. Aceleró la marcha y se dirigió de nuevo hacia el lago, y mientras oía las voces de los demás Grace pensó que nunca permitiría que un hombre como Paolo, que se creía con derecho a utilizar a las mujeres, le impusiera su voluntad. Y estaba dispuesta a hacer todo lo posible para seguir creyendo en el amor.

Algún día encontraría el amor, de eso estaba segura.

Siete

—Seguro que el señor Jehlinger hoy no está de buen humor —aventuró Mary Jo Sullivan—. Durante mi primer año era insoportable. Siempre dice que supervisar y formar a estudiantes nuevos es una tarea muy exigente, que los jóvenes de hoy en día son impacientes y no tienen modales. En sus clases, la disciplina y el orden son sagrados. Horrible, vaya.

Mary Jo, una vecina de rellano de Grace, se sentó con ella a desayunar de buena mañana antes de acudir por primera vez a clase en la Academy. Mary Jo había llegado procedente de Carolina del Sur y ya estaba en el segundo curso. Era menuda, vivaracha y agradable, con el pelo rubio rojizo rizado, la cara llena de pecas y unos grandes ojos azules capaces de mirar de forma ingenua, seductora, fanfarrona, desafiante y mil posibilidades más, siempre a voluntad.

—Les hace la vida imposible a los que le caen mal y es de lo más caprichoso. Dios, qué horrible es ese hombre. Además, nunca sabes a qué atenerte con él. Aunque yo creo que le gustarás. Tienes un carisma especial, Grace —dijo con genuina admiración.

—¡Ojalá! —exclamó esta con la frente arrugada—. Porque no soy tan... tan abierta como el resto de las chicas que hay aquí. Y tampoco sé por qué.

Por norma general, Grace no se preocupaba demasiado por lo que los otros pensaran o dijeran de ella. Le parecía que no tenía sentido perder el tiempo con esa clase de cosas. Al fin y al cabo estaba en Nueva York para convertirse en actriz, en una buena actriz, y no para caerles bien a sus compañeras de la residencia.

—Muchas te toman por arrogante —le dijo Mary Jo antes de darle un sorbo a su té y de recubrir su tortita con un centímetro de sirope.

—Así no te librarás jamás de esos kilos que te sobran —la reprendió Cai, que también se había sentado con ellas a desayunar pero se limitaba a comerse una macedonia.

—Ay, no pasa nada por comer bien por la mañana —replicó Mary Jo, riendo.

—Ya, pero luego para cenar te hinchas a comer patatas con salsa, y eso no te irá nada bien si quieres mantener la línea —insistió Cai.

A Grace se le había despertado la curiosidad. Sabía que algunas de las chicas la observaban con envidia y que le atribuían un carácter arrogante sin conocerla, pero no comprendía realmente el motivo. Tal vez Mary Jo podría explicárselo.

—¿Quién lo dice? —quiso saber.

—Tranquila, yo sé que no eres así, te conozco. Pero Maureen y Kimberley, por ejemplo, cuentan que siempre las miras mal.

—¡Eso es ridículo! —exclamó ella indignada.

—Dios... —murmuró Cai mientras masticaba una uva y negaba con la cabeza—. ¿Van por ahí diciendo que Grace las mira así o qué? —preguntó, entrecerrando los ojos y parpadeando varias veces.

—¡Exacto! —respondió Mary Jo entre carcajadas.

—Grace, no te preocupes —le dijo Cai—. Simplemente ponte las gafas de vez en cuando. Esto no mejorará si vas por ahí sin ellas y no eres capaz de reconocer a la gente con la que te cruzas. Además, te acabarán atropellando por culpa de la miopía. Y tampoco es bueno para los ojos ir sin gafas.

—Parece que esté oyendo a mi madre. Odio llevar esas gafotas.

—Eso da igual, tú póntelas. Además, hoy es un gran día.

Grace suspiró y sacó sus gafas del bolso.

—No te preocupes por los demás —le aconsejó Mary Jo—. Nos tienes a nosotras.

—Gracias —replicó ella con una sonrisa, mirando a su alrededor.

En la mesa de al lado estaban sentadas Kimberley, Maureen, Phyllis y Laura, y parecían estar aburridas. Aun así, Grace supuso que debían de estar cuchicheando sobre ella.

Cai consultó su reloj de pulsera.

—Tengo que marcharme. Si vuelvo a llegar tarde a clase avisarán a mis padres, y no quiero oír cómo me acusan de ser una irresponsable.

—¿De verdad te gusta aprender a cocinar y todas esas cosas? —preguntó Mary Jo con genuina curiosidad.

Cai arqueó una ceja.

—La semana pasada nos enseñaron a hervir. Sí, lo habéis oído bien: a hervir. Es necesario que el agua alcance una temperatura adecuada antes de añadir la pasta o el arroz... O sea, que imaginaos —dijo mientras se levantaba—. Hoy toca doblar servilletas. Aprenderé a darles forma de cisne o de abanico. ¡Justo lo que siempre había deseado!

Grace sintió lástima por su amiga. ¿Por qué se esperaba que una joven se ocupara de esa clase de absurdidades? Había tanto por descubrir en el mundo que no comprendía por qué era importante siquiera preocuparse por la decoración de la mesa. Se dio cuenta de que era muy afortunada por estar aprendiendo algo que le interesaba de verdad. Ilusionada, ella también se puso en pie.

—Yo también me marcho, no veo el momento de empezar las clases.

—¡Yo igual! —exclamó Mary Jo, levantándose de la silla de un salto—. Te acompaño, Grace. He de ir a la segunda planta para la clase de fonación, y tenemos la primera entrega de nuestra primera obra original.

Grace se dio cuenta de que con las gafas en realidad se sentía mucho mejor. No tenía que estar entrecerrando los ojos continuamente, por lo que decidió que se compraría una montura más moderna.

Ocho

Junto a unos cuantos compañeros de curso, Grace se presentó a las diez en punto en un gran auditorio del Carnegie Hall, la histórica sala de conciertos que se encontraba en la esquina entre la calle Cincuenta y Siete y la Séptima Avenida de Manhattan. El edificio le pareció espectacular, tanto que tuvo que sobreponerse a la impresión antes de entrar.

Había dedicado mucho tiempo a pensar qué se pondría para ese primer día de clase en la American Academy of Dramatic Arts, la cuna de las estrellas. Un traje de chaqueta habría limitado mucho su libertad de movimientos, una falda y una blusa eran una combinación anticuada, mientras que un vestido le parecía una opción demasiado elegante. Al final se había decidido por unos pantalones capri, una camisa sencilla de manga corta y zapatos sin tacón. Se había recogido el pelo y solo se había puesto algo de rímel y brillo de labios. El primer día de clase no le pareció el momento más adecuado para maquillarse en exceso. A través de las gafas se dio cuenta de cómo la observaban los demás. Nada más entrar en la sala, algunos se pusieron a cuchichear.

Grace se detuvo sin saber qué hacer. Reconoció a dos chicos que había conocido en una de las fiestas en las que se había colado con Cai. Se llamaban Larry y Nick, vivían juntos en un apartamento y se conocían desde la guardería. Eran de Texas, y de hecho los dos se presentaron con sombreros de vaquero, algo que la desconcertó un poco.

La puerta se cerró de golpe y el leve murmullo de la gente se fue aplacando hasta que reinó el más absoluto silencio. Grace se puso de puntillas para ver lo que ocurría al frente de la sala.

Un tipo de aspecto severo, de unos setenta años, con gafas de pasta y el pelo blanco, se subió a un estrado, miró a su alrededor y ajustó el micrófono que tenía delante.

—Buenos días, señoras y señores —empezó a decir—. Me llamo Charles Jehlinger y dirijo la Academy desde 1923, desde el fallecimiento del honorable Franklin H. Sargent. Durante este tiempo he visto pasar por aquí a muchos jóvenes aspirantes. Spencer Tracy estudió aquí, igual que Kirk Douglas. Ellos también estuvieron en el lugar que ocupan hoy ustedes, también llegaron cargados de esperanzas, de iniciativa y de amor por la interpretación. Pero ya les aviso que no todos los que están aquí lograrán alcanzar sus objetivos. Soy famoso por mi honestidad, y cuando me doy cuenta de que alguien no vale, lo digo sin tapujos.

Hizo una pausa para observar los rostros de los jóvenes que tenía delante, que lo miraban con gran expectación, como si estuvieran contemplando su propio futuro.

—Lo que quiero decir con ello es que la primera criba se hará tras el primer semestre. Sé reconocer el trabajo duro y les deseo lo mejor. No obstante, sin duda algunos de ustedes no continuarán con nosotros. La Academy es una piedra de toque. Espero que formen parte de los que superarán esa prueba —dijo antes de hacer otra pausa.

Los jóvenes estudiantes le aplaudieron, primero de un modo comedido y luego con más intensidad. Entre ellos, Grace.

—Y también me gustaría dejar una cosa bien clara: la American Academy of Dramatic Arts es una escuela, un lugar de aprendizaje. Yo tengo una máxima: la cortesía y el respeto, así como la franqueza, son el fundamento de las personas cultivadas. Y así es como espero que se comporten entre ustedes. Cualquier conducta que se desvíe de esos parámetros no se considerará aceptable en esta institución —sentenció, mirando de nuevo hacia el auditorio—. Y ahora acudan a sus respectivas clases, donde los instructores les explicarán todo lo demás.

La Academy había enviado una hoja informativa y Grace sabía exactamente adónde tenía que ir. Se había leído y releído la carta al menos cien veces.

Poco después se plantó, junto con doce alumnos más, en una gran aula en la que había un atril, sillas y un escenario, además de un espejo enorme. Con el corazón acelerado, esperó junto con los demás a que llegara el profesor, que no tardó en entrar en la sala.

Era nada más y nada menos que Charles Jehlinger.

—¡Oh, no! —exclamó un muchacho que estaba sentado al lado de Grace—. Resulta que también es nuestro profesor. No puede ser.

—Es el peor que nos podía tocar —convino una joven rubia a su lado—. Conozco a dos chicas a las que hizo llorar durante la primera semana, y las dos lo acabaron dejando. Se ve que es un dictador en toda regla.

Grace también había oído anécdotas inquietantes acerca del señor Jehlinger, pero no quería dejarse llevar por lo que decían los demás sobre él, sino que prefería formarse su propia opinión.

—Pues aquí estamos. Durante el primer semestre se las verán conmigo, señoras y señores —explicó el señor Jehlinger—. A partir del segundo semestre tendrán otro profesor, pero antes deberán soportarme a mí —dijo, y acto seguido señaló las sillas vacías—. Por favor, siéntense.

Mientras los alumnos buscaban dónde sentarse, el señor Jehlinger empezó a pasear entre las mesas, repartiendo un montón de papeles por todos los pupitres. En realidad, Grace se había propuesto sentarse en las filas de atrás, pero los otros estudiantes las habían ocupado enseguida y no le quedó más remedio que sentarse a la vista de todos.

—Para empezar, querría pedirles que escriban su nombre completo en un papel y que lo coloquen a modo de rótulo frente a ustedes. Con buena letra, como en la escuela. Y, por favor, no le den la vuelta al resto de las hojas todavía.

Igual que los demás, Grace siguió las instrucciones de inmediato. El señor Jehlinger imponía mucho respeto, de manera que la sala se sumió en un silencio tan sepulcral que podría haberse oído un alfiler cayendo al suelo.

—Me gustaría comprobar su capacidad de articulación —anunció el señor Jehlinger—. Por favor, den la vuelta a las hojas que yo les diga y lean el texto.

—¿No podemos prepararnos primero? —preguntó una joven de pelo castaño.

El señor Jehlinger se acercó a ella a paso ligero.

—Se dice: «¿Puedo hacer una pregunta, señor?» —le espetó el profesor—. Y la respuesta se la doy enseguida: no. Leerán los textos a primera vista.

La chica del pelo castaño, que tan segura y descarada se había mostrado con la pregunta, asintió con gesto apocado.

—Disculpe, señor —añadió en voz baja.

El señor Jehlinger desvió la mirada de ella para fijarse en el estrado y luego se dio la vuelta.

«No, por favor», pensó Grace intimidada.

—Señorita Kelly —dijo el señor Jehlinger—. Lea la hoja número dos, por favor.

Con las manos temblorosas, Grace le dio la vuelta al papel y empezó a leer en voz alta:

—«Víctor vendía bonitas boinas, bonitas, baratas, embalaba baberos, bolillos, botas bellas y boinas buenas. Besaba Víctor al bebé baboso, baleaba...».

—Señorita Kelly, un poco más alto y más despacio, por favor. ¿Está usted resfriada?

—No —respondió Grace—. Tuve... tengo... Es que sufrí una sinusitis y..., bueno... —tartamudeó sonrojada. Había dos temas sobre los que no le gustaba hablar: su miopía y su voz nasal.

Sin embargo, era evidente que aquello traía sin cuidado al señor Jehlinger, que procedió a sentarse y se reclinó en la silla.

—Siga, por favor.

—«... baleaba valientes bandidos brabucones y bastaba verle botar barquitos que bien navegaban para brindar por barloventosa ventura.»

Grace volvió a dejar la hoja sobre el pupitre y respiró hondo mientras el señor Jehlinger anotaba algo. Se quedó hecha polvo. Nunca le había parecido tan difícil leer algo tan sencillo como en ese instante, frente a ese hombre, y por supuesto había trastabillado varias veces. Cuanto más leía, más se le cerraba la nariz.

—Señorita Kelly. Por favooor —bromeó un joven de aspecto arrogante que estaba sentado junto a ella, imitándola mientras se tapaba la nariz.

Grace se puso colorada. Odiaba que se hiciera tanto hincapié en sus debilidades.

—Señor Stan Parker, página cuatro. Dele la vuelta y lea en voz alta, por favor —le pidió el señor Jehlinger precisamente al joven que se burlaba.

—Esto... —dijo el chico, que procedió a buscar la hoja.

Con los nervios, la pila entera de papeles se le cayó al suelo, y a Grace ni siquiera le pasó por la cabeza la posibilidad de ayudarle a recoger las hojas.

—¿Cree que podremos contar con su aportación, señor Parker, o necesita tomarse su tiempo?

—No, enseguida —contestó Parker.

—No..., ¡señor! —lo corrigió el señor Jehlinger.

—Sí, señor.

Por fin las tuvo todas recogidas y encontró la hoja solicitada.

—«Frente a la fuente de enfrente, la frente Fernanda frunce; Fernanda frunce la frente, frente a la fuente de enfrente. ¿La frunce o finge fruncirla? ¿Finge Fernanda...?»

—Señor Parker, ¿le importaría hablar de manera que también las señoras y los señores de la última fila pudieran oír lo que dice? Sería todo un detalle por su parte.

A Grace le supo mal alegrarse de que su compañero de clase se hubiera visto superado por la inquietud y la inseguridad.

—Disculpe, señor. ¿Continúo leyendo?

El señor Jehlinger asintió con la cabeza y Parker prosiguió con la lectura.

—«¿Finge Fernanda fruncir? Fernanda no finge, frunce..., esto..., La frente frunce Fernanda... *Frunge*..., ay, frunce... ¿La frunce o finge frun... cirla? Frunce Fernanda la frente *frence* a la puerta de enfrente...» —dijo Stan, sudando la gota gorda.

El señor Jehlinger empezó a tamborilear con los dedos sobre el pupitre y puso los ojos en blanco.

—¿Usted quiere convertirse en actor y entretener a la gente, señor Parker?

—Sí..., ¡señor! —contestó Stan.

—Bueno, pues no sé si es precisamente la mejor idea que ha tenido en su vida. Diría que tal vez lo pasaría mal actuando *frence* a un auditorio.

Una risa contenida se apoderó de toda la sala.

—Por lo que respecta a nosotros, hay que tener muy claras unas cuantas reglas. Y no lo digo solo por usted, señor Parker, aunque le aseguro que le conviene escucharme con atención —comentó el señor Jehringer justo antes de ponerse en pie y plantarse frente a la primera fila—. Pasarán los siguientes meses trabajando y aprendiendo juntos. Y lo recalco: juntos. No toleraré tomaduras de pelo, parodias ni cualquier otro tipo de burla. ¿Lo ha comprendido, señor Parker?

—Sí, señor —respondió Stan Parker, sudando todavía más.

—Muy bien, haga el favor de disculparse con su compañera, pues.

Stan se volvió hacia Grace colorado como un pimiento.

—Le ruego que me perdone, señorita Kelly.

—No pasa nada —dijo Grace en voz baja.

—No quiero enfrentamientos en mi clase —prosiguió el señor Jehlinger—. La competencia sana está bien, pero aún están muy lejos de ese nivel. He estudiado a fondo sus candidaturas y sé exactamente dónde se encuentran. El resto lo estoy descubriendo ahora.

Dicho esto, señaló a una joven rubia de ojos marrones, los más preciosos que Grace había visto en su vida.

—Señorita Wilkes, página siete. ¡Por favor!

A las cuatro de la tarde, Grace salió de la Academy e intentó recomponerse. Luego se topó con Mary Jo, que acudió a su encuentro muy contenta.

—¿Cómo te ha ido? —le preguntó—. Veo que el profesor te ha perdonado la vida, o sea que puedes darte por satisfecha.

Grace se apoyó contra el muro de la Academy y se dio cuenta de que la tensión que había acumulado le había causado dolor de cabeza.

—Estoy absolutamente agotada —respondió.

—Por supuesto, sería muy raro que no lo estuvieras. Una hora con el señor Jehlinger equivale a cinco horas en una cámara de tortura. A mí me preguntó de qué me gustaría trabajar. Le dije que bueno, que era evidente que quería actuar frente al público, y me respondió que en ese caso sería mejor que me planteara seriamente la posibilidad de dedicarme a contar chistes.

—¡Dios! —exclamó Grace—. En mi caso ha sido la pronunciación. Tengo sinusitis crónica.

—Que tienes... ¿qué?

Grace le explicó la infección que había sufrido durante la infancia.

—Ah —dijo Mary Jo—. Creí que hablabas de esa forma tan nasal para parecer más distinguida.

—Pues no, y debo hacer algo al respecto —explicó Grace—. El señor Jehlinger me ha dicho que de lo contrario ya puedo olvidarme de trabajar como actriz.

—Lo conseguirás, Grace —le aseguró su amiga.

Sin embargo, a ella no le parecía tan evidente. El día se le había hecho increíblemente duro y la cabeza le daba vueltas. El señor Jehlinger era exigente en todas las áreas (gestualidad, mímica, actitud...), de manera que lo criticaba todo, y les había entregado documentación para que pudieran ocuparse de cada uno de los fundamentos que les fallaban. A Grace le había encargado un montón de ejercicios de fonación y le había recomendado que consultara su caso con un especialista cuanto antes.

Le asustaba pensar en todo lo que tenía que aprender, practicar y mejorar. Justo después de la cena empezaría con los ejercicios de fonación, y luego buscaría en la guía telefónica un médico que pudiera ayudarla.

Nueve

Con un espejo delante de la boca, Grace se sentó frente a sus nuevos libros de texto con la sensación de estar sumergiéndose en un mundo nuevo: así era como se pronunciaba la palabra *faringe*, cuya e final tenía que sonar bien cerrada; o *paladar*, moviendo bien la lengua. Con mucho esfuerzo, observó cómo se comportaba su campanilla cuando pronunciaba ciertos sonidos como «ge, ge, ge» o «lada, lada, lada». En algunos casos tenía que abrir más el paladar y en otros debía cerrarlo; a veces se tapaba la nariz para comprobar la resonancia que se creaba y otras cómo se modificaba el sonido cuando sonreía.

Alguien llamó a la puerta de su habitación.

—Adelante.

Caitriona entró en su cuarto.

—¿Todo bien? —dijo.

—¿Por qué me lo preguntas? —replicó Grace.

—Porque he oído ruidos raros que venían de tu habitación. He pensado que tal vez te estabas asfixiando o algo así.

—Todavía no —respondió Grace mientras colocaba las hojas en orden—. Estoy haciendo ejercicios de voz. Aunque lo más probable es que mi profesor me estrangule mañana, cuando se dé cuenta de que aún no he conseguido mejorar lo más mínimo.
—Sea como sea, lo que dices suena terrible. ¿Te apetece tomar una copa?
—De hecho sí, pero tengo que practicar mucho y...
—Eres demasiado aplicada, Grace. Vamos a ver a Dennis, necesito cambiar de aires urgentemente.
Grace se puso en pie y estiró la espalda.
—La verdad es que yo también.

Poco después se sentaban en el bar de Dennis Turtle, un joven negro que, junto con su esposa Lidia, regentaba desde hacía pocos años un local llamado The Turtle. Las paredes estaban pintadas de color carmín, la barra era cromada y reluciente y los estantes que quedaban detrás eran de espejo, de manera que las botellas se veían multiplicadas. Cuando Dennis estaba de buen humor, enchufaba un micrófono a su equipo de música y entonaba canciones melancólicas que hablaban de los pantanos de su tierra natal, de puestas de sol, de las cosechas de algodón y de mujeres ancianas y sabias que fumaban cigarros.

A Grace y a Cai les encantaba el local, y tanto Dennis como Lidia, que se encargaba de la cocina, les caían muy bien. En la carta ofrecían muy pocos platos, pero también sabían que no necesitaban nada más. Una tarta de manzana con nata, por ejemplo, o un bocadillo con la sabrosa salsa que preparaba Lidia según la receta secreta que se negaba a revelar a nadie solían bastar la mayoría de las veces.

—Hola, chicas —las saludó Dennis, ataviado con su largo delantal blanco—. ¿Qué os apetece hoy? Ah, ya lo sé. Os prepararé dos Pink Ladies.

—Genial, hace tiempo que no me tomo ninguno —contestó Cai con una sonrisa—. ¿Cómo va eso, Dennis?

Él esbozó una amplia sonrisa antes de responder.

—No podría ir mejor. Pronto nacerá un pequeño Dennis. O una pequeña Lidia.

—¿Lidia tendrá un bebé? ¡Oh, Dennis, cuánto me alegro!

Grace se levantó del banco y abrazó al dueño del local.

—Ya tiene veintisiete años, empezaba a ser hora —explicó él.

—¿Y el bar? ¿Lidia se va a quedar en casa?

—No, traerá al bebé. Ahí detrás hay dos habitaciones.

—Me alegro mucho por vosotros. —Grace se congratuló—. ¿Verdad, Cai?

Sin embargo, su amiga se había quedado de piedra y con la tez pálida.

—Sí, claro —se limitó a decir.

—¿Qué ocurre? ¿No te encuentras bien? —le preguntó Grace, preocupada.

—No, no pasa nada. Es solo que he tenido un día de perros. En la escuela hoy hemos preparado un asado y aún no me he quitado el olor de la nariz.

—Enseguida te traigo la bebida —dijo Dennis—. Te ayudará a sentirte mejor.

—Me alegro por ellos dos —comentó Grace después de sentarse de nuevo.

—Yo también me alegro —convino Cai, que todavía no había recuperado el color.

—A ti te ocurre algo —observó Grace, cubriendo las manos de su amiga con las suyas—. ¿No quieres contarme lo que te preocupa?

—Es que no puedo —respondió Cai—. Y no es nada.

—No me creo ni una palabra.

—Bueno, déjalo —finalizó Cai justo cuando Dennis regresaba con las bebidas.

—Aquí tenéis.

—Gracias, Dennis —dijo Grace, y levantó su copa—. Salud, Cai. Por los ejercicios de voz.

—Por el asado —añadió Cai antes de tomar un primer sorbo del cóctel. Acto seguido suspiró y sacó un paquete de Lucky Strike de su bolso.

—¡Cai! ¿Desde cuándo fumas? —preguntó Grace indignada, puesto que los cigarrillos le parecían repugnantes.

—Desde hoy. Mis padres me han escrito. Lo que me recuerda que también he recogido una carta para ti. Luego te la doy.

—¿Qué te cuentan tus padres en la carta?

Cai arrugó la nariz.

—Les había pedido que me permitieran abandonar esta escuela tan absurda. Nada de lo que aprendo en ella me interesa lo más mínimo. Tengo la sensación de que todas esas tonterías sobre decoración y cocina me dejarán la cabeza hueca.

—¿Y qué te han respondido?

—Muy sencillo: que si no me quedo los dos años de rigor tendré que renunciar a su ayuda económica.

Grace comprendió la dificultad de la situación de Cai,

pero le pareció que había algo más que su amiga no le estaba contando.

—¡¿Nos puedes preparar dos Pink Ladies más, por favor?! —le gritó Cai a Dennis, que levantó el pulgar hacia las chicas. De repente a Cai se le llenaron los ojos de lágrimas.

—Grace. Estoy embarazada.

Esta se tapó la boca con las dos manos mientras Cai daba caladas frenéticas a un cigarrillo.

—Dios mío, Cai. Pero ¿por qué...? Quiero decir que... ¿cómo ha podido suceder?

—Dios mío, Grace. Qué preguntas me haces —soltó Cai, poniendo los ojos en blanco—. ¿Cómo se queda embarazada la gente?

—Perdona, es que me has dejado de piedra.

—Yo también lo estoy. Gracias —dijo Cai mientras Dennis depositaba dos cócteles más sobre la mesa.

—¿Tus padres lo saben? —preguntó ella.

Cai negó con la cabeza.

—Y no pueden saberlo de ninguna de las maneras.

—¿Quieres decir que no lo tendrás? —añadió Grace, notando cómo la cabeza le daba vueltas—. ¿Y quién es el padre?

Cai no respondió.

Grace agitó una mano delante del rostro de Cai para recuperar la atención de su amiga, que se había quedado de nuevo con la mirada perdida.

—Es que no lo sé —contestó Cai.

—¿Qué? —Se sorprendió—. Tienes que saberlo.

—Digamos que hay dos caballeros implicados —explicó Cai con amargura.

—¿Los conozco?

—Uno es Rick —confesó Cai—. Sobre el otro, lo único que sé es que es rubio y que estaba de paso.

Grace se quedó pasmada.

—¡Cai! ¿Cómo pudiste...? ¿Y ahora qué piensas hacer?

A esas alturas, Cai ya no era capaz de seguir conteniendo las lágrimas.

—Es que no lo sé, Grace, no sé qué hacer. ¿Me ayudarás?

—Encontraremos una solución —le aseguró esta—. Tenemos que pensar con calma. Será mejor que nos marchemos. Vámonos, Cai.

Grace pagó la cuenta y pasó a saludar a Lidia por la cocina mientras Cai salía del bar.

—Me alegro de que nos hayamos conocido —dijo esta cuando caminaban por la calle agarradas por el brazo.

—Yo también me alegro, Cai —respondió ella—. Lo arreglaremos. No pienso dejarte sola.

—Gracias —susurró su amiga.

Al llegar al Barbizon, se despidieron con un abrazo sentido. Grace se dirigía a su habitación cuando Cai retrocedió para entregarle un sobre.

Vio que era una carta de su hermana Peggy.

Mientras se preparaba para acostarse, se preguntó cómo podría ayudar a su amiga. ¿Qué opciones le quedaban a una joven soltera en esa situación?

Ya en la cama, Grace se tapó con la frazada suave y cálida que se había llevado de casa. Era un trocito de su hogar. Aunque no echaba de menos ni Filadelfia ni a su familia, le gustaba tener cerca algo tan familiar.

Se puso una almohada tras la cabeza y abrió la carta de Peggy.

Su hermana le contaba cosas sobre su hijo, sobre los vecinos y otras menudencias rutinarias. Y también hablaba de su padre.

Papá no para de decir que pronto te rendirás y volverás a casa. Dice que todo esto de convertirte en actriz es solo una quimera, una idea que se te ha metido en la cabeza y que, puesto que de todos modos no llegarás hasta el final, el cheque que te manda cada mes no es más que otra manera de desperdiciar el dinero.

Además, se ha peleado con el tío George, porque este cree que debes seguir tu propio camino y que nosotros deberíamos apoyarte. Papá ha dicho que lo que tendrías que hacer es preocuparte por encontrar un buen marido que te mantenga. Que no piensa seguir pagando tus gastos toda la vida.

Grace dejó caer la carta sobre la cama. ¿Por qué su padre no la veía capaz de conseguir nada? Tenía la sensación de que jamás lograría que se sintiera orgulloso de ella. Daba igual lo que hiciera, a su padre nunca le parecía suficiente. Incluso después de sus mejores funciones de ballet se había quedado impasible y le había transmitido la impresión de que podría haberlo hecho mucho mejor.

Suspiró. Ella no quería encontrar un buen marido, sino conseguir algo en la vida, fuera lo que fuese. Quería descubrirse a sí misma y conocer mejor el mundo en el que le había tocado vivir.

Quería más, simplemente.

Grace apartó la carta a un lado, le dio cuerda al despertador y apagó la luz.

A oscuras, pensó en lo que podía hacer para pagar las cuotas de la Academy y los gastos que suponía la vida en Nueva York. Porque en caso de conseguirlo dejaría de depender de su padre y le demostraría que también podía lograrlo sin su ayuda.

Diez

Grace le dedicó una sonrisa a la secretaria y esta se la devolvió con absoluta frialdad.

—¿No le parece un poco excesivo? —le preguntó la señorita Leopold en un tono agridulce—. Ningún otro alumno se ha matriculado en tantas clases.

—Pero está permitido, ¿no? Creo que debo aprovechar la ocasión para aprender tanto como pueda —contestó Grace cordialmente.

—Bueno sí, pero no sé si es usted consciente de lo que eso implica, señorita Kelly —le explicó la señorita Leopold—. No entiendo por qué alguien querría cargarse con tanto trabajo de forma voluntaria. Si no tuviera que hacerlo, le aseguro que yo no trabajaría, pero mi marido fue uno de los últimos que cayeron en la guerra, por lo que no me queda más remedio. Las jóvenes como usted, sin embargo, todavía pueden buscarse un marido que les permita vivir la vida.

—Le aseguro que entra dentro de mis planes vivir la vida al máximo, señorita Leopold —respondió Grace con una sonrisa antes de salir. No podía más, necesitaba poner los ojos en blanco de una vez.

—Qué, ¿a ti también te ha recomendado la señorita Leopold que te busques un marido? —le preguntó Fanny, una compañera de curso con la que se topó nada más salir del despacho.

—Por supuesto —confirmó Grace riendo.

—Se lo dice a todas las alumnas. Está amargada por el hecho de tener que ganarse la vida sola, y no le entra en la cabeza que pueda haber mujeres dispuestas a ser independientes por voluntad propia.

Fanny se agarró al brazo de Grace.

—¿Te has apuntado también a la clase de psicología que empieza ahora? ¿Nos vemos luego y salimos a tomar una copa?

—Perfecto —convino Grace con una sonrisa. Lo que más le gustaba de Nueva York era la posibilidad de salir con todas esas chicas que, igual que ella, aspiraban a encontrar su propio camino en la vida.

—Por cierto, el mes que viene cumpliré los dieciocho y me gustaría invitarte a mi fiesta de cumpleaños.

—Gracias, iré encantada.

Grace se alegró mucho de que la hubiera invitado, y las dos horas siguientes las dedicó a sumergirse en la psique de los personajes que debía interpretar, a comprenderlos y a explorar sus motivaciones. Los instrumentos interpretativos que eso le ofrecía la tenían cautivada. Quería convertirse en el personaje que interpretaba, encarnarlo.

—Muy bien, señorita Kelly —la alabó el señor Jehlinger después de verla interpretar a una mujer que intentaba evitar a toda costa que su marido la abandonara.

Grace se había metido tanto en el papel que creía compartir el dolor de esa mujer. Había terminado el ejercicio llorando, mientras el señor Jehlinger tomaba notas asintiendo con la cabeza. Ella sabía que ese «muy bien» era el mayor elogio que podía llegar a recibir por parte del profesor.

Más tarde se sentó con Fanny, Cai y dos compañeros más en una cafetería, contemplando con fascinación cómo los dos chicos devoraban sendas hamburguesas con unas raciones enormes de patatas fritas. Ella siempre controlaba mucho lo que comía, así que, igual que Fanny, solo había pedido café y una ensalada.

Mientras removía el contenido de su taza, Fanny se quejó de lo cara que era la vida en Nueva York.

—En Manhattan los alquileres son más altos que en cualquier otra parte de Estados Unidos. ¿Por qué tiene que estar la Academy justamente en Nueva York? Necesito un trabajo, de lo contrario no podré mantenerme mucho más tiempo.

Grace asintió. El alojamiento en el Barbizon no era barato, y el resto de los gastos que conllevaba vivir allí eran realmente elevados.

Cuando salía con Cai y su pandilla, la mayoría de las veces eran los chicos los que lo pagaban todo, algo que al principio a Grace le había costado un poco aceptar. Sin embargo, después de que Cai le hubiera aclarado que eso no la obligaba a nada y que rechazar esas invitaciones podía considerarse una ofensa, se mostró más permisiva al respecto. De hecho, disfrutaba mucho saliendo por aquella ciudad tan llena de vida, vistiéndose para cada ocasión y experimentando nuevas sensaciones continuamente.

—A mí me ocurre lo mismo —comentó Grace, removiendo su ensalada con el tenedor—. Yo también tengo que encontrar trabajo.

—¿Por qué? ¿Tu padre ya no te pasa una asignación? —preguntó Cai.

—Sí, sí, pero me gustaría dejar de depender de eso. Y es probable que me la retire muy pronto, por lo que me ha contado mi hermana en la carta. Por lo visto, mi padre considera que lo que estoy estudiando no sirve para nada más que para tirar el dinero.

—Y tú quieres demostrarle que puedes conseguirlo sola, ¿no es así?

—Exacto —confirmó Grace.

—Te entiendo —dijo Herschel, uno de los dos chicos que las acompañaban—. Es precisamente por ese motivo por el que yo trabajo, para no depender de nadie. Tampoco tienes que renunciar a todo lo que te den tus padres, pero comprendo que quieras demostrarte que, en caso necesario, también podrías sobrevivir sin su ayuda. Mi padre se quedó muy impresionado.

—Para impresionar al mío tendría que escalar la Estatua de la Libertad —comentó Grace—. Y aunque lo hiciera, seguramente me diría que podría haberlo hecho mejor. Eso si se dignara a hablarme, claro.

—Me gustaría conocer a tu padre —dijo Cai—. Parece todo un inconformista.

—Por desgracia lo es, sobre todo respecto a su segunda hija —matizó Grace—. Mi padre siempre dice que todo lo que hago mi hermana Peggy lo sabe hacer mejor.

Hasta el momento no he conseguido convencerlo de que yo valga para nada.

—¿Y dónde piensas encontrar trabajo?

—Ojalá lo supiera. —Ella suspiró.

—¿Por qué no lo intentas con lo más evidente? —propuso Herschel.

—¿A qué te refieres?

—Eres una modelo fotográfica perfecta, Grace. Salta a la vista.

Esta sonrió.

—Eres muy amable, Herschel, y de hecho algún trabajo he tenido en ese campo, pero estamos en Nueva York: aquí hay más modelos que granos de arena en la playa.

El segundo acompañante, Brian, decidió intervenir: —En la esquina de casa hace poco que han abierto una agencia de modelos; John Robert Powers, se llama. Grace, tú serías una modelo fantástica. Ya te imagino con un vestido blanco, muy largo, una corona de flores en el pelo y...

Cai se echó a reír.

—Brian, ¿es posible que estés fantaseando con casarte con Grace?

El chico se puso colorado como un tomate.

—Solo quería animarla, haz el favor.

Grace había parado de comer.

—Powers... John Robert Powers. Conozco la agencia. Hace unos años estaban en Filadelfia. Mi madre nos llevó a mis hermanos y a mí para que nos fotografiaran. No sabía que tuvieran una sucursal en Nueva York —comentó emocionada—. ¿Puedes pasarme la dirección, Brian?

—Por supuesto.

El chico cogió una hoja de papel, escribió algo y se lo entregó. Ella lo leyó y se echó a reír.

—Eres un caso perdido —afirmó Grace riendo.

—«Tu pelo brilla como la seda de Damasco a la luz de la luna» —leyó Cai en voz alta después de arrebatarle el papelito—. Dios mío, Brian, Lo tuyo con las mujeres no tiene remedio.

Grace se quedó mirando a su amiga. Al cabo de dos días tenía una cita para interrumpir su embarazo en la consulta de un médico muy experimentado. A través de un sinfín de rodeos y a cambio de una buena cantidad de dinero habían dado con ese hombre que llevaba a cabo su oficio de forma discreta en la otra parte de la ciudad. A juzgar por lo que decían de él, conocía bien su especialidad y no tenía por qué haber complicaciones. Cai le había pedido a Grace que la acompañara y ella había accedido, por supuesto. Sin embargo, no se sentía nada cómoda con el asunto.

Cai le devolvió la hojita de papel con ese aire reflexivo en el que tan a menudo se sumergía últimamente.

—Buenas noches —saludó alguien que se detuvo frente a la mesa.

Grace levantó la vista; la voz le había sonado familiar.

Era Paolo, acompañado por una joven muy bella, de ojos preciosos, que llevaba el pelo recogido.

—Paolo —dijo Cai—. Creía que estabas en Italia.

—No ibas desencaminada, querida Cai. Maureen y yo estuvimos en Venecia, en Milán y en Roma. Italia es un país maravilloso.

Grace se fijó en la joven, que no debía de ser mucho

mayor que ella, y esperó que no tuviera que sufrir lo que había estado a punto de ocurrir con Norma.

—Qué bonito —contestó ella, casi de forma automática—. Seguro que habréis dado largos paseos. Dime, ¿también hay lagos por allí?

Maureen se quedó mirando a Paolo con una expresión interrogante en el rostro, pero él solo frunció el ceño.

—Gracias, señorita Kelly. Pues sí, también hay. Me parece muy amable por su parte preguntarlo.

—Si tuviera que darle un buen consejo, señorita Maureen —dijo Grace en un tono cordial—, le recomendaría que solo salga con el señor Santos de la Daminque de día. Y siempre que sea posible en compañía de más gente.

—No comprendo —repuso Maureen con timidez.

—A nadie le interesan sus consejos, señorita Kelly —replicó Paolo con frialdad mientras empujaba levemente a Maureen para seguir avanzando.

Cai escrutaba a Grace con las cejas arqueadas.

—Si te mordieras la lengua, te envenenarías. Pero después de lo que pasó hace poco, puedo comprender tu actitud.

—Gracias —respondió Grace, disgustada por el mal rato que había supuesto encontrarse con Paolo de nuevo.

Tenía que tomarse las cosas con un poco más de calma, como hacía Cai. A ella nada la sacaba de sus casillas, ni siquiera aquel embarazo no deseado.

—Todo irá bien —le había dicho a su amiga—. No pongas la venda antes de la herida.

—¿No te da miedo? —le había preguntado Grace, y Cai había asentido con la cabeza.

—Sí, pero las cosas son como son. Lo veo de un modo bastante objetivo.

Así era Cai. Por un lado, sabía disfrutar de la vida como nadie, pero luego se volvía completamente pragmática y racional.

Once

Al día siguiente, Grace acudió a la agencia de John Robert Powers. Una asistente muy agradable, la señora Miller, le explicó cuál era el proceso habitual en las mediaciones que llevaba a cabo la agencia, lo que le dio muchas esperanzas.

—No debería suponer ningún problema para usted obtener trabajos como modelo, señorita Kelly. Su imagen, la de una chica decente y cercana, está muy solicitada últimamente.

Cuando Grace salió de la agencia, su estado de ánimo era inmejorable. Esperaba no tardar mucho en ganar el dinero suficiente para poder renunciar al cheque que su padre le mandaba cada mes.

—¡Grace! ¡Ven, rápido! —gritó Cai mientras aporreaba la puerta de su habitación.

Ella la abrió enseguida y se encontró a su amiga encorvada frente al umbral.

—Me duele muchísimo —dijo Cai angustiada—. Algo no va bien.

Grace se hizo a un lado para dejarla entrar en su cuarto.

—Tiéndete en la cama, te traeré un vaso de agua enseguida.

—No —replicó Cai, negando con la cabeza—. Tengo que ir al baño. Creo que estoy sangrando.

—Ven, te ayudo —se ofreció Grace, y la sostuvo mientras la acompañaba hasta el cuarto de baño, donde Cai se sentó en el borde de la bañera.

—Tengo que quitarme los pantalones... Me duele mucho —se quejó, agarrándose la barriga.

Grace le desabrochó los botones rápidamente y le bajó los pantalones con cuidado.

—¡Oh, no! —exclamó impresionada por la sangre. Cerró los ojos—. Has de ir a que te vea un médico.

Cai negó con la cabeza.

—Ni hablar —replicó con la voz firme—. Tendré que pasarlo como sea.

—Pero si..., es que si se infecta o... —titubeó al recordar vagamente una conversación que había mantenido su madre con una vecina. No le dijeron quién era la embarazada, pero sí lo que podía llegar a ocurrirle si las cosas no iban como era debido.

—Saldré de esta —aseguró Cai, apretando los dientes con una pátina de sudor sobre el labio superior—. ¿Podrías... cogerme de la mano, Grace? Tengo mucho miedo.

Grace asintió, y cuando le agarró la mano, notó que la tenía helada. Cai se dio la vuelta y pasó las piernas por encima del borde de la bañera, que de inmediato quedó teñida de rojo.

—¡Cielo santo! —exclamó Cai—. Estos espasmos...

Sin embargo, al cabo de poco rato volvía a respirar con normalidad, más tranquila. Lo peor parecía haber pasado. Grace seguía sentada a su lado, acariciándole la espalda.

—Creo que ya está —anunció Cai en algún momento.

Después de ayudarla a lavarse y de acostarla en la cama envuelta con toallas y sábanas, Grace le apartó el pelo de la frente.

—¿Necesitas algo más?

Su amiga negó con la cabeza, todavía con los ojos medio cerrados.

—No me dejes sola, Grace...

Esta le dedicó una sonrisa, levantó la colcha de la cama y se tendió a su lado.

—No me voy a ninguna parte —le aseguró—. No pienso dejarte sola.

Aunque cuando lo dijo Cai ya se había quedado dormida.

Doce

—No, señorita Kelly, no es ninguna broma. —La señora Miller, al otro lado del teléfono, se rio—. Se lo digo en serio, tengo tres trabajos para usted: dos anuncios de champú y uno de crema hidratante. Tenemos que acordar las fechas y, por supuesto, también los honorarios. El señor Powers ha negociado muy bien a su favor.

Grace no podía creerlo cuando le dijeron que recibiría doscientos dólares por el rodaje de los tres anuncios. Unas semanas antes, cuando le habían llegado los primeros encargos para anuncios de periódico, ya se había sentido afortunada, pero los que le acababan de encargar eran para la televisión, y estaban muy bien pagados. Por dentro la asaltó una sensación de triunfo. Si las cosas continuaban de ese modo, pronto podría escribir a sus padres para comunicarles que ya no necesitaba que la mantuvieran.

Además, ese día cumplía dieciocho años, y pensaba celebrarlo con sus amigas comiendo y bebiendo en The Turtle. Había invitado también a su tío George y a William Weagly, que además de ser amigo de su tío era su pareja. Grace no solo se alegraba de pasar la velada en compañía de la gente que tenía más cerca, sino que sobre todo se sentía orgullosa de poder pagarlo todo con dinero que había ganado por sus propios medios. Había escrito a sus padres para contarles que planeaba dar una fiesta, y cuando ellos le habían preguntado si debían aportar algo Grace había rechazado su ofrecimiento con gratitud, les había explicado que trabajaba como modelo y los había puesto al día de sus progresos en la academia de interpretación. Las sesiones de entrenamiento de la voz y las técnicas de respiración empezaban a dar resultados, aunque todavía no había conseguido librarse de su acento de Filadelfia.

Por la mañana Grace ya había recibido sus primeras felicitaciones, y Mary Jo y otras dos compañeras de la residencia le habían regalado una gran caja de bombones.

—A ver si así engordas un poco —se había burlado Mary Jo antes de birlarle casi todos los bombones de chocolate negro y mazapán.

Sus padres le enviaron un paquete con un pañuelo de cachemira y una carta para felicitarla por su cumpleaños y contarle con todo lujo de detalles que su amiga Selina se había comprometido con el hijo de un socio de su padre. Tenían previsto casarse al año siguiente y mudarse a la isla hawaiana de Maui, donde él se encargaría de dirigir la sucursal que había allí de la empresa de la familia. Entre líneas, Grace comprendió lo que su madre intentaba decirle realmente: que ya iba siendo hora de abandonar aquellas ambiciones artísticas, regresar a casa, casarse, tener hijos y convertirse en una buena ama de casa. En Hawái o donde fuera necesario.

Grace dejó la carta a un lado y levantó la barbilla con orgullo. Ese no era su camino. No pensaba celebrar solo su cumpleaños, ni siquiera su independencia o sus éxitos, sino que su vida acababa de empezar.

—Bueno, ¿qué? ¿Ya te han mandado tus padres una carta para expresarte todo su amor y su cariño? —preguntó Cai con una sonrisa mientras daba cuenta de una macedonia.

Grace se alegraba de que Cai se hubiera recuperado. Unos días después de aquel alarmante incidente, había conseguido convencerla para que acudiera a la consulta de un ginecólogo. Todo estaba bien y no sufriría secuelas. Cai podría tener hijos cuando lo deseara.

—Eres una amiga de verdad —le había dicho Cai a Grace uno de esos días funestos—. En estas situaciones es cuando te das cuenta de quién quiere lo mejor para ti y quién no. Y tú, Grace, has estado a mi lado en todo momento. No lo olvidaré jamás.

—Lo he hecho con mucho gusto, y lo volvería a hacer..., aunque también te aseguro que espero no tener que hacerlo de nuevo —había replicado ella, mirándola con seriedad—. Las cosas podrían haber terminado de un modo muy distinto.

—Lo sé —había respondido Cai, sonrojándose un poco—. Créeme, no volverá a ocurrir.

Grace se contempló una última vez en el espejo, se puso unas gotas de Écusson de Orlane detrás de las orejas, cogió el bolso y el abrigo y bajó apresuradamente la escalera que llevaba hasta el vestíbulo, donde Cai ya la estaba esperando.

—Puntual como un reloj. —Cai se rio—. Grace, estás impresionante. Pero ¿qué digo? Eres impresionante. ¡Mírate!

La aludida dio una vuelta sobre sí misma frente a su amiga, sabiendo que estaba realmente estupenda con su vestido de seda azul celeste, que encajaba a la perfección con las directrices del New Look de Dior. La seda le quedaba bien ajustada al cuerpo y a los brazos, mientras que la falda tenía un corte amplio y opulento. Además, llevaba unos pendientes de aguamarina y un collar a juego que había heredado de su abuela. El pelo suelto formaba ligeras ondas sobre sus hombros. Se había maquillado mucho los ojos para realzarlos con sombra y rímel, y se había pintado los labios de un rojo discreto. No se había puesto colorete, ya que tenía las mejillas sonrosadas de todos modos, y los ojos le brillaban con intensidad.

—¿De dónde has sacado este vestido? —preguntó Cai con entusiasmo—. Parece que te lo hayan hecho a medida.

—Bueno, es que me lo han hecho a medida. —Grace se rio—. Como era para un día especial, quise permitirme algo especial, por lo que fui a aquella tiendecita tan exclusiva que hay cerca de la Academy. Si fuera de Dior, me habría costado unas cien veces más, pero allí los precios son bastante asequibles. Y la seda tiene un tacto fantástico, suave y fresco. Es increíblemente cómodo.

—Pareces un ángel recién caído del cielo —dijo Cai sin envidia, en parte porque ella, enfundada en su vestido de terciopelo verde botella y corte recto, complementado con unos guantes largos de color negro, también estaba de lo más impresionante—. Ven, he pedido un taxi. No me apetecía nada andar mucho con estos zapatos de tacón alto. Salgamos a celebrar el día con una noche especialmente larga.

Grace se la quedó mirando sin comprender nada.

—Cai, ¿qué quieres decir con eso? ¿Tengo que preocuparme?

Su amiga se echó a reír.

—¡Sorpresa! —exclamó, sacando un sobre de su bolso—. Tenemos un permiso especial de la directora.

—¿Qué?

—Puesto que la señorita Kelly hoy cumple dieciocho años, nos han permitido de forma excepcional que salgamos hasta medianoche de este sagrado recinto. Se lo he implorado y suplicado hasta que me ha dicho que sí. ¿No te parece fantástico?

—Eres... ¡Oh, Cai, eres genial! —le dijo Grace antes de plantarle un beso en la mejilla—. No sé qué haría yo sin ti.

—Nada de eso. Soy yo la que estaría perdida sin ti —replicó Cai—. Me alegro de que seas mi amiga.

—Yo también, Cai, yo también.

Poco después llegaron al bar de Dennis, que ya estaba iluminado de un modo especial. En el exterior había una pizarra en la que Lidia había escrito: Fiesta privada.

Dennis salió a recibir a las dos chicas con calidez y poco después les sirvió las bebidas en la barra, donde ocuparon dos taburetes.

—¡A su salud, señoritas!

—¡Chin chin! —respondieron ellas, alzando las copas.

Grace se acomodó, enfundada en su vestido de seda celeste, y se dio cuenta de que ya empezaba a disfrutar de la velada. Realmente tenía motivos para celebrar: el día anterior, el señor Jehlinger la había elogiado públicamente en la Academy por la mejora que había demostrado en su pronunciación y por la seguridad con la que había recitado su texto en un diálogo que le había tocado interpretar. Casi cada noche, Grace se sentaba en su habitación y practicaba ejercicios de voz o se preparaba las escenas hasta poco antes de la medianoche, puesto que solo salía con las demás chicas muy de vez en cuando.

Se puso aún más contenta cuando sus amigos Herschel y Brian aparecieron con un regalo que la dejó sin habla. Los abrazó a los dos y se quedó mirando el obsequio con fascinación: un tocadiscos y varios vinilos con ejercicios de voz.

—Otras chicas estarían dando esos saltos si les regalaran joyas —comentó Cai con sorpresa—. Esto dice mucho de ti, Grace. Cuando quieres algo, aprovechas todo lo que está en tus manos para alcanzar tu objetivo. Este regalo es perfecto para ti. Y mira, por ahí llega Mary Jo.

Ella se dio la vuelta.

Mary Jo se había enfundado un vestido negro al menos dos tallas más pequeño de lo que le correspondía, adornado con un largo collar de perlas. Saludó a Grace con alegría y le tendió un sobre decorado con un lazo.

—Grace, me gustaría presentarte a mi acompañante: este es Don Richardson. Es...

—Un momento —dijo esta—. ¿Es usted el mismo Don Richardson que da clases en la Academy?

Don Richardson le dedicó una sonrisa cordial.

—Exacto, ese soy yo, señorita. ¿Puedo felicitarla por su cumpleaños? Y debo disculparme por haberme presentado aquí sin avisar. Me he encontrado a la señorita Sullivan por casualidad en la Academy. Hoy era mi primer día de trabajo tras las vacaciones y me ha dicho que debía venir a esta fiesta a cualquier precio.

Grace no se lo podía creer. Don Richardson era alto y delgado, tenía el pelo oscuro y una mirada tan intensa que le costaba apartar los ojos de ella. La boca se le secó de repente.

—Entonces es posible que pronto tenga a Grace como alumna, señor Richardson —comentó Cai, tendiéndole una mano para saludarlo—. Ella también estudia en la Academy.

Don Richardson arrugó la frente.

—Mary Jo, esto no lo había mencionado usted.

—No quería que me dijera que no, señor Richardson, pero tampoco me apetecía venir sola —se disculpó Mary Jo—. Y tampoco hay nada malo en ello.

—No —dijo Grace—. Nada malo, en absoluto.

Don Richardson se añadió al grupo con naturalidad, como si siempre hubiera formado parte de él.

Aunque a Grace le pareció más joven, tenía veintinueve años. Sin saber por qué, no podía dejar de mirarlo.

Era culto y leído, conocía todos los libros y había visto todas las películas importantes de los últimos tiempos, y contaba anécdotas de escritores famosos a los que había conocido. Hacia media tarde se acabó sentando junto a Grace y ya no se apartó de ella en toda la noche.

—¡A mí me encantaría conocer a Katharine Hepburn! —exclamó Mary Jo, apasionada, puesto que acababa de ver *Mar de hierba*.

—Ya tenía fama de dura por aquel entonces, cuando estaba en la Academy —explicó Don Richardson mientras se tomaba un whisky.

—Ya lo sé, señor Richardson —convino Mary Jo con aire coqueto—. Pero ¿de dónde le viene esa fama de dura?

—Decían que era arrogante, y es posible que lo fuera —contestó Don—. El señor Jehlinger seguro que podrá confirmarle si es cierto o no.

—Creo que preferiría cortarme una mano antes que preguntarle algo así al gran maestro —replicó Mary Jo—. Nunca se presta a hablar sobre nada que no tenga que ver con las clases.

—Eso tiene su parte buena. Así es más fácil concentrarse en el motivo que las ha traído hasta Nueva York, es decir, en trabajar.

—Pero seguro que usted también está al corriente —intervino Grace con curiosidad—. Me gustaría mucho saber por qué se decía que era arrogante.

—Bueno, Katharine tiene una gran seguridad en sí misma y se ha enfrentado a directores y colegas célebres por su lengua afilada. No se calla lo que piensa, y a veces puede llegar a ser bastante autoritaria.

—Pero le dieron un Óscar en 1934 —dijo Grace—. Por *Gloria de un día*.

Don Richardson la observó interesado.

—Veo que la conoce bien.

Grace se encogió de hombros.

—Bueno, sí. Estudio interpretación, por lo que no resulta extraño que esté al corriente de lo que ocurre en el mundo del cine y del teatro.

—¿Conoce a más actores famosos? —preguntó Mary Jo con entusiasmo—. ¿Puede contarnos alguna historia sobre ellos? ¿Algo jugoso?

—No pienso hablar mal de mis conocidos —respondió él riendo, antes de darle otro sorbo a su whisky.

—¡Oh, qué lástima! —exclamó Mary Jo.

—Me parece bien que sea tan discreto —dijo Grace—. Así podemos estar seguras de que el señor Richardson no hablará mal de nosotras en el futuro. Imagínate que fuera por ahí contando que, con tu talento, más te valdría haberte quedado en casa.

Mary Jo se la quedó mirando con los ojos desorbitados.

—¿Eso diría? —preguntó, volviéndose hacia Don—. ¿De verdad cree que tengo poco talento, señor Richardson?

—¿Lo ven? Así es como surgen los rumores —replicó Don Richardson entre risas—. Puede estar tranquila, señorita Sullivan. Usted es una de las alumnas con las que más me gusta trabajar.

Mary Jo se sonrojó.

—Me alegro. ¡Ay, escuchad! ¡Música! ¿Quiere bailar conmigo, señor Richardson?

Él titubeó unos instantes, durante los que pareció reflexionar si era adecuado o no, aunque enseguida extendió un brazo hacia ella.

—Con mucho gusto, Mary Jo. ¿Puedo?

Grace se quedó de pie, observando cómo bailaban.

Cai, que había llegado hacía poco al bar, apareció con dos Pink Ladies, uno para ella y otro para Grace.

—Tiene doce años más que ella —comentó.

Grace le lanzó una mirada divertida.

—Once —la corrigió mientras seguía contemplándolos.

Mary Jo bailaba muy bien y la pareja se movía de forma muy armónica.

Más tarde llegaron también Henrietta, la amiga de

Cai, y Rick Kinkane, con el que Grace y Cai habían pasado aquella noche memorable junto al lago. Esa noche se había comportado como un verdadero caballero. Les había cedido su cama, con sábanas limpias; él durmió en el sofá y al día siguiente les sirvió café en la cama. «Cielos, si nos viera ahora la conserje del Barbizon... —había dicho Cai en su momento—. Seguro que iría contando que hemos hecho un *ménage à trois*.» Grace se había tomado el café enfundada en un pijama demasiado grande para ella, y los tres se habían reído mucho. Más tarde Rick las había acompañado en coche hasta el Barbizon y las había dejado a la vuelta de la esquina. Cai y Grace habían regresado a la residencia como si nada y nadie les había llamado la atención ni les había preguntado de dónde llegaban a esas horas. Una vez más, habían tenido mucha suerte.

—¡Rick, Hen! ¡Me alegro de que hayáis venido! —exclamó Grace, abrazando primero a Hen y luego a su amigo, que la volteó en el aire.

—Grace Kelly, eres la gracia personificada —le dijo él antes de darle un beso—. Debería casarme ahora mismo contigo.

—¡Ja! —Cai se rio—. Eso sí que sería bueno: dos de mis mejores amigos casados. ¿Tú qué opinas, Grace?

Esta se rio, y en ese momento se unieron de nuevo al grupo Don Richardson y Mary Jo.

—Si me caso, tiene que ser por amor —declaró, y sin proponérselo desvió la mirada hacia Don Richardson—. ¿Qué otro motivo podría animarme a dar ese paso, aparte del amor?

Don sonrió con galantería y extendió la mano hacia ella.

—Señorita Kelly, ¿puedo pedirle el siguiente baile?

—Con mucho gusto, señor Richardson.

Cogió su mano y se dirigieron a la pista.

—¿Dónde ha pasado las vacaciones? —preguntó Grace mientras daba vueltas con Don.

—No es la historia más apropiada para una velada tan agradable como esta, señorita Kelly —respondió Don—. No he ido de viaje, me he separado de mi esposa.

—Oh, por favor, discúlpeme. No sabía nada —se excusó ella, mordiéndose el labio inferior.

—¿Cómo iba a saberlo? No ha sido nada fácil, pero ya ha pasado. Por fin tengo mi propio piso y puedo empezar de nuevo. Cielos, es que no tenía ni una cazuela, ni sábanas, y tampoco sé cocinar. Suerte que estamos en Nueva York, porque sin restaurantes me moriría de hambre.

—¡Pobre! —exclamó Grace, mirándolo con una consternación fingida—. Qué pena me da, siempre de restaurante en restaurante.

—Se está burlando de mí.

—Un poco, tal vez. Pero hay cosas peores, en mi opinión.

—En efecto, hay cosas peores. Y por suerte existen las alubias enlatadas.

—Claro que sí. Y algún día yo podría cocinarle algo —propuso Grace sin pensarlo.

—¿En mi casa? ¿Le parece que sería una buena idea?

—¿Por qué no?

—Querida señorita Kelly, todavía no he consultado los planes de estudio de la Academy, pero es muy posible que pronto sea su profesor, por lo que eso sería muy inadecuado. Además, acaba de cumplir dieciocho años...

—Lo que significa que ya soy adulta —le interrumpió Grace—. Y así es como me siento: adulta —añadió, mirándolo a los ojos casi con obstinación.

—Es usted una joven muy atractiva, señorita Kelly —admitió Don Richardson—. Y precisamente por eso no la invitaré a mi casa. Gracias por el baile.

Dicho esto, se detuvo en seco y la acompañó hacia el borde de la pista, donde le dedicó una leve reverencia.

—¿He hecho algo malo? —preguntó ella desconcertada.

—No, en absoluto —respondió Don con una sonrisa galante—. Soy yo el que no quiere hacer nada inadecuado. Y ahora será mejor que regrese a casa. Nos veremos pronto en la Academy. Espero que pase una feliz velada en el día de su cumpleaños.

—Gracias —dijo perpleja mientras lo seguía con la mirada.

Él cogió el abrigo que había dejado sobre una silla, se despidió brevemente de Mary Jo y salió del bar de Dennis con la misma decisión con la que había entrado.

«No pasa nada, lo solucionarás —pensó Grace—. De eso estoy segura.»

Mary Jo se acercó a ella.

—Se ha marchado. Y ni siquiera has abierto tu regalo, Grace. El sobre que te he dado.

Esta recogió el sobre de papel de tina que había quedado sobre la mesa, lo abrió y en su interior encontró unas entradas. Eran para los próximos estrenos de teatro y cine.

—Por estar en la Academy nos hacen descuento en las entradas, pero ya sabes lo difícil que resulta conseguirlas para los estrenos. Bueno, pues a base de insistir me he hecho con unas cuantas —explicó Mary Jo con orgullo—. Podríamos ir juntas a todas, si te apetece.

Grace se llevó una gran alegría.

—Eres increíble, Mary Jo. Muchísimas gracias. Me ha hecho una ilusión enorme.

—¡Qué bien! —dijo Mary Jo satisfecha—. Me encanta hacer regalos.

—Pues a mí me encanta recibirlos —bromeó Grace mientras contemplaba las entradas—. ¡Uau! Tennessee Williams: *Un tranvía llamado deseo*. ¡Y *Antonio y Cleopatra*! ¡Genial! —exclamó antes de mirar a su alrededor—. Rick, ¿quieres bailar conmigo?

—¡Por supuesto! —respondió él encantado.

Grace no paró de bailar en toda la noche, hasta que los pies le dolieron por culpa de los tacones altos y tuvo que quitárselos para seguir bailando, sin dejar de pensar en ningún momento en Don Richardson.

Trece

—Tengo un profesor nuevo —explicó Grace a su madre por teléfono—. Se llama Don Richardson, y es extraordinario. Aprendemos mucho en sus clases. Nos ayuda a adueñarnos realmente de nuestros personajes; ¿sabes lo que quiero decir, mamá?

Margaret ignoró por completo la pregunta que le hacía su hija.

—Tu voz suena distinta —constató—. ¿Qué relación tienes con ese hombre? Haz el favor de no olvidar, Gracie, que es tu profesor, una persona a la que debes respetar.

—Mamá, por favor, pero es que quiero contarte una cosa sobre este profesor. Tiene un enfoque muy interesante de la interpretación; según Don...

—¿Don?

—Quería decir según el señor Richardson...

Sin embargo, no pudo evitar que su madre la interrumpiera.

—Bueno, muy bien. Y, aparte de eso, ¿cómo va todo, Gracie?

—Todo bien, mamá. De verdad. Estoy progresando, y mi pronunciación ha mejorado mucho, ¿no lo notas? Apenas se me nota el acento ya.

—No sabría decirte —replicó su madre con frialdad—. A mí me parece que hablas igual que siempre.

—En cualquier caso, estoy haciendo grandes progresos —repitió Grace.

—Si tú lo dices...

Disgustada, Grace pensó que no le costaría nada a su madre, al menos por una vez, alegrarse de que las cosas le fueran bien.

—Mamá, tengo que colgar, otra compañera de la residencia también quiere llamar. Dales un beso a Peggy y a Lizanne de mi parte.

—Lo haré. Adiós, Gracie.

—Y para ti y para papá también, por supuesto. Besos y abrazos... ¿Mamá?

Margaret ya había colgado.

Grace regresó a su habitación pensando que tener una madre tan reservada por lo menos le servía para mantener la añoranza a raya.

Ya en su cuarto, se sentó frente al escritorio y preparó las clases del próximo día. Por la noche quería ir a ver el estreno de una obra de teatro con Mary Jo, y al día siguiente tenía clase de escenificación y gestualidad, de nuevo con Don Richardson. Grace no veía el momento de aprender las técnicas interpretativas que les enseñaría.

—Hoy nos centraremos sobre todo en la gestualidad —explicó Don Richardson—. Ya sabemos que nos estamos comunicando constantemente con el cuerpo, de forma inconsciente, instintiva. Sí, a veces es nuestro lenguaje gestual el que primero revela nuestras verdaderas emociones. En esta clase intentaremos mejorar su percepción de las posibilidades expresivas que tiene su cuerpo. Les recomiendo que se fijen en su lenguaje corporal y que siempre estén dispuestos a descubrir cosas nuevas en él. Queremos fijar nuestra mirada en aspectos como el carisma, el aplomo, la personalidad, la presentación y la intimidad. Para ello nos dedicaremos a...

Los ojos de Grace se detuvieron en los labios del señor Richardson. Sus palabras prometían muchos descubrimientos en el arte de la interpretación. Hasta el momento, cada hora que había pasado con él le había proporcionado ideas e inspiraciones completamente nuevas.

—Necesito un voluntario o voluntaria para un ejercicio de gestualidad —anunció el señor Richardson—. Piensen que la parte superior del cuerpo ha de estar en armonía con la parte inferior, que todo debe actuar en el mismo sentido. Alguien que quiera expresar timidez tendrá que cerrar bien las piernas. Alguien que flirtee no cruzará los brazos frente al pecho. Una persona que acaba de fracasar camina con los hombros hundidos y no puede enderezar la espalda del todo. —Ejemplificó antes de mirar a sus alumnos, que le escuchaban con atención—. Siempre deben preguntarse qué están expresando con un gesto u otro, es decir, «¿Qué sienten o piensan los demás según las señales que les mando?». En sus ratos libres, mézclense con las multitudes que ven en las calles, fíjense en los desconocidos que les rodean. Imiten sus expresiones faciales y posturas corporales, y luego piensen en cómo deben de sentirse. En una ocasión Edgar Allan Poe dijo: «Cuando quiero saber lo que piensa un personaje, imito su gesto y espero hasta que en mi corazón empiezan a aflorar pensamientos y sentimientos que encajan con él».

Dicho esto, hizo una pequeña pausa y echó un vistazo a su alrededor de nuevo.

—Así pues..., ¿quién quiere venir a discutir conmigo? ¿O dejamos que lo decida la suerte? Por cierto, no tienen que sufrir por eso, tarde o temprano les tocará a todos. Me aseguraré de que no se me olvida nadie.

Grace se puso en pie.

—Me gustaría ofrecerme voluntaria.

El señor Richardson sonrió.

—Con mucho gusto, señorita Kelly. Acérquese al frente de la clase.

Grace se abrió paso entre los demás y subió los tres escalones que la situaron sobre un pequeño escenario en el que ya se encontraba Don Richardson.

—Ahí tenemos al público —dijo, señalando a los alumnos que los observaban con expectación—. Señorita Kelly, para esta disputa no hay guion, la improvisaremos. Por supuesto, también hablaremos, pero me gustaría que utilizara sobre todo su lenguaje corporal para expresar lo que piensa de mí. Lo dejo en sus manos, puede dirigirlo hacia donde prefiera, yo me limitaré a darle las primeras frases. ¿De acuerdo?

—De acuerdo.

Dicho esto, en cuestión de un segundo Don Richardson dejó de ser aquel amable profesor que todos conocían. Encorvó los hombros hacia delante de una manera agresiva, estiró la barbilla hacia delante de un modo amenazador y adoptó una mirada furiosa, realmente peligrosa.

—¿Dónde has estado? ¿Dónde demonios estabas todo este tiempo? —preguntó, apretando los puños.

La primera reacción de Grace fue de sorpresa, porque no había contado con eso, pero enseguida se metió en su papel.

—Eso no te importa —respondió con frialdad mientras se alisaba la falda con una actitud imperturbable.

Él se le acercó más y la agarró por los hombros.

—Claro que me importa. ¡Eres mi esposa!

—Suéltame —le ordenó Grace, con la espalda muy erguida y apartándole las manos—. Llevo demasiado tiempo aguantándote. Mira que eres miserable... A la mínima de cambio sales corriendo a casa de tu madre a quejarte.

Grace intentó mantenerse tiesa como un palo y no ceder lo más mínimo frente a él.

—¡Cállate!

—¡No, cállate tú! —contratacó Grace, enderezando la espalda todavía más—. ¡No te atrevas a acercarte a mí! Además, ¿qué quieres, en realidad? ¿Una esposa que se quede en casa esperando a que llegue su marido para servirle la cena? Sin tu madre o tu esposa no sabrías siquiera sobrevivir... Eres ridículo —le espetó, se apartó de él negando con la cabeza y se dirigió con parsimonia y moviendo las caderas con aire provocador hacia la única silla que había sobre el escenario. Se sentó, cruzó las piernas con serenidad y le lanzó una mirada impasible.

Don Richardson la siguió con pasos apresurados, levantando la mano como si estuviera a punto de golpearla, pero Grace no se inmutó, no retrocedió ni un ápice, sino que se limitó a mirarlo con los párpados entrecerrados.

—Vamos, pégame. ¿Crees que me das miedo? Es lo único que puedes hacer. Conmigo no tienes ninguna posibilidad, aparte de eso. Solo siento lástima por ti.

Dicho esto, se levantó de nuevo y le dio la espalda para bajar del pequeño escenario.

Empezaron a sonar los aplausos, primero contenidos y luego con más intensidad. Intentando recuperar el aliento, Grace se volvió hacia sus compañeros con las mejillas coloradas por la alegría.

Le lanzó una mirada cargada de expectación a Don Richardson, que en esos momentos también bajaba los escalones del escenario.

—Ha estado bien, señorita Kelly —se limitó a decir, aunque se quedó observándola un buen rato—. Señor Pryczinski, ¿tendría la amabilidad de pelearse conmigo? Fantástico, pues suba al escenario. Esta vez empezaremos con...

—¡Señorita Kelly! ¡Un momento, por favor!

Grace se dio la vuelta.

—¿Sí?

Don Richardson fue a su encuentro justo cuando ella salía de la Academy.

—Quería hablar con usted de nuevo sobre la pequeña improvisación que hemos hecho hoy.

—Con mucho gusto —respondió ella sin saber muy bien qué podía esperar.

—Ha sido algo especial, señorita Kelly —confesó él con una sonrisa—, verla interpretar esa escena. Y no es algo que yo diga fácilmente. Creo que como actriz ha evolucionado hasta situarse muy por encima de lo que yo esperaba.

—¿Sí...?

—Quizá... ¿Le apetecería tomar una copa conmigo para seguir hablando de ello?

—No puedo aceptar su propuesta, señor Richardson —dijo Grace—. ¿No cree que sería inadecuado? ¿Y si alguien nos viera?

—Bueno —respondió él, riendo—, no nos verá nadie. Tratándose de una joven como usted, que es evidente que ya es adulta, podría invitarla a mi casa. Para que pueda cocinarme algo..., ya que yo no soy capaz.

Catorce

Don Richardson vivía en Manhattan, en un pequeño apartamento de dos habitaciones ubicado en una buhardilla. Desde el diminuto balcón en el que apenas cabía una mesita plegable y dos sillas se podía subir por una escalera hasta el tejado, que ofrecía un panorama impresionante de la ciudad.

—Hace poco que vivo aquí, por eso todavía quedan cajas por desembalar —se disculpó él—. Pero estoy muy contento de haber encontrado piso tan deprisa.

Habían subido a la azotea porque él había insistido en enseñarle las vistas.

—Cuando oscurece, esto se convierte en un inmenso mar de luces —le contó, señalando el paisaje urbano—. No falta mucho. ¿Qué le parece si subimos las sillas y la mesita? Puedo coger dos mantas, en alguna de las cajas deben de estar..., y podríamos tomar un aperitivo aquí arriba.

Grace sonrió. La perspectiva de cenar con ese hombre tan interesante y cautivador le ponía la piel de gallina. Era una sensación maravillosa.

—Me parece una idea estupenda.

—¿Qué le apetece tomar?

—Un chocolate caliente —respondió Grace—. Es mi bebida preferida.

—¡Oh! —exclamó Don sorprendido—. Me temo que no tengo chocolate en casa, aunque podría bajar en un momento y...

—Era una broma. —Ella rio—. Señor Richardson, ¿me cree de verdad cuando le digo que ya soy mayor? Aunque ahora en realidad una bebida caliente sería más agradable que algo con cubitos de hielo. ¿Qué me puede ofrecer?

—Bueno, podría prepararle un gin-tonic. Tengo limones frescos y, por suerte, incluso un frigorífico con congelador.

—Pues un gin-tonic —aceptó Grace.

—Subiré la mesa y las sillas a la azotea en un momento. ¿Le apetece escuchar un poco de música?

—Claro.

—Muy bien, pues pondré un disco —dijo, y enseguida se encogió de hombros en señal de disculpa—. Bueno, si encuentro los discos.

Don bajó de nuevo los escalones y poco después empezó a sonar *Near You* de Francis Craig and His Orchestra.

Grace se colocó la chaqueta por encima de los hombros. El aire del atardecer era fresco, pero no incómodo. Estuvo paseando por la azotea, contemplando el cielo que se iba oscurecía por momentos, y luego llegó al borde de la terraza y se apoyó en la barandilla para disfrutar de las vistas de la ciudad. Las luces, los reflejos, los destellos... Nueva York era realmente incomparable, y ella,

Grace Kelly, con dieciocho años recién cumplidos, estaba justo allí, en pleno Manhattan. Lo había conseguido, había cosechado sus primeros logros y sabía que iba por buen camino. El señor Jehlinger, el gran maestro, siempre la había observado con una expresión impenetrable, tomando notas cada vez que interpretaba una escena, pero nunca le había soltado ningún comentario cínico o desdeñoso, como solía hacer con los alumnos que no se habían aprendido el texto o que habían llegado a clase sin la preparación necesaria. El señor Jehlinger era especialmente severo, pero también justo. Esperaba de sus estudiantes la máxima implicación y una preparación básica del temario de clase. Quien no lo tuviera en cuenta, se exponía a ser víctima de su mal humor. Y aunque casi nunca lo expresaran de forma explícita, Grace sabía que estaba rodeada de personas que valoraban su talento.

Se envolvió más con la chaqueta. Desde el piso le llegó la voz de Doris Day cantando *Sentimental Journey*. Ella se meció ligeramente al ritmo de la música.

El corazón empezó a latirle un poco más deprisa cuando oyó que Don volvía a subir a la terraza. Se dio la vuelta y fue a su encuentro.

—Espero que le guste este disco... —comentó, tendiéndole un vaso alto—. Salud, señorita Kelly. Por el teatro, el cine, el amor y la vida. Por la amistad y por el carácter.

—Salud —repitió ella antes de beber—. «Por el carácter.» Es un brindis poco habitual —comentó—. ¿Se debe a sus malas experiencias, señor Richardson?

Don dejó el vaso sobre la estrecha barandilla.

—Pues sí —dijo, mirándola con una sonrisa—. Es usted muy perspicaz para ser...

—¿... una mujer? —preguntó Grace, tratando de que no se notara la irritación que le provocaba el hecho de sentirse menospreciada.

Don se echó a reír.

—No —contestó—. Perspicaz para tener apenas dieciocho años, señorita Kelly.

—Es porque he aprendido a escuchar. Sobre todo cuando se trata de alguien importante para mí —dijo Grace, contemplando el mar de luces que se extendía frente a ella—. Porque usted es importante para mí, señor Richardson —añadió, mirándolo a los ojos.

—¿De veras? —repuso Don, devolviéndole la mirada con sus ojos dulces y oscuros y esbozando una leve sonrisa. Sin embargo, no agregó nada más.

Grace se preguntó si ya había ido demasiado lejos.

—¿Le importaría contarme por qué?

Ella suspiró antes de responder.

—¿Sabe? Procedo de una familia que siempre me ha enseñado a guardar las apariencias, para la que da igual lo que suceda a mi alrededor: lo más importante de todo es que mis sentimientos no afloren a la superficie. Y veo que usted es todo lo contrario, que se limita a ser usted mismo. Tanto da si está impartiendo clase o si está en el ámbito privado. Simplemente no le parece necesario comportarse como si fuera otra persona porque es perfecto tal como es.

—Me alegro de oír eso —declaró Don—. ¿Sabe una cosa, señorita Kelly?

—¿Va a decirme que yo también le gusto? —aventuró Grace con coquetería.

—No —respondió Don, negando con la cabeza mientras sonreía—. Me gustaría bailar con usted —dijo, y le quitó el vaso para dejarlo junto al suyo, en el antepecho.

A continuación se llevó a Grace al centro de la azotea y se pegó a ella. Poco a poco empezaron a bailar al son de la voz arrulladora de Doris Day y a ella se le aceleró el corazón, porque no quería parar de bailar jamás con ese hombre.

—Don Richardson, lo que estamos haciendo no está nada bien —le susurró ella al oído antes de posar la cabeza sobre su hombro con los ojos cerrados.

Don la agarró con firmeza, envolviéndole la cintura con un brazo, y la acarició con ternura, lo que le provocó un agradable escalofrío al tiempo que un dulce anhelo se apoderó de su cuerpo como una especie de dolor bienvenido.

—Grace —dijo Don, aferrándose con más fuerza a ella—. Grace... —repitió antes de detenerse.

Esta levantó la cabeza y se lo quedó mirando, incapaz de apartar la vista de aquellos ojos tan penetrantes e intensos, que parecían capaces de verle el alma y que brillaban con las luces parpadeantes de la ciudad. Eran cálidos y anhelantes, aunque exentos de urgencia.

Él acercó el rostro cada vez más al de ella.

Sin embargo, justo cuando Grace ya contaba con que sus labios se tocarían, Don se apartó de ella con suavidad y le acarició la mejilla con cuidado.

—Creo, señorita Kelly, que ya es hora de que vuelva a casa —comentó él en voz baja.

Ella intentó recomponerse, pero no sabía qué había hecho mal.

—Si usted lo dice, señor Richardson, supongo que así es —convino con formalidad, regresando a la barandilla. Las luces de la ciudad de repente ya no le parecieron tan maravillosas y embriagadoras, sino que su intensidad le resultó más bien fría.

Ella recogió su vaso y miró a Don, que la había seguido por la azotea.

—La acompaño a casa, señorita Kelly —propuso en tono cordial.

—No será necesario, gracias. Todavía es temprano y soy más que capaz de encontrar el camino de vuelta.

¿Por qué sonaba tan torpe su voz, de repente? No había sido su intención.

—¿La he ofendido?

—¿Qué le hace pensar eso? —preguntó Grace con un ápice de precipitación—. Gracias por la bebida, por el baile y por esta encantadora velada, es usted muy amable.

—Grace... Creo que es mejor que no... —empezó a decir Don, pero Grace levantó las manos para interrumpirlo.

—No tiene que justificarse, señor Richardson. Sé encajar un rechazo —sentenció, mientras por dentro pensaba que su padre se lo había enseñado con creces.

Dicho esto, bajó los escalones hasta el balcón, cogió apresuradamente su bolso y salió del piso sin siquiera volverse.

Quince

Qué vergüenza. Pocas veces se había sentido tan menospreciada y rechazada como en esos momentos. Confundida y herida, recorrió las calles a paso ligero. ¿Qué había sucedido? ¿No le gustaba lo suficiente? Grace no podía creer lo que había ocurrido. Después de mirarla con tanta intensidad, con esos ojos tan ensombrecidos, de lo cerca que habían estado de que ocurriera algo... Sin duda tenía que ser que él no la tomaba en serio. Probablemente no la veía como algo más que una joven ingenua, igual que su padre. Y eso era lo peor que podría haberle ocurrido.

Cuando llegó al Barbizon, sintió un gran alivio al ver que Cai y dos chicas más estaban saliendo justo en ese instante.

—¡Grace, qué bien que nos hayamos encontrado! —exclamó Cai al reparar en ella—. ¿Quieres venir con nosotras? A la vuelta de la esquina han abierto un bar nuevo, el propietario es amigo de Veronica.

—Sí, acompáñanos, Grace —dijo Veronica, una joven muy simpática de Ohio que vivía en Nueva York para formarse como secretaria con idiomas y que era tan vivaracha como Caitriona.

—¿Quién se atrevería a llevaros la contraria? —contestó ella, pensando que realmente le iría de perlas animarse un poco.

En el Hawaii Dreams reinaba un gran ambiente. Había gente incluso en la calle, la música se colaba por la puerta del bar recién abierto y les costó bastante entrar.

El local estaba decorado como un chiringuito de playa de Hawái, con guirnaldas, palmeras y camareras ataviadas con biquinis de flores, faldas de rafia y pelucas de pelo largo y negro. Las mesas eran sencillas, de madera, había arena en el suelo y de todas partes colgaban rótulos que el propietario se había dedicado a recoger durante sus viajes por todo el mundo: A LA PLAYA, 500 METROS, ABRAZA A ALGUIEN HOY MISMO, AMA Y BEBE GINEBRA... A Grace le gustó aquella atmósfera tan exótica e improvisada, y pensó que le habría gustado contemplar ese mundo tan curioso con sus propios ojos.

Justo en ese instante, Vincent, el propietario, salió al encuentro de las chicas.

—¡Eh, Rica! —exclamó antes de darle un abrazo a Veronica—. Me alegro de que hayas podido venir. ¿A quién has traído? ¡Preséntame a tus amigas!

Una vez hechas las presentaciones, se dejaron convencer para probar un cóctel hawaiano especial de cereza, piña, coco, zumo de limón y ron añejo.

Vincent se metió detrás de la barra para mezclar las bebidas. Por los altavoces sonaba música de guitarras y ukeleles, así como unas voces aterciopeladas que le cantaban al amor, al olvido, a la confianza en el reencuentro, a la arena negra y a las puestas de sol.

Vincent volvió con las bebidas.

Aquel combinado tan exótico estaba delicioso, y Grace se alegró de estar junto a sus amigas en vez de sola en su cuarto, llorando a moco tendido.

—¡Por ahí veo una mesa libre! —gritó Cai antes de empezar a abrirse paso entre la multitud con la copa en la mano—. Sígueme —le pidió a su amiga con un guiño.

Esta se sentó en una especie de tronco de árbol con respaldo. La decoración era realmente curiosa.

—Bueno, Grace —dijo Cai con las cejas arqueadas—. ¿Se puede saber qué hacías con el señor Richardson hoy después de clase?

—¿Cómo sabes que nos hemos visto? —preguntó Grace, asombrada.

—Porque tengo ojos en todas partes. No sé cómo me las arreglo, pero lo veo todo: lo que hay que ver y también lo que no debería ver. Habéis salido juntos en dirección contraria al Barbizon, y saltaba a la vista vuestra complicidad.

Dicho esto, se quedó parpadeando unos instantes, y Grace no pudo evitar reírse a pesar de la decepción que aún le oprimía la garganta. Se había imaginado que la velada transcurriría de un modo muy distinto.

—Me ha invitado a una copa —explicó sin añadir más detalles, puesto que no le apetecía nada hablar de Don.

—Ajá. ¿Dónde?

—En su casa. Luego hemos subido a la azotea del edificio para cenar y charlar un poco.

—¿Nada más? —repuso Cai decepcionada.

—Nada más, Cai, nada más. Siento no poder contarte ninguna historia alocada al respecto.

«Ya me gustaría», pensó para sus adentros.

—Vaya, con lo interesante que habría sido... —añadió Cai.

—Creía que ya estabas harta de historias alocadas —dijo Grace con severidad, mirando a Cai muy seria.

Su amiga supo enseguida a qué se refería y prefirió centrarse en su cóctel hawaiano.

—Solo preguntaba —replicó con aire enfurruñado.

Grace permaneció sentada a su lado, tomando un sorbo de vez en cuando, pero sin mediar palabra.

—¿Se puede saber qué mosca te ha picado? —preguntó Cai al cabo de un rato.

—Ay, no es nada —respondió ella; no quería hablar de lo que la preocupaba.

Sintió cierto alivio al ver que Cai se volvía de nuevo hacia Rica, que tenía que marcharse enseguida y se despidió de ellas, de manera que Grace y Cai se quedaron solas una vez más.

—Bueno, dime de una vez qué te aflige tanto —insistió Cai, dispuesta a no dar su brazo a torcer.

Grace la miró pensativa.

—Es por Don.

—Me lo imaginaba. Cuéntame.

Entonces le relató cómo había transcurrido la velada: lo bien que había empezado, que habían subido a la azotea, habían puesto música y habían bailado.

—Cielo santo, qué romántico —susurró Cai.

—De eso nada. Ha llegado un momento en el que, de repente, me ha dicho que sería mejor que volviera a casa.

—Eso no está bien, pero al mismo tiempo sí lo está —opinó Cai.

—¿Por qué diantres tendría que estar bien?

—Bueno, imagínate la clase de chismorreos que circularían si pasara algo entre vosotros. Además, es bastante mayor que tú, demasiado viejo para ti. Y no creo que tus padres se mostraran precisamente encantados de oír que su amada hijita se ha enamorado de un profesor que le saca unos cuantos años. Porque lo de que estás enamorada lo vería incluso un ciego.

Grace asintió con la cabeza.

—Tengo que admitir que sí.

—Me parece muy honrado y consecuente por parte del señor Richardson que se haya comportado de ese modo —sentenció Cai.

—Hablas muy bien —afirmó Grace, que seguía ofendida por lo sucedido.

—Ay, Grace, todavía eres muy joven. Aún no te has enamorado del hombre adecuado —dijo Cai, riendo—. Vamos, brindemos. Pero no por los hombres. No los necesitamos. Tú seguirás tu propio camino, de eso estoy segura.

Dieciséis

—Gracias, señorita Kelly, lo ha hecho muy bien. Señorita Johnson, si es tan amable de ser la siguiente en subir... —dijo Don Richardson, y anotó un par de cosas antes de centrar la atención en la próxima alumna.

Grace se sentó de nuevo sin saber muy bien cómo debía interpretar ese comentario tan breve. Ese día trabajaban la mímica y la expresión, y en la sesión anterior Don Richardson les había encargado que se dedicaran a observar bien a sus compañeros para estudiar los medios expresivos que empleaban. Durante una semana, Grace había escrutado con fascinación los detalles gestuales que indicaban los sentimientos más diversos, como la duda, la preocupación, la confianza, la ira y el entusiasmo, pero también el desinterés, la falta de paciencia y el aburrimiento. En su cuarto, frente al espejo, había intentado reproducir esos mismos sentimientos, y aunque al principio le había costado controlar los matices mímicos, estaba más que segura de que la práctica le había permitido refinar bastante la ejecución.

¿Y qué le había dicho Don Richardson? Que lo había

hecho muy bien, nada más. En el caso de Mara, que estaba sentada una fila por delante de ella, se había dedicado a explicar con todo detalle lo que había hecho bien y la había elogiado con profusión.

Grace se sentía ofendida. No pedía un trato especial, pero tampoco quería que la ignorara.

Tras la clase con Don Richardson, a Grace todavía le quedaba algo de tiempo antes de la clase de logopedia con la señora Hillinger, que era algo seca pero muy competente.

Grace había acudido a la consulta de un médico que le había inspeccionado la nariz en profundidad y le había dicho que serían necesarias varias operaciones para conseguir una mejora de su dicción. Sin embargo, también había admitido que los ejercicios de fonación y de respiración a largo plazo podían ayudarla a mejorar, y la animó a intentarlo primero de ese modo.

Muchos de sus compañeros de clase utilizaban la pausa para fumar en grupo, pero Grace detestaba el mal olor que durante días le quedaba impregnado en la ropa después de haber estado en un bar o un restaurante. A sus amigas les había prohibido terminantemente que fumaran en su habitación del Barbizon, lo que enfurecía a Caitriona y a Mary Jo, a las que les gustaba fumar un cigarrillo tras otro mientras charlaban.

Grace decidió emplear la pausa para explorar un poco las calles de Nueva York. Había empezado a amar aquella ciudad sin saber muy bien por qué. Sin duda no era por el aire que se respiraba, puesto que estaba dominado por las salidas de humo de los incontables restaurantes y por el olor penetrante de los puestos ambulantes de perritos calientes. Sin embargo, al mismo tiempo podía disfrutar de perfumes de todos los rincones del mundo, cuyos aromas solo constituían una parte minúscula de la inmensa variedad de gente que poblaba las calles de Nueva York. A Grace le encantaba examinar los rostros cambiantes de esa ciudad tan llena de vida, en la que se aglutinaban los mundos más diversos. Por eso se puso el abrigo de color rojo oscuro, se envolvió el cuello con su chal verde claro y salió de la Academy.

Unos cinco minutos después se detuvo frente a una columna publicitaria para observar los carteles que había, anuncios de chocolate Whitman's y del refresco 7 Up. Se fijó en que en el lado opuesto de la columna acababan de pegar un anuncio de champán en el que aparecía ella misma, ataviada con un vestido de noche. Justo en ese instante oyó una voz que creyó reconocer.

—Grace se cree la mejor —dijo alguien con la voz teñida de odio—. Tiene que llamar la atención allí adonde va.

Grace contuvo el aliento y aguzó el oído.

—Y los profesores caen en la trampa, claro —añadió la otra voz, que también le resultó familiar.

—Todos igual, no hacen más que hablar sobre lo buena que es y sobre lo mucho que se esfuerza. Incluso el gran maestro se ablanda cuando ella está en clase.

—«Señorita Kelly, maravilloso» —declamó una de ellas, imitando a Charles Jehlinger.

—«Excelente, señorita Kelly, increíble» —continuó la otra.

—No me extrañaría nada que se estuviera acostando con todo el profesorado. Sobre todo con Don Richardson, que va suspirando detrás de ella como un gato que persigue un ratón. Aunque hay que reconocer que es encantador ver cómo intenta que no se le note.

Aquello fue demasiado para Grace. Le dio la vuelta a la columna de anuncios y se plantó delante de Priscilla y January, las dos mayores cotillas de la Academy. Por si fuera poco, desde el inicio habían demostrado una falta de talento que solo se había visto reforzada por una actitud que la madre de Grace sin duda habría tildado de ociosa.

January estaba a punto de encenderse un cigarrillo, pero dejó caer la cerilla encendida del susto.

—¿Sabéis lo que sois? —les espetó Grace con gesto de desprecio—. No sois más que unas envidiosas. ¿Cómo podéis hablar de ese modo sobre alguien a quien no conocéis? —preguntó, y se acercó a ellas fulminándolas con la mirada—. Parad de una vez de desperdiciar el tiempo con suposiciones y calumnias. ¿En serio no tenéis nada mejor que hacer? Dejadlo ya, no os estáis haciendo ningún favor.

—¿Qué quieres decir con eso? —replicó Priscilla titubeando.

—Que si realmente queréis ser actrices, deberíais tener algo de vida propia —respondió Grace—. O sea, que tal vez deberíais esforzaros un poco.

Dicho esto, dio media vuelta y regresó con la cabeza bien alta a la Academy. Por nada del mundo quería que se dieran cuenta de que los ojos se le habían llenado de lágrimas.

En esos momentos no podía siquiera imaginar la cantidad de veces que tendría que enfrentarse a la envidia ajena a lo largo de su vida.

—Señorita Kelly, no la reconozco —comentó la señora Hillinger asombrada—. Una vez más, por favor. No, relájese un poco, está demasiado rígida y no es bueno para el diafragma. Ahora lea lentamente el texto e intente centrarse en el final de cada palabra...

Grace se fijó en el pliego de papeles que tenía en el atril y empezó a leer en voz alta.

—Basta, señorita Kelly. Pare —le ordenó la señora Hillinger antes de acercarse a ella—. ¿No se encuentra bien?

—No, esto..., sí... No lo sé —respondió ella, encogiéndose de hombros.

—Haga una pausa. Siéntese e intente calmarse. Cedric Hiller, por favor, ¿ha practicado usted el texto? Muy bien, pues comience, por favor.

Después de la clase, y de que la señora Hillinger hubiera decidido dejarla descansar por un día, Grace regresó directamente al Barbizon, evitó las conversaciones con sus compañeras de residencia y subió la escalera con pies de plomo. Cuando por fin llegó a su cuarto, se quitó la chaqueta, la bufanda y los zapatos, se tumbó en la cama y se echó a llorar, incapaz de seguir conteniéndose.

—¡Grace! Dios mío, ¿qué te ocurre?

Alguien la zarandeó un poco. Sorprendida, levantó la cabeza. No había oído entrar a nadie.

Era Mary Jo, y la estaba mirando con los ojos desorbitados.

—Grace, ¿qué ha sucedido?

—Mary Jo, ¿qué pasa? —dijo Cai, entrando también en la habitación y mirándolas con el ceño fruncido antes de sentarse en el borde de la cama—. Por favor, cuéntanos lo que te ha pasado. Grace, lo digo en serio, no nos moveremos de aquí hasta que nos lo hayas contado —insistió, tendiéndole un pañuelo.

Esta se sentó en la cama y se sonó la nariz.

—No comprendo por qué la gente reacciona de ese modo conmigo. ¿Qué hago mal? —gimoteó con desesperación.

—¿De qué estás hablando? —preguntaron Mary Jo y Cai al unísono.

Aunque Grace se sentía sin fuerzas, intentó recomponerse.

—De January y Priscilla —dijo—. Las he oído hablar sobre mí, diciendo que seguro que me acostaba con todos los profesores para destacar en clase, y...

—¡Basta! —exclamó Cai, levantando una mano—. ¡Por Dios, Grace!

—¿Qué ocurre? —inquirió confundida.

—Que eso es normal —indicó Cai—. Por desgracia, pero es así. No puedes andar preocupándote por cosas como esa.

—Pero ¿por qué? ¿Cómo pretendes que no me afecte? —replicó Grace, que por fin había conseguido dejar de llorar.

Cai le dedicó una sonrisa.

—¿Crees que la gente no va diciendo cosas semejantes sobre mí? La escocesa guapa y ricachona que no quiere perderse nada. Esa inútil de Caitriona, la pelirroja que no sirve para nada pero que se piensa que tiene el mundo entero a sus pies. En tu caso es distinto, Grace. Tú eres increíblemente buena en lo tuyo, no como yo, que ni siquiera sé a qué temperatura empieza a hervir el aceite...

—Cai, por favor —la interrumpió—. No sé a qué te refieres.

—Bueno, pues que eres guapísima y encantadora como nadie.

Grace negó con la cabeza, pero Cai asintió con vehemencia y Mary Jo se unió a ella para confirmarlo.

—Además, posees ese talento que todos los profesores detectan al instante. Eso es lo que tanto envidia la gente, y es probable que siempre sea así. Tienes que estar por encima de ese tipo de cosas, Grace. No te dejes influir por lo que los demás digan de ti. Limítate a ser tú misma.

Estaba a punto de echarse a llorar. Sin embargo, en esa ocasión eran lágrimas de alivio, por haber conocido a esas dos jóvenes y compartir con ellas una amistad tan preciosa.

Diecisiete

Era evidente que Don Richardson intentaba ignorar a Grace en la medida de lo posible. En las clases no le dedicaba más que un «bien» o un «muy bien, señorita Kelly», solo eso, y además evitaba cualquier tipo de contacto físico, hasta el punto de procurar no cruzarse con ella por los pasillos. Ni una mirada, ni un gesto; nada indicaba que hubieran pasado aquella maravillosa velada en la azotea de su casa. Porque hasta que había terminado de forma abrupta, había disfrutado mucho de la compañía de aquel hombre tan inteligente que tan atractivo le seguía resultando. Y aún le resultaba más doloroso pensar que, al parecer, los dos recordaran el tiempo que habían pasado juntos pero, por lo visto, de formas muy distintas. ¿Acaso él no había notado que había algo entre ellos dos?

Grace ponía un empeño especial en las clases, demostrando más preparación y ambición que nunca, pero seguía sin llamar la atención de Don. Era como si no estuviera presente.

Solo había compartido con su tío George lo mucho que eso la afligía.

—Gracie, es un profesor —le había dicho George durante uno de los paseos que compartían por Central Park—. Será mejor que no tengas ninguna relación con él, eso solo causaría un revuelo innecesario en la Academy. Por no hablar de lo que dirían tus padres, no quiero ni imaginarlo. Ya sabes cómo son.

Por desgracia, Grace lo sabía muy bien. Y, aun así, no podía dejar de pensar en Don.

—Es que ya no quiere saber absolutamente nada de mí, pero ese día bien que le apeteció bailar conmigo en la azotea —le había replicado Grace con terquedad—. ¿Por qué lo hizo?

—Porque es un hombre —le había contestado su tío George—. Te has convertido en una joven muy atractiva, Gracie; ¿quién podría resistirse a ello tan fácilmente? Hay que admitir que Don supo comportarse como debía en esa situación.

—Pues yo habría preferido que hubiera perdido la compostura —había respondido Grace.

Su tío había reaccionado ni más ni menos que con una carcajada.

—Ay, Gracie, olvídate de él y punto. Aprende de él tanto como puedas, y deja las cosas como están. Es un profesor excelente, y como actriz podrás beneficiarte mucho de sus clases, pero nada más. Concéntrate en tu formación. Prométeme que me harás caso.

No obstante, Grace se había limitado a soltar un gruñido antes de seguir paseando. George le había preguntado luego sobre las clases y sobre sus progresos y no volvieron a mencionar a Don Richardson.

Sin embargo, Grace no se lo quitaba de la cabeza, y durante todo el semestre se estuvo torturando por el hecho de tenerlo siempre a la vista pero no poder acercarse más a él.

Dieciocho
Nueva York, 1948

Llegaron unos exámenes importantes y Grace los superó de forma brillante. Había trabajado tanto que el simple hecho de tener una noche libre ya le pareció un lujo, de modo que decidió salir a cenar a un buen restaurante con unos compañeros de curso y celebrarlo como era debido.

—Qué bonito es esto —dijo Grace, deteniéndose a contemplar el vestíbulo del restaurante mientras esperaban a que les prepararan la mesa.

Rita Gam, que también quería ser actriz y había trabado amistad con Grace en las últimas semanas, estaba contenta de haber recomendado el restaurante, puesto que el propietario y cocinero era amigo suyo.

El camarero, vestido de negro, las condujo con perfecta cortesía hasta la mesa.

—Les doy la bienvenida a Chez Fred. ¿Les apetece un aperitivo? —preguntó con amabilidad.

Pidieron unas copas de jerez y el camarero fue a buscarlas.

La mesa estaba junto a una ventana que les ofrecía

unas vistas maravillosas del río Hudson. Aunque a esas alturas de diciembre ya había oscurecido, todavía había unos cuantos barcos de vela en movimiento, y también vapores de recreo decorados con lucecitas y guirnaldas que transportaban a turistas por los alrededores.

El restaurante estaba decorado al más puro estilo francés, pero a pesar de lo elegante que era tenía un cierto aire hogareño, de manera que te daba la sensación de encontrarte en una acogedora residencia parisina. La chimenea proporcionaba una calidez agradable, y unos cuantos comensales se habían acomodado en el sofá de piel que había delante para tomarse una copa de vino o alguna otra bebida. En una mesita baja había varios libros de fotografías y un gran candelabro de plata con las velas encendidas.

Se sentaron en unos sillones de mimbre de suaves cojines que resultaron ser increíblemente cómodos, y la mesa estaba cubierta con un mantel verde oscuro estampado con azucenas doradas, a juego con los cubiertos y con los bordes de los vasos de agua.

El camarero les sirvió las copas de jerez y les entregó las cartas.

Rita levantó su copa y miró a su alrededor.

—Por esta encantadora velada.

Bebieron tras el brindis y examinaron el menú. Los jóvenes eligieron unos jugosos bistecs con patatas fritas, mientras que Grace, Rita y otra estudiante que se llamaba Dolly se limitaron a una ensalada y un bistec pequeño.

Grace se entendía especialmente bien con Rita Gam. Igual que ella, procedía de Pensilvania, aunque su aspecto era opuesto al de ella, ya que tenía el pelo y los ojos oscuros. Formaban una alegre pareja y se reían mucho y sin tapujos.

Grace se dio cuenta de que ya se sentía mejor y de que sería capaz de disfrutar de la noche al máximo. Últimamente no había pensado tan a menudo en Don Richardson, en parte porque ya no le daba clase. Casi se alegraba de no verlo y anhelarlo a diario, aunque seguía afligida por el hecho de que la hubiera rechazado.

—¿Qué os parece si pedimos una buena botella de tinto? —propuso uno de los jóvenes.

—Lo dices como si tuvieras la menor idea sobre vinos —replicó Rita—, cuando en realidad todos sabemos que apenas distingues el tinto del blanco. En casa de Tom siempre te encuentras el vino tinto en el frigorífico —les explicó a los demás entre risas.

Grace también estaba riendo cuando miró a su alrededor en el restaurante y, justo en ese instante, vio entrar a Don Richardson acompañado de una mujer bella y elegante.

—¿Qué te ocurre, Grace? —preguntó Rita con preocupación—. De repente te has puesto pálida.

—No es nada, estoy bien —respondió, intentando recomponerse.

Don no la había visto todavía cuando se sentó a la mesa con su acompañante.

Los jóvenes pidieron los entrantes y se pusieron a conversar, pero ella se quedó sentada en silencio, petrificada por las circunstancias.

Sobre la mesa decorada con azucenas dejaron *foie gras*, pan de baguette, mantequilla salada y mermelada de cebolla; el camarero sirvió el vino y Grace siguió sin mediar palabra.

Probó el *foie gras*, pero fue incapaz de apreciar su sabor, porque no paraba de mirar hacia la mesa de Don. Por suerte, este se había sentado de espaldas a Grace. La mujer que lo acompañaba debía de estar cerca de los treinta años y era guapa en un sentido clásico, pero con un cierto atractivo. Llevaba el pelo casi negro recogido en un moño y tenía los pómulos altos y la mirada oscura. Parecía mantener una conversación seria y animada con Don. El vestido negro le quedaba ajustado al cuerpo a pesar de su delgadez, y su actitud era distante pero al mismo tiempo cordial.

Al verla, de repente tuvo la sensación de haberse maquillado demasiado y de haberse vestido de un modo inadecuado. Mientras tanto, los demás no hablaban más que del *foie*, de lo bien que sabía, y de ese vino tan maravilloso. Se moría de ganas de levantarse y salir corriendo de allí. Sin embargo, permaneció sentada, sonriendo cordialmente e intentando actuar con normalidad.

En algún momento la mujer le dio un apretón afectuoso en la mano a Don, y este respondió al gesto llevándose la mano de ella a los labios y besándosela. La mujer sonrió, mostrando una dentadura blanquísima.

Grace soltó el tenedor en su plato.

—¿No te gusta el *foie gras*, Grace? —le preguntó Rita, todavía preocupada por ella.

—Sí, sí. Es solo que no tengo mucha hambre —respondió ella para quitarle importancia.

El camarero se plantó en la mesa de Don con una botella de Moët & Chandon, la descorchó, llenó las copas y la volvió a dejar en la cubitera.

Don y la mujer brindaron, ella se rio negando con la cabeza y se inclinó hacia delante. Intercambiaron unas cuantas palabras susurradas, y por la complicidad que demostraban era como si se conocieran desde hacía mucho tiempo.

—Rita, me siento un poco rara —dijo—. Voy afuera un momento para tomar el aire.

Dicho esto, se levantó apresuradamente y Rita corrió a acompañarla.

—Voy contigo, Grace.

—No es necesario. Quédate aquí. Vamos, vuelve a sentarte —le indicó Grace, que en ese preciso instante solo quería estar a solas—. Regresaré enseguida —añadió con una sonrisa amable antes de dirigirse hacia la salida.

Sin embargo, al pasar junto a la mesa de Don, se detuvo para mirarlo y se quedó de piedra. A Grace el corazón le latía tan deprisa que temió que se le saliera del pecho.

Don Richardson levantó la vista sorprendido.

—¡Señorita Kelly! —exclamó él con asombro—. ¿Qué hace usted aquí?

—Imagínese, a pesar de mi edad se me permite salir a cenar —le espetó esta, aunque se había propuesto actuar de un modo del todo contrario—. Es más, nadie me considera una niña. Que tenga usted unas buenas noches —le dijo, y a continuación miró a la mujer del pelo negro—. Es posible que incluso acabe bailando con usted en la azotea de su piso.

La mujer se rio con afabilidad, lo que enfureció aún más a Grace.

—Ay, lo dudo —respondió la mujer sin perder el ademán relajado—. Nunca se nos ha dado bien bailar juntos.

Sin saber qué contestar a eso, Grace salió corriendo

del restaurante, ignorando a la recepcionista que le preguntó si quería salir sin el abrigo.

Una vez fuera, se detuvo en seco y respiró hondo.

Oh, no. ¿Cómo había podido perder la compostura de esa forma?

Oyó pasos y fue a esconderse tras un arbusto.

Era Don, y parecía dispuesto a buscarla por los alrededores.

—¿Señorita Kelly? —la llamó en voz baja—. ¿Dónde está?

Entonces se detuvo, como si estuviera esperando a que apareciera.

Grace se aferró a su escondite, pero él avanzó hasta pararse frente al arbusto, tan cerca de ella que podría haberlo tocado con solo alargar un brazo. ¿Qué debía hacer?

De repente Don dio media vuelta y rodeó el arbusto, de manera que al cabo de un momento se plantó justo delante de ella.

Lo miró, helada de frío, furiosa y herida, pero por encima de todo confusa.

Se cruzó de brazos.

—Grace —le dijo Don Richardson—. No tienes que huir de mí.

—¿Qué le importa a usted eso? —repuso ella, levantando la voz más de lo que se había propuesto.

Se sentía desamparada y no quería que Don se diera cuenta, pero se moría de ganas de echarse a llorar. Estaba enfadadísima consigo misma.

—Si me aparté de ti de ese modo fue solo para que nadie se diera cuenta de lo enamorado que estoy —le confesó Don en voz baja antes de acercarse a ella para apartarle el pelo de la cara.

Le dedicó una sonrisa y la expresión de sus ojos marrones fue tan tierna y afectuosa que ella bien podría haberse ahogado en ellos. Se acercó cada vez más, hasta que sus gruesos labios quedaron frente a los de ella y entonces, por fin, la besó.

Grace, que ya no comprendía nada de nada, lo permitió. Llevaba mucho tiempo esperándolo. Y lo único que sabía con certeza era que nunca había experimentado nada similar a ese beso. No tenía ni punto de comparación con los besos titubeantes que se había dado con Harper Davis, un novio de la adolescencia.

Aquello parecía estar sucediendo en otro mundo. Como recuerdo del tiempo que había pasado con Harper le quedaba el perfume que él le había regalado por Navidad, así como un paquete de chicles Wrigley's de color verde que, como tantos otros pequeños recuerdos, ella había pegado en un cuaderno muy preciado que se convirtió en su álbum de recortes. Harper le gustaba mucho, pero se había alistado en el ejército y poco después había enfermado de esclerosis múltiple, lo que dejó a Grace desconsolada. Se seguían escribiendo cartas con cierta regularidad, y ella siempre tuvo un rinconcito de su corazón para él, pero lo que estaba viviendo con Don en ese preciso instante era algo totalmente distinto. Sus besos prometían pasión, un anhelo hasta entonces desconocido para Grace, una sensualidad insólita. No quería que parara de besarla jamás.

Aun así, se detuvo, la miró a los ojos para asegurarse de que ella sentía lo mismo que él y en la mirada de Grace corroboró sus esperanzas más optimistas, de manera que la besó de nuevo con una pasión irrefrenable.

—¿Grace, qué está ocurriendo? —lo oyó murmurar ella.

—Que estamos juntos —constató ella en voz baja, arrimándose a él, disfrutando de su contacto y notando los latidos de su corazón—. Por fin... Llevaba tanto tiempo esperándolo...

—Ven —le indicó Don, cogiéndola de la mano—. Marchémonos de aquí.

—Espera, tengo que volver. Mi abrigo está dentro —dijo ella mientras se dirigían hacia el coche de Don.

Don metió la llave en la cerradura por el lado pasajero y abrió la puerta.

—No necesitas ningún abrigo. No necesitas nada de nada. Sube, Grace, iremos a mi casa. Y esta vez no dejaré que te marches de nuevo.

Diecinueve

—Grace, ¿por qué no nos dijiste nada? Estuvimos preocupados por ti hasta que el camarero nos explicó que te habías marchado en un coche —le dijo Rita, todavía enfadada.

—Lo siento, Rita, pero no podía hacer otra cosa —se disculpó ella—. Tenía que marcharme con Don.

—¿Don? ¿Don Richardson? ¿Cómo es posible?

—Estaba sentado cerca de nosotros en el restaurante.

—No me di ni cuenta. ¿Y adónde fuiste con él?

—A su casa —respondió Grace.

—¿No habías estado ya allí una vez?

—Sí, pero en esta ocasión fue muy distinto —explicó con expresión soñadora.

Sonrió al pensar en el anhelo que había sentido, y el recuerdo le provocó un escalofrío agradable que le erizó levemente la piel.

—Dios mío, Grace. Viéndote, me muero de ganas de saber qué ocurrió —comentó Rita mientras examinaba a su amiga con atención.

—Es un secreto —dijo Grace, aunque el tono rosado que adquirieron sus mejillas resultó revelador.

—Me temo que será imposible ocultarlo —replicó Rita, entrecerrando los ojos y fijándose en su amiga—. Estás enamorada —constató.

No lo preguntó, lo afirmó con rotundidad, y ella se puso colorada del todo.

—Pues al bueno del señor Richardson no se le ha notado lo más mínimo en clase —comentó Rita—. Después de todo es un buen actor, eso hay que reconocerlo.

—Bueno... —se limitó a decir Grace, decidiendo no revelar nada más ni sobre la noche anterior ni sobre sus sentimientos por Don, puesto que incluso ella misma aún tenía que aclararse al respecto.

Era la primera vez que sentía un anhelo semejante. No era su primera experiencia con un hombre, si es que a los tímidos y agitados jovencitos del verano anterior se los podía denominar hombres, pero con Don había sido del todo distinto. A pesar de la diferencia de edad, compartían un montón de cosas más allá del amor por el teatro, como la ambición de perfeccionar la expresión interpretativa y el deseo constante de trabajar y de evolucionar en el sentido artístico. Hablando con él, Grace se había sentido más comprendida que nunca.

Y aunque esas emociones eran nuevas, Grace estaba segura de una cosa: de que a pesar de todo lo que tenían en común, o precisamente por todo eso, no podría seguir el camino que sus padres deseaban, que pasaba por casarse cuanto antes mejor. Tal vez ese fue el motivo por el que prefirió no revelar lo ocurrido a sus amigas, a la espera de lo que pudiera ocurrir.

—Eres muy mala, Grace Kelly. No me merezco ese silencio. Seguro que a Cai se lo cuentas todo —se quejó Rita en tono de broma—. Eso sí, hazme un favor —añadió, poniéndose seria de repente—: ten cuidado. No te metas en problemas.

—Lo haré, Rita. Gracias —dijo Grace.

Con solo recordar lo sensible y prudente que había sido Don, un escalofrío le recorrió el cuerpo. Estaba loca de amor por él.

Don. No podía parar de pensar en él. Cada vez que se cruzaban por la Academy, Don se esforzaba de un modo obstinado en no guiñarle el ojo y en actuar con la misma neutralidad y cordialidad con la que trataba a cualquier otra alumna. Sin embargo, no pasó mucho tiempo antes de que empezaran a circular rumores y de que todos los estudiantes del centro estuvieran al corriente de que había algo entre ellos dos. La tensión era demasiado palpable para poder ocultarla.

Por supuesto, eso no hizo sino alimentar las envidias, pero Grace se había acostumbrado a no responder a los comentarios maliciosos, por lo que cada vez le afectaban menos.

Aprendía muchísimo en la Academy, y de hecho se inscribió en más cursos adicionales para demostrar a todo el mundo que sus logros como actriz nada tenían que ver con su relación con Don.

A veces estudiaba las materias hasta altas horas de la noche, además de realizar los ejercicios de dicción y de mímica. También cantaba y recitaba mirándose al espejo para aprenderse sus papeles hasta que la sorprendía el sueño; nunca llegaba a clase sin haber preparado y memorizado los textos. De ese modo nadie podría acusarla de beneficiarse de un trato de favor. En las clases del señor Jehlinger brilló tanto como en las horas dedicadas a educar la voz con la señora Hillinger, que no se cansaba de elogiarla por la perseverancia que demostraba.

Y se había comprado gafas nuevas. Don la había acompañado a una óptica para que le revisaran la graduación y para que pudiera elegir una montura de metal fino que le quedara mejor y que no eclipsara sus delicados rasgos como la anterior, de pasta. Aunque a Grace seguía sin hacerle ninguna gracia llevarlas, Don la animaba a usarlas, reiterándole que las gafas siempre recordarían a la gente lo inteligente que era.

A partir de ahí, las semanas siguientes pasaron volando. Se veían prácticamente cada día después de las clases en la Academy y paseaban, cocinaban juntos en casa de él o iban al teatro o al cine con otras parejas de amigos de Don, con los que luego siempre se enzarzaban en animados debates sobre la calidad del vino. Después de tantos años sintiéndose la oveja negra de la familia, Grace tenía la sensación de estar rodeada de personas que compartían sus intereses y que eran capaces de pasarse horas y horas charlando, con la misma fascinación que ella, acerca de una buena actuación sobre el escenario o de detalles cinematográficos.

Pero por encima de todo disfrutaba de la compañía de Don, y de la tranquilidad de poder expresar lo que sentía por él sin tapujos. Aunque pronto aparecerían los primeros obstáculos que tendrían que superar.

Veinte

A medida que Grace se daba cuenta de lo seria que era la relación, decidió poner a su madre al corriente. Aunque ya se figuraba lo difícil que resultaría la conversación, un día se armó de valor y la llamó por teléfono.

—Me he enamorado, mamá. Don y yo somos pareja.

—¿Tu profesor? Grace, ¿lo dices en serio?

—Ya no es mi profesor, mamá. Don es un hombre con una reputación indudable y creo que eso debería tenerse en cuenta. Significa mucho para mí.

—Cuando me hablaste de él por primera vez decidí indagar un poco, y ya entonces pensé: «Cuidado que no se obsesione la niña». —Su madre suspiró—. Y veo que no me equivocaba, puesto que así ha ocurrido. Nos imaginábamos algo muy diferente para ti, Gracie. Que te casarías con un hombre respetable, confiable, capaz de procurarte una vida sin preocupaciones y con una profesión normal, no con un cantante de café.

—Lo que Don y yo hacemos aquí, en Nueva York, mamá, no tiene nada que ver con ser cantantes de café —dijo Grace cada vez más furiosa—. ¿Por qué despreciáis tanto la interpretación, cuando es precisamente lo que da sentido a mi vida? Ya sé que os habíais imaginado algo muy distinto, pero resulta que yo soy así. ¿No podríais al menos intentar sentiros un poco orgullosos de lo que estoy haciendo? Os escribo cada semana para contaros mis progresos, pero no os interesan lo más mínimo.

—En algún momento tendrá que terminar todo este circo —replicó Margaret Kelly—. A ver si luego regresas a casa y te buscas un marido —afirmó, como si con ello hubiera zanjado el tema.

—No, te aseguro que no —repuso Grace—, pero te diré lo que pienso hacer: iré a veros con Don. Para que podáis conocerlo personalmente y comprendáis lo inteligente y honesto que es.

—Tendré que hablarlo con tu padre —se limitó a decir su madre, a la que ya se le notaba que la idea le había hecho muy poca gracia—. No sé si estará de acuerdo con eso.

—Pero, mamá, me gustaría presentaros al hombre que amo —protestó Grace.

—¿Qué sabes tú sobre el amor? —le espetó Margaret—. Lo que deberías hacer es volver a escribir a Harper. Lo está pasando muy mal.

—Escribo a Harper con regularidad, pero ya no somos pareja. Harper es consciente —expuso Grace.

—Tú sabrás. Tengo que colgar, estoy esperando la llamada de Lizanne.

Margaret siempre quería colgar cuando se veía superada por lo que le contaba, ella lo sabía muy bien.

—Por favor, habla con papá —le pidió—. Para mí sería muy importante que conocierais a Don.

—Ya veremos si es posible —sentenció la madre de Grace justo antes de colgar.

Poco después, y en un ámbito completamente distinto, pudo comprobar los obstáculos que tendría que superar su amor por Don. El semestre estaba llegando a su fin y el señor Jehlinger le pidió que se reuniera con él en su despacho.

Grace sabía que su rendimiento había sido bueno, por lo que se preguntó por qué la había convocado. Algo nerviosa, llamó a la puerta y entró tras recibir permiso para ello.

El señor Jehlinger la saludó con cordialidad y le pidió que se sentara.

—Bueno, señorita Kelly —empezó a decir con una sonrisa afable en los labios—. Solo escucho alabanzas sobre usted. Aplicada, diligente, ambiciosa y, por encima de todo, exitosa. Todos sus profesores la adoran.

Grace esbozó una sonrisa radiante.

—Me alegro mucho, señor Jehlinger.

—Sobre todo el señor Richardson —añadió con un atisbo de suficiencia.

A ella se le heló la sonrisa.

—Intento ser discreta —afirmó en voz baja.

—Pues con eso no basta. He de pensar en la reputación de mi escuela. Por supuesto, tengo muy claro que suelen surgir complicaciones amorosas. Siempre ha sido así y siempre lo será. Las prácticas que llevan a cabo nuestros alumnos en clase pueden llegar a ser perturbadoras; lidiamos con emociones intensas y nos recreamos en ellas, por eso no es de extrañar que surjan relaciones entre los alumnos. Sin embargo, no es tan frecuente que esas relaciones se den entre un profesor y una alumna. Por consiguiente, me gustaría pedirle, puesto que todavía debo hablar con el señor Richardson al respecto, que no solo sea discreta, sino que procure que no se hable más del tema. Usted quiere convertirse en una buena actriz, señorita Kelly, y ha llegado el momento de interpretar el papel de su vida. Don Richardson aquí ejerce de profesor y nada más que de profesor. Cualquier otra cosa estará terminantemente prohibida en la Academy. ¿Me he expresado con claridad?

—Sí, señor Jehlinger —respondió Grace, sentada con la espalda muy erguida y mirándolo a los ojos.

—Bien. Entonces ya puedo contarle, y debo decir que me alegro mucho por usted, que ha superado con creces el primer semestre y la esperamos en el siguiente. Muchas felicidades, señorita Kelly.

Veintiuno

Don frenó en seco, apagó el motor y miró a Grace con el rostro muy serio.

—Nunca más.

—Don, lo siento muchísimo —se disculpó Grace—. No sabía que se comportarían de ese modo.

—Necesito una copa. Enseguida.

Dicho esto, salió del coche, lo rodeó y le abrió la puerta a Grace. Esta salió titubeando y lo siguió hasta una cafetería que estaba en esa misma acera. Se encontraban en algún rincón perdido entre Filadelfia y Nueva York, y de hecho fue una buena idea detenerse para procesar lo que acababa de ocurrir.

Pocas semanas después de hablar por teléfono con su madre, los padres de Grace habían accedido a que su hija los visitara acompañada de Don.

Grace se había alegrado mucho ante la perspectiva de presentarle a sus padres y a sus hermanos. Había sido una ingenua al pensar que podría convencer a sus padres de sus virtudes. La expectación la había llevado a imaginarse a toda la familia sentada a la mesa para comer, tomar café y charlar relajadamente. Incluso creía que sus padres luego hablarían a solas con ella para felicitarla por ese hombre tan fantástico que había encontrado.

Sin embargo, las cosas habían transcurrido de un modo muy distinto. Todo lo que había sucedido desde el momento en el que se lo había presentado a sus padres solo podía definirse como una absoluta catástrofe. Debería habérselo imaginado.

Entraron en la cafetería y Don pidió el vaso de agua que quería Grace y un bourbon con hielo para él. Acto seguido se sentaron frente a frente en los bancos tapizados con piel sintética de color rojo. Él cogió un frasco de kétchup y empezó a darle vueltas para intentar calmar los nervios.

—Jamás habría pensado que me pasaría algo semejante —comentó, vaciando de un trago el vaso de bourbon que le acababa de servir la camarera—. Y encima me ocurre con los padres de la mujer a la que amo.

—No sé qué decir, Don —replicó Grace—. Yo tampoco me lo puedo creer. Ojalá pudiera retroceder en el tiempo.

El recibimiento que su familia le había preparado la había dejado sin habla. Sus padres apenas habían mediado palabra con Don ni con Grace, que se había pasado la mayor parte del tiempo cabizbaja en un rincón. Cuando había intentado participar en la conversación, la habían ignorado por completo. La única que le había prestado atención había sido su hermana Lizanne. Los que sí se habían mostrado más animados, en cambio, habían sido dos amigos de su hermano, que habían estado contando chistes todo el rato. Ni más ni menos que chistes sobre judíos.

Aquello no podía ser una coincidencia, y a Don, que era de origen judío, le había quedado claro enseguida. Ni que decir tiene, los padres de Grace no habían criticado ni uno de esos deslices antisemitas.

—La guerra ha terminado, y todos sabemos lo que ha ocurrido durante este tiempo. Doy gracias a Dios de no haber vivido en Europa, porque con toda probabilidad ahora ya estaría muerto. Seis millones de judíos fueron asesinados de las formas más crueles..., y a tu hermano y a sus dos compinches no se les ocurre nada mejor que bromear sobre mi gente, sobre nuestras creencias, sobre nosotros. Y tu padre partiéndose de risa.

—Don, lo siento muchísimo —repitió Grace, que no sabía cómo expresar lo consternada que estaba. Se tomó el agua con una pajita y una sensación fresca y agradable mitigó la sequedad de su garganta.

—Otro bourbon —le dijo Don a la camarera, que asintió con aburrimiento y arrastró los pies hasta la barra.

—Luego en ese club de campo. ¡Es que el trayecto ya ha sido un verdadero calvario! —exclamó Don, cada vez más furioso—. Cómo se vanagloriaba tu padre. «He construido la casa, he construido la fábrica y también los edificios que hay detrás.» ¿Qué se ha creído? ¿Que es mejor por el hecho de gastar dinero? Y encima no tiene nada que objetar cuando su hijo se pone a hablar mal sobre los judíos, aunque esté compartiendo mesa con uno que, para rematarlo, es la pareja de su hija.

—No creía que mi hermano fuera capaz de hacer algo semejante —admitió Grace consternada antes de tragar saliva. Había sido un verdadero martirio ese encuentro entre Don y su familia. Solo deseaba poder retroceder en el tiempo y que jamás hubiera ocurrido, pero por des-

gracia no era una posibilidad—. Por favor, no quiero que el comportamiento de mi familia afecte a nuestra relación —le pedía ella una y otra vez—. No tiene nada que ver con nosotros, nada en absoluto. Prométemelo, Don.
—Ahora mismo, te aseguro que no sé qué pensar.
—Don... —dijo ella, cogiéndole una mano reticente—. Si discutimos por su culpa, ganarán ellos.
Él exhaló aire de forma audible.
—Tienes toda la razón —convino, ya más calmado—. Intentaré olvidar lo que ha ocurrido hoy. Pero no pienso volver a pisar la casa de tus padres. Y si a ellos se les ocurre venir a Nueva York, que no cuenten con mi presencia —sentenció antes de hacerle una seña a la camarera para que le llevara la cuenta.
Aliviada, Grace le dio un abrazo. De todos modos, sus padres tampoco demostrarían el más mínimo interés en ver de nuevo a Don Richardson, de eso estaba más que segura. Lo único que le importaba era que el rechazo de su familia no hiciera mella en su relación, y que su amor no se viera afectado.

Veintidós

—¿Qué os parece? ¿No es una coincidencia que conozca a un paisano aquí en Nueva York y que encima me enamore de él? —preguntó Cai, ilusionada, a sus amigas Grace y Mary Jo. Tenía los ojos brillantes y las mejillas sonrosadas debido a la emoción—. Soy tan feliz... Pero ¡decid algo de una vez!

Grace, que había estado siguiendo el entusiasta relato de su amiga con escepticismo, no parecía tan emocionada. Mary Jo se mordisqueaba el labio inferior sin saber muy bien qué decir.

—Me alegro por ti, de verdad, pero... —empezó, y las lágrimas comenzaron a brotar de sus ojos enseguida—, Cai, eso significa que ya no seguirás viviendo aquí... y que te marcharás de Nueva York.

—Mary Jo, para ya de llorar. Deberíais alegraros por mí. Creo sinceramente que Caleb es el hombre adecuado y que... —Cai se quedó callada enseguida al ver la expresión en el rostro de Grace—. ¿Qué pasa?

—No lo sé... —Grace titubeaba, reflexionando hasta qué punto debía ser franca con su amiga.

—¿Qué es lo que no sabes? —repuso Cai, y levantó la mano izquierda para mostrar su anillo de compromiso: un zafiro rodeado de brillantes que refulgieron bajo la luz del techo de la habitación de Grace.

—No sé muy bien qué pensar sobre el hecho de que quieras casarte —reconoció esta, al fin—. Hace apenas dos semanas que os conocéis.

—¿Y qué? Tampoco hace mucho tiempo que tú conoces a Don.

—Por favor, Cai, es muy distinto —protestó—. Don era mi profesor, he tenido la ocasión de verlo en situaciones muy diversas. Y sabes a la perfección el tiempo que pasó hasta que por fin empezamos a salir juntos. Además, yo no quiero casarme con Don.

—Todavía no —replicó Cai, sonriendo—. O mejor dicho: él todavía no te lo ha propuesto.

Grace negó con la cabeza enérgicamente.

—No, tampoco me casaría con él aunque me lo propusiera. Aún no he terminado los estudios, me parece muy pronto para renunciar a mi sueño de convertirme en actriz y seguir mi propio camino.

—Eso lo dices ahora. En cualquier caso, Caleb es fantástico... —prosiguió Cai, y bajó la voz antes de añadir—: Además de un amante sensacional...

Mary Jo se sonó la nariz, pero continuó llorando de todos modos.

—Pero ¿por qué no esperas un poco? —preguntó Grace—. Nadie te exige que te cases con él. Antes deberías conocer algo más al hombre con el que piensas casarte, para descubrir si realmente deseas pasar el resto de tu vida a su lado.

—Pero ¿cómo pretendes que lo haga? No podemos

vivir juntos a menos que nos casemos. ¿Y cuántas cenas y veladas en bares llenos de humo son necesarias cuando ya sé lo único importante: que estoy enamorada de él?

Por supuesto, Caitriona tampoco iba tan desencaminada. Grace, que a menudo se escabullía del Barbizon aprovechando que la conserje roncaba para pasar la noche en casa de Don, se había preguntado en más de una ocasión cómo sería la convivencia con él, puesto que hasta entonces la había disfrutado mucho. Pero para dar un paso más sería necesario el consentimiento de su familia. Entretanto, Grace ya era lo bastante independiente incluso para compartir la vida con un hombre al que sus padres no aprobaban, pero no podía imaginarse casándose en contra de la voluntad de sus progenitores. Aquello significaría alejarse definitivamente del ambiente en el que había crecido, renunciar a su origen y a su familia, y eso no podría hacerlo jamás.

Aun así, le encantaba aquella vida en Nueva York por la que tanto había luchado. Estaba segura del camino que estaba siguiendo, así como del amor que sentía por Don Richardson, que la apoyaba en todo momento, practicaba con ella y siempre le daba consejos importantes para continuar evolucionando como actriz. Últimamente habían pasado bastante tiempo conversando sobre el trabajo de Grace como modelo, puesto que se había vuelto muy lucrativo y le permitía ingresar unos cuatrocientos dólares semanales, lo cual la situaba entre las modelos mejor retribuidas de Nueva York. No paraba de trabajar y ya había anunciado productos de lo más variados, como cerveza, champú y cigarrillos. Las marcas lograban vender sus productos gracias a la imagen que ofrecía Grace. Lo que le faltaba era conseguir ofertas como actriz de papeles con cierta relevancia, puesto que las únicas que recibía eran para interpretar personajes menores. Sin embargo, le servían para ir acumulando experiencia poco a poco.

—Me encantaría seguir avanzando en ese sentido —le comentó un día Grace a Don—. Creo que estoy preparada de sobra desde hace tiempo, pero al parecer la agencia no hace progresos.

Después de reflexionar un poco sobre la situación, Don le propuso:

—¿Qué te parecería que hablara con Edith Van Cleve?

Grace enderezó la espalda de repente.

—¿Edith Van Cleve? ¿La Edith Van Cleve de la MCA? ¿La agente teatral de la que todos hablan?

Don asintió.

—Don..., eso sería fantástico, por supuesto. —Grace se quedó sin palabras ante aquel ofrecimiento.

—Puedo recomendarte con toda tranquilidad. Vas muy por delante de cualquier otra alumna de tu generación. Por cierto, Edith también estudió en la Academy, y con mucho éxito. Todavía recuerdo las escenas de *Romeo y Julieta* y de *Antonio y Cleopatra* en las que participó. Es una persona muy agradable, pero por encima de todo es muy buena agente. Podría pedirle que te represente.

—¿Lo harías?

—Por supuesto. La llamaré mañana mismo. Debes seguir avanzando, no puedes derrochar tu talento haciendo solo anuncios de artículos para el hogar.

—Gracias por apoyarme tanto, Don —le dijo Grace con una tierna sonrisa—. Tengo mucha suerte.

—¿De que llame a Edith por ti?

—No, de haberte conocido, de estar en Nueva York y de que tú y yo estemos juntos.

—Creo que más bien soy yo el que debería sentirse afortunado por el hecho de que una jovencita se interese por un anciano como yo —confesó, fingiendo una voz ronca que los hizo reír a los dos.

—No hablemos sobre algo tan profano como la edad —repuso Grace, a la que no le gustaba recordar lo que sus padres habían dicho acerca de la diferencia de edad que los separaba—. Con la de cosas agradables que podríamos hacer en lugar de eso...

Sin embargo, lo cierto era que Grace no podía librarse del todo de esa duda que sus padres le habían inoculado: ¿cuánto tiempo pasaría hasta que esa diferencia de edad se hiciera demasiado evidente?

Cai puso los brazos en jarra en un gesto de indignación.

—¿No te cae bien Caleb o qué te pasa, Grace? —preguntó, mirando a su amiga con desconfianza.

—Por supuesto que me cae bien —replicó esta, levantando las manos—. Te lo digo de todo corazón —aseguró—. Solo he sugerido que te tomes más tiempo antes de decidir si realmente quieres pasar la vida entera a su lado. Eso es todo.

—Es que no lo entiendes, Grace —dijo Cai, bajando mucho la voz—. A diferencia de ti, yo no poseo ningún talento especial. Tú estás tan segura de que serás actriz... Igual que todos lo que te han visto actuar, que enseguida quedan convencidos de que lo lograrás. Por eso sabes con certeza lo que debes hacer para cumplir tu sueño. Yo, en cambio, no tengo la menor idea de qué hacer con mi vida. Lo único que sé es que debo independizarme de mis padres para descubrirlo, debo vivir mi propia vida, aunque sea al lado de ese hombre. Además, mi madre está muy contenta de que me case. ¡Y encima con un escocés!

Las tres amigas no pudieron evitar reírse ante el último comentario.

—Y si eso significa que ya no tengo que seguir aprendiendo a hervir agua y a hornear tartas de queso en esa maldita escuela, que además se me da fatal, pues me parece bien, la verdad. El resto ya se verá. Y la familia de Caleb no está nada mal —prosiguió—. Los Maclaine de Lochbuie poseen varios castillos en Escocia y se dedican a la cría de caballos, por lo que no les falta el dinero.

—Pero ¿lo amas o no, Cai? —planteó Mary Jo algo más calmada.

—Claro..., a él y a sus castillos —contestó Grace en lugar de Cai con una sonrisa.

Cai ni siquiera se molestó en responder.

—En el viaje de bodas por fin podré ver mundo. Puesto que Caleb solo quiere cumplir mis deseos, viajaremos a Asia. En barco.

—Vaya, espero que no te marees —le espetó Grace con sequedad.

—No me he mareado en mi vida —replicó Cai.

—¿Cuántas veces has viajado en barco? —preguntó Mary Jo.

—Ninguna, todavía. Solo he navegado por Escocia y siempre me ha parecido horrible —admitió Cai, lo que las hizo reír de nuevo—. Sea como sea, mamá y la madre de Caleb se encargarán de organizar la boda. No os imagináis lo emocionadas que están las dos. Y ya sé quién diseñará mi vestido.

—¿Quién? —preguntó Grace.

—Christian Dior, por supuesto. ¿Quién mejor que él para una boda glamurosa? Y las alianzas las encargarán a Tiffany's. Me gustaría que fueran de oro blanco y, por supuesto, a juego con el anillo de compromiso, que es de brillantes.

—Por supuesto —repitió Grace.

—No me estás tomando en serio.

—Claro que sí, es solo que no quiero que cometas un error que podrías acabar lamentando toda tu vida. ¿No crees que hay otras maneras de vivir? —preguntó Grace, que no estaba dispuesta a ceder tan fácilmente.

—A veces te crees tan sabia como una anciana que ya lo ha vivido todo —contratacó Cai—. Como si ya no te quedara nada por aprender y supieras de qué va la vida. Sin embargo, en algunas cosas no das pie con bola, querida —añadió, apuntándola con un dedo amenazador—. ¿O tengo que recordarte que tarde o temprano tus padres deberán darle el visto bueno a tu relación con Don? De lo contrario, ¿cómo te imaginas la relación a largo plazo?

Aquello fue meter el dedo en la llaga, pero Mary Jo intercedió para evitar que Grace se viera obligada a justificarse.

—A mí me parece bien que Grace sea sincera respecto a lo que piensa. Para eso están las amigas de verdad —dijo—. No como esas conocidas ricachonas tan raras que traes a veces, Cai, que no ponen nada en duda y solo se interesan por quién lleva el anillo más ostentoso. Creo que Grace tiene razón y que deberías tomártelo con un poco más de calma. Lo que está claro es que eso no sería ningún error.

—No me vengas tú también con esas ahora. ¿Sabéis qué? Me marcho a comer. Con esas conocidas tan raras que solo saben ser amables conmigo. ¿Vosotras qué hacéis?

—Yo, leer a Shakespeare —contestó Mary Jo.

—Yo tengo que estudiar para mañana —dijo Grace.

—Cielo santo, qué emocionante —exclamó Cai con sarcasmo mientras se levantaba—. ¿Es que las aspirantes a actriz no pueden pensar en nada más que en cumplir con sus obligaciones? No sabía que fuerais tan aburridas.

Veintitrés

Grace llamó al timbre y luego subió los cuatro tramos de escalera hasta la oficina de Edith Van Cleve. Una vez arriba, le abrió la puerta una mujer menuda y vivaracha que se presentó como Mable, la ayudante de Edith.

—¿Puedo ofrecerle algo? Café, té, agua... ¿Un whisky, quizá? —preguntó con amabilidad—. Tendrá que esperar un ratito. Siéntese y póngase cómoda, ahí tiene revistas. Edith está muy solicitada, últimamente todos quieren que trabaje para ellos.

—Ningún problema, esperaré con gusto. Y le agradecería un vaso de agua, por favor —dijo Grace con una sonrisa.

—Enseguida.

Grace se sentó y cogió un ejemplar de *Harper's Magazine*. Empezó a hojearlo y no pudo evitar sonreír al verse fotografiada en un anuncio de pintalabios Max Factor, cuyo color se suponía que era casi permanente y que no dejaba apenas marcas. Grace aparecía con los labios pintados de un rojo intenso, como si estuviera esperando que un hombre de pelo oscuro la besara.

La sesión de fotos había sido divertida, y encima le habían pagado muy bien. Cada vez más clientes se la disputaban para sus anuncios, y a medida que iba sumando encargos, la envidia crecía a su alrededor. Grace intentaba ignorar las ocasiones en las que sorprendía a sus compañeras de curso o del Barbizon criticando sus logros y sus éxitos, aunque a veces le costaba.

Cuando había hablado sobre eso con Cai, esta le había aconsejado que simplemente tuviera preparadas las respuestas más adecuadas para ese tipo de injurias.

—Has de ser más avispada, Grace. Sin pasarte, pero deberías ser un poco más cínica y mordaz que ahora. Da igual quién te fastidie, siempre está bien tener lista una réplica para esa clase de situaciones —le había dicho Cai antes de darle unos cuantos ejemplos de posibles respuestas.

Grace siguió contemplando el anuncio del lápiz de labios, que ocupaba una página completa, y llegó a la conclusión de que podía estar satisfecha de sí misma. Realmente había conseguido posicionarse bien en el sector, hasta el punto de que pronto podría ahorrar lo suficiente para regresar a Filadelfia y decirle a su padre que ya no necesitaba su dinero. Se preguntó si aquello bastaría para que por fin se sintiera orgulloso de ella, y enseguida llegó a la triste conclusión de que lo más probable era que no.

Sonó el timbre y Mable acudió con diligencia a abrir la puerta. Poco después entró un joven en la agencia. Era especialmente atractivo, pero también demasiado consciente de ello. Un mechón de pelo oscuro le caía sobre la frente y se lo apartó con dejadez. Al pasar junto a Grace, inclinó la cabeza para saludarla.

—Ay, señor Brando. Sí, ya lo sé, tiene una cita, pero antes Edith debe atender a la señorita Kelly.

El señor Brando no pareció encajarlo demasiado bien.

—¿Que yo tengo que esperar? —inquirió, mascando chicle.

—Bueno, sí..., a decir verdad, sí —respondió Mable—. Edith dedica el tiempo necesario tanto a sus clientes como a los que aspiran a serlo. No hace distinciones en ese sentido.

—Mmm —murmuró el señor Brando—. ¿Hay algo para beber aquí?

—Puedo servirle un whisky, si lo desea.

—Doble y sin hielo.

Grace estaba indignada. ¿Cómo podía ser tan maleducado? Algunos hombres realmente creían que podían dar órdenes de cualquier manera a mujeres como Mable.

—Por favor —indicó Grace antes de seguir hojeando la revista.

—¿Cómo dice? —preguntó él.

—Que se dice: «Un whisky doble y sin hielo..., por favor» —le explicó Grace con toda la paciencia del mundo.

—¿Se puede saber adónde he ido a parar? —replicó el señor Brando con una sonrisa arrogante en los labios—. ¿A una escuela de modales?

—Pues creo que no le iría nada mal —se limitó a contestar Grace.

El joven se acercó a ella.

—¿Quién es usted, para atreverse a dirigirse a mí de ese modo?

—Estoy esperando a Edith Van Cleve —dijo Grace con amabilidad—. Tengo una cita con ella. Igual que usted, creo. Eso sí, tengo cita antes que usted, si no lo he comprendido mal. ¿No es así, señorita Mable?

—Exactamente —respondió Mable mientras abría un armario detrás del mostrador de recepción para sacar un vaso con el que servir el whisky.

El señor Brando se sentó con las piernas muy abiertas delante de Grace y la observó sin dejar de mascar chicle.

—Me llamo Marlon —dijo al fin, mirándola de arriba abajo.

—Me alegro por usted —contestó Grace impasible, sin levantar la vista de la revista.

Mable le sirvió el whisky.

—¿Se puede saber qué te pasa? —preguntó Marlon Brando antes de vaciar el vaso de un solo trago y dejarlo en la mesita baja sin cuidado.

Grace no se dignó a responder.

—Mmm —masculló Marlon, cruzando las manos tras la cabeza—. ¿A qué viene tanta frialdad?

Grace le dedicó una sonrisa cordial.

—Señor Brando, si tiene ganas de entretenerse con algo, será mejor que lea un poco.

—Señorita Kelly —la llamó Mable—. Edith la recibirá enseguida.

—Muy amable. Que tenga un buen día, señor Brando.

—¡Me ha aceptado! —exclamó Grace, lanzándose a los brazos de Don—. ¡Soy tan feliz...! ¡Gracias, Don, gracias!

—Lo sabía. —Don se alegró—. ¡Hay que celebrarlo! He metido el champán a enfriar.

Fueron hasta el salón, donde ya estaba todo preparado.

—Pondré un poco de música, acabo de comprar un disco nuevo. Música hawaiana —indicó él.

Buscó el disco en cuestión en el estante, lo puso en el tocadiscos y empezó a sonar una canción suave y exótica. Nada más oír las primeras notas, un escalofrío agradable recorrió la espalda de Grace. Se meció al ritmo de la música, poco a poco, y aceptó la copa de champán que Don le tendía.

—Gracias —le dijo con una sonrisa—. Edith ha sido muy amable conmigo, y parece de lo más profesional, tal como me contaste. Solo espero que no haya contratado a ese tipo que tenía cita después de mí. Deberías haberlo visto, Don, con unos vaqueros estrechos, chaqueta de cuero y despeinado a más no poder.

Don se acercó, le quitó la copa, la colocó sobre la mesa y se puso a bailar con ella y a besarla.

—Grace, bonita... Me alegro tanto por ti...

Ella se apartó de él y comenzó a desabrocharse la blusa, que acabó dejando caer al suelo con suavidad.

—Siéntate —le susurró a Don, abriendo el cierre del sujetador, que también terminó en el suelo, seguido de la falda.

Y acto seguido, bailó para él.

Veinticuatro
Nueva York, 1949

—Muchas felicidades, señorita Kelly —expresó Charles Jehlinger de todo corazón. Incluso se dignó a mostrar algo parecido a una sonrisa mientras le tendía el diploma a Grace—. Le deseo todo lo mejor y, por supuesto, muchos éxitos en su carrera. Estoy seguro de que el mundo entero acabará reconociendo su talento. —Su mirada casi parecía un poco triste mientras lo decía.

Ella respondió con una sonrisa deslumbrante.

—Estoy expectante ante lo que pueda venir, señor Jehlinger. Muchas gracias —contestó ella, aceptando el preciado documento por el que tanto se había esforzado durante dos años.

Estaba muy orgullosa de haber terminado los estudios, pero su alegría se había visto enturbiada por las desagradables discusiones que había mantenido con sus padres, que al final habían decidido no asistir a ninguna función de *The Philadelphia Story*, la obra de teatro en la que había participado como trabajo de final de curso. Era típico de sus padres no esforzarse siquiera en prestar atención a sus progresos artísticos; se habían negado en redondo y, peor todavía, Grace no había conseguido que estuvieran de acuerdo con sus planes de vida después de su paso por la Academy. Sin consultárselo, sus padres habían rescindido el contrato de la habitación en el Barbizon para que su hija regresara a casa y luego los acompañara de vacaciones a Ocean City, en Nueva Jersey.

—Allí podrás recuperarte de todo y reflexionar sobre tu futuro —le había dicho su madre, aunque Grace sabía exactamente a qué respondía todo aquello: a su relación con Don.

Su padre era católico y no estaba dispuesto a seguir aceptando no solo el hecho de que Don fuera claramente mayor que ella, sino sobre todo (y por muy increíble que pudiera parecerle a ella) su origen judío. Grace se vio enfrentada a un dilema terrible. Apreciaba a Don como hombre de teatro y como creativo, y era consciente de lo mucho que había aprendido de él y de lo que había llegado a beneficiarse de su experiencia, de sus contactos y de sus consejos, pero además lo valoraba también como pareja y creía en la posibilidad de compartir un futuro con él. Sin embargo, sus padres hacían todo lo posible por interponerse en esa relación y Grace aún no se atrevía a plantarles cara.

—Es lo que hay —había sentenciado Margaret Kelly—. Volverás a casa y nos marcharemos de vacaciones.

Cuando Grace se lo contó a Don, este arremetió con furia contra el antisemitismo de su padre, a pesar de que sabía lo valioso que era para ella el reconocimiento de su familia.

No obstante, no pudo replicar gran cosa cuando oyó la conclusión de Grace:

—Bueno, no veo ninguna otra opción. Tendré que ir

de vacaciones con ellos —dijo desconsolada—. Si estuvieras divorciado, podría casarme contigo. Tal vez mi padre se quedaría impresionado, pero tampoco espero nada a ese respecto. Mis padres siempre han sido así. —Suspiró.

Don asintió. Él también había tenido que vivirlo en su propia piel.

—Pensaré en ti en todo momento —le dijo mientras la abrazaba—. No me olvides.

—¿Cómo podría olvidarte? Te escribiré en cuanto pueda. Pero tú no me escribas a Nueva Jersey, no quiero caldear aún más los ánimos.

—¿Cuánto tiempo estarás fuera?

—Todavía no lo sé. No mucho, espero. Al fin y al cabo, quiero empezar a trabajar cuanto antes y debo ocuparme de mis compromisos.

Grace se sentó en la que había sido su habitación en la casa de Filadelfia y miró por la ventana con melancolía. Caitriona se había marchado a Escocia para casarse con Caleb, una celebración a la que ella no había podido asistir debido a los exámenes finales. Por su parte, Mary Jo se había mudado a un piso compartido junto con dos jóvenes más, por lo que Grace se sentía especialmente sola.

Allí nadie llamaba a su puerta ni entraba sin avisar para contarle su última conquista o para mostrarle un vestido nuevo que «solo» había costado trescientos dólares. Cai le había mandado fotografías de la fastuosa boda que había tenido lugar en Edimburgo para que pudiera ver el vestido de ensueño de Christian Dior y su pelo rojo decorado con flores blancas, así como los pendientes con brillantes en forma de lágrima. Caleb, al que Grace había conocido en Nueva York, parecía realmente el hombre más adecuado para ella. Amaba la vida acomodada tanto como Cai, y en las fotografías que ella le había enviado del viaje de novios por Asia se los veía de lo más enamorados y felices. Grace se emocionó al verlas. ¿Cuándo podría gozar también ella de esa felicidad desbordante en el amor? Sin duda alguna amaba a Don, pero ¿tendría que luchar siempre contra viento y marea?

Mucho antes de lo previsto, llegaron noticias de Cai avisando de que esperaba descendencia al cabo de unos meses, y cuando la pequeña Coleen por fin llegó al mundo sana y vivaz, Caitriona y Caleb le preguntaron a Grace si quería ser la madrina, lo que la conmovió de un modo extraordinario.

Les anunció a sus padres que tenía que viajar a Escocia como fuera y ellos accedieron. Lo que estos no sabían era que Don la acompañaría al festejo, que pasarían una semana de ensueño en Europa y que la familia del joven matrimonio los acogería con los brazos abiertos y sin cuestionar el hecho de que ella y Don fueran pareja.

Grace mandó fotografías del bautismo a casa, cuidando que no apareciera Don en ninguna de las instantáneas. ¿Por qué sus padres no podían ser como los de Caleb y los de Cai? Abiertos, afectuosos y sin prejuicios en términos de origen o de religión, y eso que tenían motivos de sobra para valorar la etiqueta y las tradiciones, ya que los árboles genealógicos de ambas familias eran centenarios.

«Aunque tal vez se trata precisamente de eso», pensó Grace para sus adentros. A pesar de su éxito económico y de sus ansias de influencia política, sus padres nunca habían conseguido entrar en la alta sociedad de Filadelfia, sino que formaban parte de ese sector de nuevos ricos procedentes de zonas pobres como Irlanda o el sur de Alemania, cuyas familias no eran adineradas ni gozaban de una posición establecida. Quizá era justo esa conciencia de clase social lo que motivaba que sus padres quisieran controlar tanto con quién se relacionaban sus hijas.

Llegó el otoño y supo que había llegado el momento de enfrentarse a sus padres. Jamás aceptaría sacrificar sus ambiciones como actriz para llevar la vida que estos estimaban adecuada para ella. Como era de esperar, la conversación se convirtió en una dura contienda, pero Grace sabía que no podía dar su brazo a torcer, ya que al fin y al cabo se trataba ni más ni menos que de su propia felicidad.

—Mamá —dijo, intentando explicárselo por enésima vez—. He sabido aprovechar muy bien el tiempo que he pasado en Nueva York y me he divertido mucho. He trabajado duro para formarme como actriz y además he conseguido mantenerme sola, pero todo eso no os interesa en absoluto, ni los anuncios en los que aparezco ni la obra de teatro en la que participé.

—Que salgas en unos cuantos anuncios no me parece algo de lo que puedas sentirte orgullosa —le espetó su madre. En esos momentos seguramente había pocas cosas que su madre pudiera haber dicho para hacerle más daño.

—Pues yo lo estoy, y mucho. Tanto como puedas estarlo tú de tus gestas olímpicas —replicó con terquedad.

—Hace tanto tiempo de eso...

—¿Y qué? ¿Acaso tus éxitos ya no cuentan solo porque haya pasado el tiempo? ¿Todo el esfuerzo que te costaron, todas las dificultades que tuviste que afrontar? Superaste los obstáculos que se interpusieron en tu camino porque era tu sueño, y algo así no se olvida en la vida. Y ese es justo el mismo motivo por el que debo regresar a Nueva York, mamá. Hoy he llamado a la agente que tengo allí. Ya es hora de que viva mi propia vida.

A Grace le entraron ganas de golpear la mesa a la que estaban sentados.

Cuando miró a su madre, no estuvo segura de acertar a distinguir el más leve indicio de conformidad en sus rasgos.

—Hablaré de ello con tu padre —le dijo Margaret con la frialdad de siempre.

—No te molestes, lo haré yo misma —contestó Grace, poniéndose en pie—. Ahora mismo, además.

No estaba dispuesta a seguir posponiendo su futuro.

Veinticinco

—Don... ¡he vuelto!

—¡Grace! —exclamó Don con incredulidad—. ¿De verdad? ¿Has regresado a Nueva York? ¿Dónde... dónde estás? ¿Otra vez en el Barbizon?

—Sí, te mandé una carta para avisarte. Me ha costado mucho convencerle, pero al final mi padre ha accedido, por mucho que mi madre se haya quedado con cara de comer limones al ver que me marchaba de nuevo. Por suerte, el tío George ha intercedido de nuevo a mi favor, y además le he dicho a mi padre que no tendrá que pagar mi manutención, que puedo costearme yo sola los gastos gracias a mis ahorros.

Sus padres se habían limitado a ignorar lo bien que Grace se estaba ganando la vida como modelo fotográfica. Con una serenidad estoica, John Kelly seguía mandando cheques, haciendo caso omiso a lo que le pedía su hija y sin abordar el tema, ni en las cartas que se enviaban ni en las conversaciones telefónicas que mantenían de vez en cuando. Por consiguiente, a Grace no le quedó más remedio que aceptar el dinero e ingresarlo en el banco. Acabó acumulando una suma considerable, y aunque sus padres aún no prestaban atención a sus logros, ella estaba más que orgullosa de su independencia económica.

Don la animaba mucho en ese sentido.

—Eres muy buen partido —le decía de vez en cuando en broma, para recordarle de paso lo difícil que era todo lo que estaba haciendo—. Y encima lo has conseguido por tus propios medios.

Grace se había visto obligada a prometerles a sus padres que no retomaría la relación con Don cuando regresara a Nueva York, aunque en realidad no había tenido en ningún momento la más mínima intención de mantener la promesa. Nada la hacía tan feliz como volver a encontrarse entre los brazos de Don.

—¡Grace! —oyó que alguien llamaba a su puerta—. Grace, el teléfono. Es el señor Richardson.

—Ah, gracias, Emily —contestó ella antes de echar a correr por el pasillo hasta donde estaba el aparato—. ¡Hola, Don!

—Me estoy cansando de esto, de verdad, Grace —le espetó en tono enojado.

Sorprendida, se preguntó qué podía haber ocurrido para que la llamara tan enfadado.

—¿Sabes quién acaba de hacerme una visita? —preguntó Don.

—No, ¿cómo quieres que lo sepa? —replicó Grace, que decidió sentarse en el taburete que había junto a la mesita del teléfono.

—Tu padre —dijo él, intentando controlar la rabia que sentía por dentro.

—¿Papá? ¿Y para qué ha venido a verte?

—Para prohibirme de una vez por todas que mantenga una relación contigo —respondió Don con la voz ronca.

—¡¿Qué?! —exclamó Grace sin poder creer lo que estaba oyendo—. Dime que no es verdad, que solo es una broma.

—Ojalá fuera así... Espera, que ahora viene lo mejor —dijo él, y tuvo que tomar aire antes de proseguir, de lo furioso que estaba—. ¿Sabes qué me ha ofrecido el gran John Kelly a cambio de que me olvide de su hija?

Grace no comprendía ni una palabra. ¿De qué estaba hablando?

—Un coche. Me ha ofrecido un coche.

Lo que Don acababa de decir le pareció tan absurdo que estuvo a punto de echarse a reír.

—Tiene que ser una broma.

—No, no es ninguna broma, Grace. Se ha presentado aquí y sin quitarse ni el sombrero ni el abrigo ha intentado explicarme con toda seriedad que lo nuestro no tiene ningún valor, que debería verlo de un modo realista, que soy demasiado viejo para ti, que no puedo ofrecerte nada y no sé cuántas cosas más.

—Oh, Don... —se lamentó Grace con un hilo de voz, puesto que incluso le costaba respirar.

No podía ser verdad que su padre hubiera creído conveniente hacer algo tan grosero como eso. Sin embargo, cuanto más pensaba en ello, más claro lo veía: sí, por supuesto que era posible. Cuando se trataba de imponer su voluntad, su padre no conocía límites. Se preguntó cómo habría descubierto que Don y ella seguían viéndose.

—Incluso me ha dado la opción de elegir el color del

fantástico Jaguar que está dispuesto a comprarme si acepto.

—¿Un Jaguar? —repitió ella con incredulidad. La situación se volvía más absurda por momentos—. ¿Quieres que nos veamos?

En ese instante, a Grace le habría gustado estar junto a él para ayudarlo a sobreponerse de las heridas que le estaba infligiendo su familia. Sabía perfectamente el daño que podía hacer esa clase de comentarios, y lamentaba mucho que Don también tuviera que sufrirlos.

—No, primero he de calmarme —contestó él.

¿Qué significaba eso? ¿Acaso creía que ella estaba al corriente de los planes de su padre? ¿O que los aprobaba incluso? No, decidió que era imposible. Don la amaba, y sabía que podía confiar en ella.

—¿Qué le has respondido? —le preguntó Grace.

—Que no quiero el coche para nada, por supuesto. ¿Por quién me tomas? ¿Crees que me vendería por un simple coche? ¿Piensas que tal vez debería haberle dicho «Oh, gracias, señor Kelly. Pues mire, me gustaría que fuera de color verde, si es posible»?

—Pues claro que no. Don, yo no sabía nada de esto, nada de nada. Me crees, ¿verdad?

—En ningún momento lo he insinuado. Pero ya ves hasta qué punto puede rebajarse tu padre. Lo he echado enseguida.

—¡Oh! —exclamó Grace, imaginando la escena: su padre con el sombrero y el abrigo puestos, y Don echándolo a la escalera absolutamente furioso. El problema era que su padre no sabía aceptar las derrotas. Un Kelly conseguía siempre lo que se proponía, se lo había dicho y repetido un montón de veces.

—Dejemos el tema por ahora. Tengo dolor de cabeza y me gustaría tumbarme un rato.

—Don..., lo siento mucho. Si hubiera sabido hasta dónde era capaz de llegar mi padre para separarnos, habría hecho todo lo posible para evitar que ocurriera algo semejante. Sin embargo, es evidente que no le ha parecido necesario visitarme aprovechando que venía a Nueva York.

—Buenas noches, Grace. Me voy a dormir —se limitó a decir Don antes de colgar.

Grace también bajó el auricular poco a poco y colgó. ¿Debería llamar a casa? No, su padre no habría llegado todavía, de todos modos, y si había algo que no podría soportar en ese momento era la voz cargada de reproches de su madre.

Volvió a su habitación con parsimonia, deseando como nunca tener cerca a Cai y a Mary Jo, las echaba mucho de menos ahora que sabía que no volverían a vivir juntas. Las cosas habían cambiado mucho en el Barbizon desde su regreso. En apariencia todo estaba como siempre: cerraban la puerta a las diez, como de costumbre, y la conserje seguía quedándose dormida por las noches, roncando. Sin embargo, todas las jóvenes que habían llegado a Nueva York durante la misma época que ella para hacer realidad sus sueños ya se habían marchado. Algunas se habían casado, otras habían conseguido trabajo y se habían mudado. En cambio, Grace continuaba allí, y de repente tuvo la sensación de no estar avanzando.

Además, estaba en otra habitación y no se sentía tan a gusto como en la anterior. Era más pequeña y daba a la calle, de manera que no gozaba ni de un minuto de calma, por no hablar de que ni siquiera disponía de baño propio. Sin embargo, tampoco tenía que ser para siempre, y de momento lo más importante para ella seguía siendo su carrera como actriz. En algún momento podría dar un paso más y se iría a vivir con el hombre al que amaba.

Se puso a pensar en Don, en si él, a pesar de todo lo que le había hecho su familia, todavía estaba dispuesto a ser su hombre. ¿Estaban Grace y él listos para vivir juntos?

Veintiséis
Nueva York, 1950

—Gracie, para ya de llorar. No es el fin del mundo —dijo George Kelly mientras acariciaba el pelo de su sobrina—. Llevas desde mediados de noviembre del año pasado sobre el escenario, y eso no es poca cosa, tratándose de alguien que está empezando. Ha habido sesenta y nueve representaciones de *El padre*. Eso es estar más que a la atura.

Quizá su tío tenía razón. Al fin y al cabo, un crítico de *The New York Times* incluso había elogiado su actuación en la nueva representación de la tragedia de August Strindberg, calificándola de «encantadora y expresiva». Sin embargo, desde entonces había participado en muchas audiciones y no la habían cogido en ninguna.

—Tío George, no quiero ser desagradecida, pero es que no sé por qué solo recibo negativas. Tal vez tengo las piernas demasiado largas, o soy demasiado alta. Pero tampoco es nada del otro mundo, hay muchas mujeres que miden un metro setenta.

—Ya sé lo difícil que puede llegar a ser actuar, Grace —le comentó George en un tono sosegador—. Pero de todos modos deberías tener en cuenta que tu estreno en Broadway fue un éxito, por mucho que hacia el final cayeran las cifras de espectadores. El Cort Theatre está muy bien situado, y eso te ayudará, a la larga.

—Ya lo sé, pero no servirá de nada si no consigo más contratos —se quejó Grace mientras George seguía acariciándole el pelo y reflexionando.

—Y ya has participado en alguna emisión televisiva en directo, ¿no? —le recordó.

—Ah, eso no fue nada. *Old Lady Robbins*, se llamaba la obra, pero solo fue una vez.

—Pero saliste en televisión —constató George con aire pensativo—. Creo que se trata de eso. ¿Qué te parecería si intentáramos meterte de nuevo en televisión y esta vez durante más tiempo?

Grace enderezó la espalda.

—No lo sé. ¿Tiene futuro?

—Que si tiene futuro, dice. —George se rio—. Confía en mí.

—Veamos, Grace —dijo Edith Van Cleve—. Tengo algo interesante para ti.

—¿Otra emisión en directo por televisión? —preguntó Grace, que ya estaba harta de esas apariciones. No eran el ideal que había tenido en mente mientras había estado aprendiendo técnicas de interpretación en la Academy.

Durante los últimos meses había estado ante las cámaras en muchas ocasiones, a veces obligada a aprender de memoria sus líneas en pocas horas, y siempre con la inmensa presión de no poder trastabillar ni quedarse en blanco. En una emisión en directo se veía todo, y millones de espectadores estaban pendientes de si se saltaba una línea o se equivocaba. Del mismo modo que seguro que a ningún espectador se le había escapado que una vez se había levantado de la cama lista para salir por la puerta, debido a que en la siguiente escena tenía que aparecer vestida para salir a la calle y en otro escenario, y realización no había cortado a la otra cámara tal como se había acordado.

No obstante, Grace no quería que la recordaran por sus errores, por lo que últimamente había estado sometida a una gran presión. No podía seguir con esos trabajos como actriz que suponían un riesgo constante en ese sentido.

—Me gustaría dejar de participar en programas en directo, Edith —le dijo con resignación—. Preferiría hacer alguna otra cosa. Una película de verdad.

Edith sonrió.

—Claro, ya me lo suponía. Tranquila, se trata de una buena película. Se llamará *Catorce horas*. Las audiciones empezarán enseguida. Les hablaré de ti con mucho gusto.

—¿De qué trata?

—De un joven que se plantea si puede seguir adelante con su vida —contestó Edith—. Una historia real que tuvo lugar en 1938 en el centro de Nueva York, en el hotel Gotham. El joven en cuestión se llamaba John William Warde, y pasó once horas frente a la ventana de su habitación de hotel dudando sobre si lanzarse al vacío o no. Después de once horas, lo acabó haciendo. Si te preguntas por qué se llama *Catorce horas* y no once, la verdad es que no lo sé, pero no creo que sea importante. Me

parece que ya ha llegado el momento de que participes en el rodaje de una película. Y el productor, Sol C. Siegel, te vio en el teatro y quedó cautivado por tu actuación. Bueno, ¿qué me dices?
—¿Qué quieres que te diga, Edith? ¡Que sí, por supuesto! —respondió Grace, que apenas podía creer que por fin hubiera surgido una oportunidad de demostrar lo que valía. ¡Era su primera audición de verdad!
—Me alegraría tanto por ti si saliera bien... —dijo Edith.

—¡Gracias, Grace! —gritó Henry Hathaway, el director de *Catorce horas*, después de que esta hubiera repetido la escena para dejarlo más convencido.
Se rodó en los estudios de la Twentieth Century-Fox de Los Ángeles entre junio y agosto, mientras que las tomas exteriores tuvieron lugar en Manhattan, en Broadway y en Wall Street. Grace había conseguido un papel menor, el de la señora Fuller, y creía no estar haciéndolo nada mal. Sin embargo, siempre se quedaba con la sensación de poder mejorar algo. Igual que cuando estaba en la escuela de interpretación, en el rodaje de la película no quedaba convencida al cien por cien de su actuación, y cuanto más reflexionaba sobre un gesto en concreto o una expresión, más crítica se volvía consigo misma. Aun así, disfrutó con el rodaje y recibió elogios por parte de Henry, lo cual mitigó su autocrítica.
—Haremos una pausa —anunció el director antes de encenderse un cigarrillo—. ¡Gary! ¡Me alegro de que hayas podido venir! —exclamó Henry, haciéndole señas a

un hombre increíblemente atractivo con el pelo oscuro y peinado hacia atrás para que se sentara a su lado.

Los dos hombres se saludaron dándose unos golpes afectuosos en la espalda.

—¿Quién era esa chica rubia? —preguntó Gary.

—Una nueva incorporación. Grace Kelly. Es su primera película.

—Tiene una imagen realmente especial —afirmó Gary—. Es interesante. ¿Qué me dices de ella?

—Es puntual, aplicada, amable... Le cae bien a todo el mundo.

—Después de todas esas diosas de Hollywood de los últimos años, con tantas curvas y con los ojos siempre entrecerrados, esta joven me resulta única —opinó Gary—. Parece natural y bien educada.

—Sobre eso no sabría qué decirte —respondió Henry, riendo—. ¿Quieres que te la presente?

—Claro —convino Gary, y enseguida se dirigieron hacia Grace, que estaba sentada en una silla, bebiendo agua y estudiando el texto de la próxima escena.

Cuando Grace vio que Gary Cooper se acercaba a ella, empalideció de repente.

—¡Oh! —exclamó, poniéndose en pie.

—Grace, permíteme que te presente a mi amigo Gary —le dijo Henry—. Gary, esta es Grace, el nuevo rostro que acabamos de descubrir.

—Buenos días —saludó Gary, estrechándole la mano—. Soy Gary Cooper. Me alegro de conocerla.

Ella intentó articular algo parecido a un saludo sin perder la compostura del todo. El hecho de tener delante a esa leyenda del cine la dejó sin habla.

Por la noche, Grace llamó por teléfono a Cai, que acababa de llegar a Long Island y le había preguntado si le apetecía pasar unas semanas con ella, Caleb y Coleen.

—No puedo alejarme de aquí, Cai —le dijo Grace—. Después de estos rodajes tengo unos cuantos compromisos. Y uno de ellos es en un teatro de Denver.

—¿Denver? ¿Viajarás hasta Colorado?

—Sí, algo debo hacer. No tengo ninguna oferta justo después de *Catorce horas*, o al menos ninguna que valga la pena.

—No lo entiendo, Grace —confesó Cai—. Deberían estar todos peleándose por ti, teniendo en cuenta tu imagen y tu talento.

—Nada más lejos de la realidad, Cai. Por desgracia, no soy la única actriz que hay en Hollywood. Y no me conoce nadie. —Suspiró—. Soy una novata, y abrirse camino en el mundo de la interpretación es tan duro como siempre me había advertido mi tío.

—Oye, Grace, ¿y qué me dices de Don? No me has contado nada más de él, ni siquiera en tus cartas.

Ella titubeó. Luego hizo de tripas corazón y le confesó a su amiga lo que ella misma se negaba a aceptar.

—Se terminó. No sabría decirte cómo sucedió, pero mis padres me han presionado muchísimo al respecto. Y desde la historia de mi padre y el coche, todo cambió entre nosotros. Don se volvió más retraído y ya no quería verme tan a menudo... Fue como si hubiera dejado de creer en nosotros.

—Ay, Grace..., lo siento mucho —se lamentó Cai—. Ojalá me lo hubieras contado en su momento, podría haberte consolado.

—Lo cierto es que tenía un mal presentimiento —admitió al fin—. Y por mucho que yo siguiera amándolo... en algún momento también dejé de creer que nuestra relación tuviera algún futuro. Probablemente por eso no me comporté de la forma más ejemplar...

—¿Por qué? ¿A qué te refieres?

—Solía ir al bar del Waldorf Astoria con regularidad —le explicó Grace—. Con unas antiguas compañeras. Don se ponía muy celoso y me acusó de tener un idilio con el director del hotel.

—¡No me contaste nada sobre esto! —exclamó Cai incapaz contener la risa—. ¿Y bien? ¿Era cierto?

—¡No! —respondió Grace indignada—. Aunque... —empezó a decir, titubeando— bueno, quizá le di motivos para creerlo. Y luego hubo otra cosa, lo de Alí Khan.

—Un momento. ¿Alí Khan? ¿El príncipe paquistaní? —preguntó Cai con incredulidad—. ¿Me estás diciendo que tuviste un idilio con Alí Khan? Por favor, dime que sí.

Grace se echó a reír.

—No, aunque él lo intentó todo para que sucediera, y me regaló una pulsera increíblemente bonita. Cometí el error de ponérmela, porque los zafiros me parecían tan preciosos que no pude resistirme, y cuando salimos a cenar, por supuesto, Don la vio. Se enfadó muchísimo cuando le conté quién me la había regalado. Y luego cogió la pulsera y la lanzó a un acuario que había en el restaurante.

La carcajada que soltó Cai fue ensordecedora.

—No me lo puedo creer. Precisamente el flemático Don perdiendo la compostura de ese modo.

—No es tan frío como puede haberte parecido en ocasiones. Don es una persona maravillosa —afirmó Grace.

—Pero lo vuestro ha terminado —le recordó Cai.

—Sí —respondió Grace, a la que todavía le costaba decirlo en voz alta—. No pudo ser. Aun así, me gustaría no perderlo como amigo. Siempre significará mucho para mí.

Veintisiete

Hollywood, 1951

Grace se detuvo frente al gran edificio y respiró hondo. Por fin había llegado el momento. Ese día empezaban los trabajos de rodaje en el Motion Picture Center de Hollywood y a Grace Kelly, de Filadelfia, ya no le tocó interpretar un papel menor en *Solo ante el peligro*.

Cuando había llegado la oferta y acudió a la audición en Denver, estaba tan nerviosa que apenas fue capaz de mediar palabra mientras se retorcía las manos enfundadas en guantes blancos, tal como su madre siempre les había exigido a sus hijas. Aunque Grace maldijo la timidez que le impedía decir una sola línea (al fin y al cabo, si quería ser actriz tenía que ser capaz de soltar una frase razonable frente a un director), cuando hubo terminado Fred Zinnemann le había dicho que estaban buscando precisamente eso: una joven bella pero reservada que pudiera aparecer junto a un Gary Cooper envejecido. Sin saberlo, Grace había hecho todo lo necesario para conseguir el papel de Amy, una joven que tras una tragedia familiar se convierte en cuáquera y rechaza la violencia. Como esposa del antiguo *sheriff*, solo desea empezar una nueva vida.

Las semanas venideras después de la conversación habían sido una verdadera tortura para Grace, puesto que no le daban ninguna respuesta, ni positiva ni negativa. Tardaron tanto en decidirse que la chica había llegado a creer que la película no acabaría llevándose a cabo.

Sin embargo, poco después del inicio del rodaje llegó la carta que despertó la euforia en Grace, puesto que anunciaba que le habían concedido el papel de Amy. Y solo le quedaban dieciocho días para prepararse.

La mera idea de pensar que trabajaría con Gary Cooper la desconcertaba. ¿Cómo conseguiría plantarse frente a él y dominar los nervios? Sabía que lo único que podía salvarla era su capacidad técnica como actriz. Por eso dedicó cada minuto libre que tuvo a prepararse, a memorizar los textos y a ensayar sin descanso.

—Gente, Gary no se encuentra bien —explicó la maquilladora al equipo el primer día—. Si se enfada con vosotros, no os lo toméis de un modo personal y demostrad un poco de comprensión.

—¿Qué le ocurre? —quiso saber un extra, dando voz a lo que se estaba preguntando Grace.

—No le apetece hablar de ello —respondió la mujer—. Y tampoco nos concierne.

Grace, que estaba esperando a que le tocara el turno de maquillaje, observó a Gary Cooper cuando la estrella entró. En su porte y en su gesto se notaba cierta tensión, por lo que ella no pudo evitar preguntarse si solo estaba de mal humor o si había algún motivo de peso que justificara esa actitud.

Durante los días siguientes se mostró igual de huraño y despectivo. No obstante, Grace descubrió que le gustaba esa actitud reservada, por no hablar ya de su capacidad como actor de gran trayectoria, que en cada momento sabía perfectamente cómo interactuar con la cámara, algo que la dejó fascinada. Aunque al principio solo había seguido sus escenas con la avidez propia de una colega de profesión joven, en algún momento se dio cuenta de que, de forma inconsciente, durante las pausas del rodaje también buscaba su compañía.

Cuando apareció arreglada para el papel con el vestido de novia de encaje de la virginal Amy, la cofia atada bajo la barbilla y el pelo recogido, pareció como si él la hubiera visto por primera vez.

—¡Impresionante! —exclamó Cooper, y Grace no supo si se refería a ella misma o a su caracterización de Amy.

Se ponía nerviosa con el solo hecho de ser consciente de que él la miraba, y tampoco sabía si el efecto era premeditado o no. Sea como fuere, lo cierto era que a Grace se le aceleraba el corazón cada vez que estaba cerca de él.

Veintiocho

Antes de que empezara el rodaje, Grace había pasado unos días con sus padres, con la vana esperanza de que por fin reconocieran sus progresos como actriz. Pero, aunque ella habría agradecido cualquier elogio o al menos alguna muestra de respeto, no recibió ni una cosa ni la otra por parte de su padre o de su madre.

—¿Qué estoy haciendo mal? —le había preguntado Grace a su hermana Lizanne.

—Lo haces todo bien —le había respondido esta, encogiéndose de hombros—. Pero ya sabes cómo son nuestros padres. Siempre han sido así. Si mamá hubiera estado en el *Titanic*, habría podido partir el iceberg por la mitad con una de sus miradas.

De algún modo Lizanne siempre conseguía consolar a su hermana, y pronto surgió la idea de que la acompañara a Hollywood.

Las dos hermanas se habían instalado en un apartamento en el Chateau Marmont de Sunset Boulevard, donde pasaban las noches después del rodaje y los fines de semana.

Un buen día, Grace entró en el apartamento muy emocionada mientras Lizanne se encargaba de poner un poco de orden.

—¡Ven, rápido! —exclamó Grace—. Date prisa, salimos a cenar con Coop.

—¿Con Gary Cooper? —preguntó Lizanne emocionada.

—Exacto. Vamos, nos está esperando abajo, en el coche.

Cuanto más tiempo pasaba Grace en compañía de Gary, más crecía su fascinación por él. A pesar de tener veintiocho años más que ella, poseía algo especial que le resultaba muy atractivo. Ella había terminado descubriendo que el actor sufría de artritis y de problemas de espalda y que tenía una úlcera de estómago, por lo que el dolor lo afligía a menudo, lo cual explicaban la brusquedad y la tensión de su fisionomía durante los rodajes.

Lizanne también se dio cuenta enseguida de lo mucho que le brillaban los ojos a su hermana Grace cuando se ponía a hablar de Gary, algo que no la entusiasmó precisamente.

—Gracie —le había dicho en tono de advertencia—. Podría ser tu padre.

—Bueno, ya sabes que eso no supone ningún problema para mí —había respondido Grace para quitarle importancia al asunto—. Como actriz puedo aprender mucho de los actores veteranos. Don también era mayor que yo.

—Sí, y ya ves lo que pasó. Papá echará a Gary Cooper igual que hizo con Don.

—No se atreverá —le había contestado Grace, decidida a no permitir que sus padres trataran a nadie más como habían tratado a Don. Si algo semejante volvía a ocurrir, se levantaría y se marcharía con el hombre en cuestión de inmediato. Si bien durante la desastrosa visita de Don a Filadelfia no había comprendido lo que estaba sucediendo, a esas alturas ya se consideraba advertida y no iba a tolerar otra salida de tono en ese sentido.

—Por desgracia no hay nada a lo que nuestro padre no se atreva —le había dicho Lizanne, hablando por experiencia propia—. Ya sabes lo terco que puede llegar a ponerse a veces.

—Lo sé muy bien. Y por eso te aseguro que su manera de tratar a la gente no me gusta nada. Cree tener siempre la razón y se niega a aceptar que las cosas puedan ser de otro modo.

—Siempre ha sido así.

—Pues no pienso seguir permitiendo que interceda en mi vida de ese modo y que juzgue a las personas que amo —le había asegurado Grace—. En cualquier caso, ya soy adulta y no dependo de él, tengo mis propios ingresos. Y aun así, en lugar de alegrarse por mí, no sabe hacer otra cosa que fruncir la nariz. Como si mi carrera como actriz no valiera nada.

—Más o menos es así como lo ve —había insistido Lizanne—. Trabajar tiene que ser una experiencia dolorosa para que sea algo verdadero y respetable. Y no lo que haces tú, Gracie: vestirte bien, plantarte frente a una cámara y soltar unas palabras que te has aprendido de memoria. Nunca comprenderá del todo lo difícil que es.

—Ya lo sé —había admitido Grace, asintiendo.

Todavía le dolía que su padre no quisiera saber nada de ella ni de su talento. Lo único que deseaba era que su padre la abrazara y le dijera que la quería y que estaba orgulloso de ella. Cómo le habría gustado acurrucarse entre sus brazos y sentirse protegida por él. Ni siquiera sabía lo que era recibir un abrazo de su padre. ¿Cuándo había sido la última vez que la había abrazado? Grace solo recordaba una escena despreocupada entre ellos, durante unas vacaciones que habían pasado muchos años atrás en la playa. Su padre la había hecho girar agarrándola por los pies y ella se había reído como una loca. Sin embargo, no sabría decir ni dónde ni cuándo había sucedido. Pensó en preguntárselo a su madre cuando regresara a casa.

Bueno, más que a casa, a Filadelfia. Grace se preguntaba por qué no pensaba en Filadelfia como su casa. Quizá porque ya había dejado de ser su hogar. Y las cosas habían empezado a irle bien justo cuando por fin se hubo librado de toda la presión a la que la habían sometido sus padres. La apacible Gracie, tan enfermiza, la chica problemática.

Sin embargo, Gracie ya era una mujer independiente y tomaba sus propias decisiones desde hacía tiempo, por mucho que a sus padres siguieran pareciéndoles mal.

Se preguntaba si no sería precisamente ese el motivo por el que su padre se mostraba tan inaccesible. Tal vez aspiraba a que se cumpliera lo que él había imaginado, que su hija por fin eligiera el tipo de vida que él y su madre deseaban para ella. Si Grace llegara a casa de sus padres con un jurista o un médico, un hombre de profesión «respetable», probablemente la recibirían con los brazos abiertos a ella y a su yerno, ya que consideraban que un hombre semejante sin duda sería capaz de ofrecer a su pequeña Gracie todo lo que Margaret y John Kelly estimaban adecuado. En cambio, lo que ella deseara de verdad no le interesaba a nadie.

«Conmigo no podrán —pensaba Grace—. Seguro que no.»

Bajaron corriendo la escalera y subieron al coche de Gary Cooper para salir a cenar con él.

—Hola, señor Cooper —lo saludó Lizanne con una voz apenas audible. Lo tenía delante y todavía no se lo podía creer.

—Hola, Lizanne. Llámame Coop, por favor —le pidió Gary con una sonrisa.

—Gracias..., Coop —dijo Lizanne, y acto seguido arrancaron.

Fueron a comer unas hamburguesas, y en el restaurante, por supuesto, todo el mundo reconoció a Gary Cooper, que dedicó un buen rato a firmar autógrafos. Las jóvenes que hacían cola para conseguir la firma de su ídolo lanzaban miradas de envidia a Grace y a Lizanne, que mientras tanto charlaban con Coop como si no hubieran hecho otra cosa en toda su vida.

—¿Es cierto que estás divorciado, Coop? —preguntó Lizanne en algún momento—. Porque creo haber leído algo así en el periódico.

—Lizanne, por favor, eso no es asunto nuestro —intervino Grace para intentar acallar a su hermana.

—Bueno, pero si lo dice el periódico... —se justificó Lizanne.

—No pasa nada, Grace —replicó Gary—. Sí, es cierto. Rocky, es decir, Veronica y yo nos hemos separado, pero todavía no nos hemos divorciado. Es un asunto bastante complicado.

—¿Por qué? —insistió Lizanne.

—Ya basta, Lizanne —la reprendió su hermana, fulminándola con la mirada—. Para ya.

Coop se limitó a sonreír y a contemplar a Grace, que estaba sentada a su lado. Ese día se había puesto unos pantalones de lino de un color amarillo muy veraniego y una blusa blanca, con unos pendientes de colores y una diadema amarilla para recogerse el pelo. Y viendo cómo la miraba Gary, era evidente lo mucho que le gustaba.

—¿No te ha parecido fantástico? —le preguntó Grace a su hermana más tarde, cuando ya hubieron regresado a casa.

—Ay, Grace... —respondió Lizanne, suspirando—. No comprendo por qué siempre tienes que fijarte en hombres mucho mayores que tú.

—Eso me da igual —repuso, tendida en la cama y mirando el techo con aire soñador—. Para mí lo único que cuenta son los sentimientos, el resto no me preocupa. Y siempre que estoy con Gary aprendo mucho de él. Además, me hace sentir muy bien, la edad no tiene ninguna importancia para mí.

—Gracie —dijo Lizanne—, eres una romántica incorregible.

—Quién sabe. —Su hermana suspiró—. Todavía estoy buscando mi gran amor...

Lizanne reflexionó unos instantes.

—¿Y qué me dices de Gene...? ¿Cómo era?

—Ah, Gene Lyons. Está en Denver.

—Cuando estuviste en el teatro de Denver parecías igual de encantada con él que ahora con Coop. De veras creí que estabais saliendo juntos.

—No exactamente —replicó Grace con una sonrisa—. En cualquier caso, nos entendíamos bien, y subir al escenario con él también fue genial. Pero no estoy segura de si podría haber surgido algo más.

—¿No me contaste que Gene quería mudarse a Nueva York?

—Mmm... ¿Te has fijado en cómo me miraba Coop?

—Gracie...

—¿Sabes, Grace? —le comentó su compañera Katy Jurado, que en *Solo ante el peligro* interpretaba a la antigua amante del *sheriff*—. A veces entras en escena con tanta intensidad que das miedo.

—¿A qué te refieres?

—A que se nota lo ambiciosa que eres y lo mucho que te metes en el papel —explicó Katy a modo de elogio—. Por un lado te muestras muy reservada, pero por otro lado tienes una presencia ante la cámara que me parece incomparable. Yo ya llevo unos cuantos años en esto y me da la impresión de que sabes muy bien lo que quieres, Grace.

—¿Y eso es malo? —preguntó esta.

Katy se rio. Ella era completamente distinta a Grace: con el pelo negro y rasgos latinos, interpretaba a una mujer enérgica e independiente, y puesto que ellas dos eran las únicas mujeres del reparto el contraste todavía era más destacable.

—Lo haces todo bien —insistió Katy—. Siempre discreta, pero cuando llega el momento de la verdad te conviertes en un verdadero volcán.

—Es curioso que me veas así —dijo Grace, riendo—. Solo intento dar lo mejor de mí.

—Se nota —contestó Katy en un tono que no dejaba dudas acerca de la admiración que sentía.

Veintinueve

Gary la miró con una tierna sonrisa en los labios.

—Grace, eres muy joven, no comprendo qué interés podrías tener en salir conmigo. Deberías buscarte un acompañante de tu edad, joven y dinámico, y no un... viejo como yo.

Grace se echó a reír.

—¿Qué problema tienes con tu edad? Estás mejor que muchos hombres más jóvenes que tú. Además, piensa en todo lo que has conseguido en la vida, Coop.

—Te lo puedo resumir en una palabra: dolor. Me duelen todos los huesos del cuerpo por culpa de esta maldita artritis, hasta el punto de que no sé cómo voy a llegar al final del rodaje.

Estaban sentados en un restaurante de las afueras de Los Ángeles que Coop había elegido precisamente porque estaba bastante aislado.

—Gracias a Dios, aquí no hay tanta gente como en los locales de la ciudad. No soporto más ese torrente constante de mirones —se quejó Coop—. Allá adonde voy, la gente se me queda mirando como si fuera un mono del zoológico.

—Deberías alegrarte de que la gente muestre interés por ti —opinó Grace. Ese día, contradiciendo su costumbre, no se había limitado a pedir una ensalada, sino que se estaba zampando un bistec con patatas y judías, lo que al parecer complació mucho a Coop.

Había escuchado una conversación entre él y un joven colega de rodaje en la que habían estado comentando que se ponían de los nervios con el hambre continua que pasaban las mujeres en el set. Ni que decir tiene que Grace no pensaba contarle que después de ese festín se vería obligada a pasar dos días limitándose a beber agua.

Desde su primera aparición en televisión, igual que tantas otras mujeres de Hollywood, había tomado conciencia de lo despiadadas que eran las cámaras con las formas femeninas. Por eso, a pesar de haber sido siempre delgada, había empezado a controlar mucho su peso, hasta el punto de haber perdido tantos kilos que su aspecto se había vuelto casi frágil.

—Por supuesto que aprecio que a la gente le gusten mis películas. Pero llega un momento en el que también quieres gozar de cierta intimidad —expuso Coop, reclinándose en su asiento para intentar aliviar su dolorida espalda.

El restaurante estaba casi vacío, y los pocos comensales que había parecían inmersos en sus respectivas conversaciones en lugar de interesados por su presencia.

—No puedo imaginarme lo que debe de ser ese nivel de fama —dijo Grace antes de tomar un sorbo de vino.

Coop reflexionó unos instantes.

—Resulta difícil explicar el efecto que acaba produciendo. Por supuesto, por un lado me parece fantástico que tantas personas me admiren y que les guste lo que hago..., al fin y al cabo vivo de esto. Aun así, por otro lado, a veces resulta agotador y una tremenda limitación, sobre todo por la prensa. Mientras me separaba de mi esposa estuve sometido a un verdadero asedio. Los periodistas se apostaban delante de mi casa como si estuvieran esperando el instante más adecuado para cazarnos. Realmente parecía como si no hubiera en el mundo nada más importante que el hecho de que yo me estuviera separando. Tienes que prepararte para eso, Grace. Y ten mucho cuidado con lo que cuentas en público, porque esa gentuza de los medios de comunicación es capaz de darle la vuelta a cualquier cosa que digas. Siempre es mejor no decir nada que equivocarse.

—Lo tendré en cuenta —contestó Grace, asintiendo.

—¿Qué te parece el rodaje? —preguntó Gary, y a ella le dio la impresión de que en realidad habría preferido preguntarle algo distinto.

—Todo es muy nuevo para mí —respondió esta—. Ya tengo algo de experiencia sobre el escenario, y tampoco es la primera película en la que participo, pero me doy cuenta de que aún me queda mucho que aprender a la hora de actuar frente a las cámaras.

—Lo haces muy muy bien, Grace —la elogió Gary, asintiendo con la cabeza—. Todo lo que debes saber al respecto lo irás aprendiendo con el tiempo.

Gary la miró fijamente y ella notó que la atracción que ella sentía era recíproca.

—Gracias —respondió.

Ese día llevaba el pelo suelto, ondulado, y el vestido

de tafetán azul marino que había elegido, con la falda justo por encima de la rodilla, realzaba a la perfección el color de sus ojos, mientras que en las orejas se había puesto unos pendientes de aguamarina que se había comprado ella misma. Tenía una especie de sensibilidad natural para las cosas bellas, más aún desde que podía permitirse todo lo que le apetecía. En ese instante se dio cuenta de lo mucho que deseaba a ese hombre.

—¿Quieres que te lleve a casa, Grace? —le preguntó Gary mientras la camarera recogía sus platos—. ¿O prefieres ir a alguna otra parte?

Al oír el ofrecimiento, ella lo miró de un modo que bastó como respuesta.

—¿Quién podría resistirse a esos ojos azules? —dijo Gary con la voz ronca.

Dicho esto, le hizo una seña a la camarera para que le llevara la cuenta.

Al lado de Gary, Grace gozó de una temporada maravillosa. Siempre que tenían tiempo libre lo aprovechaban para verse. En el set de rodaje se comportaban con discreción e intentaban que nadie se enterara de su idilio, pero cuando se quedaban solos pasaban horas enteras charlando, paseando por un parque o conduciendo por los alrededores de Los Ángeles.

Gary exhibía una brusquedad encantadora y tenía un sentido del humor insondable que Grace apreciaba por encima de todo. Llegó un punto en el que su enamoramiento se volvió innegable.

Lizanne se limitaba a poner los ojos en blanco cada vez que su hermana empezaba a hablar de él.

—Es que cada vez que lo veo vestido de *sheriff* entre bastidores —le decía Grace mientras se tomaban un batido—, con el conflicto que le produce tener que elegir entre cumplir con el deber y el amor que siente por Amy, ese personaje roto por dentro..., solo..., abandonado... Lo único que me apetece es consolarlo.

—Grace, no es más que su papel en la película lo que ves en todo eso —le contestó Lizanne riendo, mientras intentaba apurar el batido con la ayuda de la pajita.

—No es solo eso —replicó Grace, mirándola fijamente—. Gary también está solo. Acaba de pasar por una separación dolorosa, y tendrá que enfrentarse al divorcio muy pronto. Además, ya vivió una historia desagradable con esa Patricia Neal, que también es actriz. Todo eso debe de haberlo conmocionado —comentó Grace con un suspiro—. ¿Sabes? Coop es un hombre de esos a los que da gusto cuidar.

Lizanne soltó una carcajada.

—¿Te gustaría cuidar de un hombre? Mi hermana mayor Grace Patricia, que desde que tengo uso de razón y contra la voluntad de nuestros padres decidió marcharse a Nueva York con solo diecisiete años porque quería ser independiente y emanciparse, la que es envidiada por todos porque lo hace todo bien..., esa hermana, y perdona que me ría, ¿de repente quiere cuidar de un hombre?

—Pues sí —respondió Grace con terquedad.

—¿Cómo es posible? ¿Te gustaría prepararle unos huevos para el desayuno y saludarlo desde la ventana de una casita en una zona residencial cuando se marche a trabajar, mientras tú te quedas en casa criando a los hijos? Y por la noche, cuando Gary Cooper vuelva a casa y te cuente el día tan agotador que ha tenido en el rodaje y todo lo que le duele, ¿le dirías «Oh, Coop, ven, siéntate en el sofá, te traeré una cerveza y te prepararé un bistec»? Me parece increíble.

Grace no pudo evitar reírse.

—Bueno, no me lo imaginaba así. Lo que quería decir es simplemente que me gustaría que pudiéramos contar el uno con el otro —afirmó con aire soñador y la mirada pura y brillante.

—Siempre buscando tu gran amor... —dijo Lizanne—. Primero, Don Richardson, ahora Gary Cooper. ¡Cada vez los encuentras más viejos! No me extrañaría nada que algún día me presentaras a uno de setenta años.

—No creo que llegue a tanto —replicó Grace, riendo.

Grace siempre era una de las primeras en llegar al set de rodaje, y continuó haciendo todo lo posible para evitar que nadie se enterara de su relación con Coop. No obstante, notó las miradas de los compañeros, en parte divertidas, en parte críticas, y se dio cuenta de que no lo había conseguido. Seguramente era imposible ocultar cómo le latía el corazón cuando tenía a Coop cerca. Grace se distanció bastante de los demás y pasaba las pausas sola, bebiendo agua y comiendo ensalada o, de vez en cuando, un bocadillo.

A veces Katy Jurado se sentaba con ella y charlaban sobre temas de lo más variados, aunque sin entrar en asuntos personales. Pero Grace veía claramente que Katy la comprendía a la perfección, a ella y lo que estaba viviendo con Coop, aunque no lo expresara de forma explícita.

Lo único que se permitía la pareja de vez en cuando era alguna que otra mirada furtiva, y estas siempre dejaban a Grace ansiosa de reencontrarse con él.

Tenerlo cerca le ofrecía una sensación de seguridad, era como un refugio para ella, ya que ante ese primer papel cinematográfico importante se había sentido más insegura de lo que había previsto. A su lado, en cambio, desaparecían todos sus miedos y preocupaciones, puesto que él sabía explicarle de un modo técnico cómo podía mejorar su actuación frente a la cámara, lo que contribuyó a que Grace creyera todavía más en sí misma y en su talento. Y por mucho que Coop insistiera en la diferencia de edad que los separaba, también era evidente lo mucho que ella disfrutaba con él.

—Ay, Grace —le decía él a veces, mientras estaban sentados en el coche para ir a alguna parte con el único objetivo de pasar el rato juntos—. Ojalá tuviera veinte años menos. Todo sería más sencillo entre nosotros.

—Eres un pesimista, Gary Cooper —contestaba Grace entre risas—. ¿Por qué no te limitas a disfrutar de mi compañía? Hace calor, brilla el sol, tenemos el día libre y estamos sentados en un descapotable. ¿No puedes simplemente alegrarte de que tengamos un poco de tiempo para estar juntos?

Sin embargo, Coop tendía a comerse la cabeza, algo que Grace no solía hacer en absoluto. Ella amaba la vida y siempre le ilusionaba pensar en lo que esta podía depararle. Estaba contenta de pasar tiempo con Gary, y disfrutaba de los privilegios que empezaba a tener gracias a sus primeros éxitos, como comprarse todo cuanto le apetecía con sus honorarios. Le encantaba pasear y callejear con Lizanne por las calles de Nueva York los fines de semana en los que no tenía rodaje, siempre buscando algo especial y, por encima de todo, algo con estilo, tal como le había inculcado su madre. Sin embargo, a esas alturas Grace ya había desarrollado sus propios gustos y lo demostraba controlando a la perfección el contenido de su guardarropa, por lo que solía vestir siempre con mucha elegancia. Además, sabía combinar especialmente bien los colores y los cortes para acentuar su figura esbelta y la gracia natural de sus movimientos. Le agradaba vestirse de un modo femenino, y aunque los pantalones estaban muy en boga durante esa época, ella prefería las faldas y los vestidos. Y le alegraba poder permitirse, gracias al dinero que ganaba, esos artículos tan caros a los que se había acostumbrado desde pequeña.

Por su participación en *Solo ante el peligro* recibió setecientos cincuenta dólares semanales, una retribución claramente menor a lo que había estado cobrando gracias a sus últimos trabajos como modelo. Aun así, tratándose de alguien que apenas estaba empezando en el mundo del cine, representaba una cifra considerable. Desde que había firmado el contrato con la MCA, todo parecía ir viento en popa.

Por mucho que le gustara poder comprarse cosas con sus propios ingresos, Grace también era increíblemente generosa y siempre le traía también algo a Lizanne. Le maravillaba poder hacer regalos a la gente, y cuando Coop se encontró en su silla del set de rodaje un paquetito con unos gemelos con sus iniciales grabadas, enseguida supo quién los había dejado allí.

A pesar del cansancio que comportaba, Grace disfrutaba sobremanera pasando el día entero rodando. Por la mañana se levantaba poco después de las cinco para una sesión de gimnasia que le permitía comenzar la jornada con vigor y entusiasmo.

A menudo era preciso esperar durante horas hasta que lo montaban o desmontaban todo, y algunas escenas tuvieron que repetirse innumerables veces hasta que el director, Fred Zinnemann, por fin quedaba satisfecho. Siempre había algo que no acababa de salir como él quería. La colocación, la postura, la expresión, la dirección de la mirada, la incidencia o la intensidad de la luz, una sombra o cualquier otro detalle. Pero en cuanto le tocaba el turno a Grace, su escena empezaba y el director gritaba «¡Acción!», ella se sentía en su elemento. De repente se sumergía en su papel, se convertía en la joven Amy, que tanto sufría por su marido. Creía de veras haberse transformado en ella por completo, y esa sensación tenía su origen en las técnicas interpretativas que había aprendido, que la ayudaban a meterse más a fondo en su personaje, de un modo mucho más intenso que en aquella buhardilla con Selina.

No obstante, al lado de todos aquellos compañeros mucho más experimentados que la rodeaban (Gary ya había recibido la distinción de un Óscar tras haber sido nominado en varias ocasiones), también notaba la presión de ser una principiante. Y seguramente por eso era aún mayor su alegría cada vez que Fred Zinnemann la elogiaba y declaraba haber quedado satisfecho con una escena en la que ella había intervenido.

Durante las pausas del rodaje se concentraba en sus textos o se dedicaba a observar a los demás, intentando aprender de ellos tanto como fuera posible. Katy Jurado tenía mucha experiencia, y cada vez que recibía una indicación suya la aceptaba y la incorporaba sin rechistar ni poner excusas como solían hacer otros.

A Grace le caía muy bien Katy, pero de todas formas se mostró reacia a hacer amigos en el set de rodaje, algo que se consideró, como ya le había ocurrido en el Barbizon, una muestra de arrogancia. No obstante, esas reservas se debían simplemente al carácter retraído que le habían inculcado en su casa y que emergía cada vez que compartía espacio con mucha gente.

—Gracie a veces se vuelve invisible —habían dicho sus hermanas en más de una ocasión.

Aun con todo, poco a poco se le fue endureciendo la piel ante las habladurías de los demás. Grace sabía que en el fondo el problema eran la envidia y los celos. Por su parte, le daba mucha más importancia a preparar las escenas con la máxima profesionalidad, algo de lo que no podían jactarse muchos de sus compañeros. En unas cuantas ocasiones algunos de ellos habían llegado tarde al rodaje y sin haberse aprendido bien los textos, y cada vez que eso ocurría Grace se sorprendía al comprobar la arrogancia con la que se defendían. Uno estaba demasiado cansado para estudiar los textos, otro no encontraba la carpeta, y al de más allá no le parecía bien el guion. Luego se enzarzaban en discusiones sin sentido que solo contribuían a demorar el rodaje.

Grace, en cambio, siempre demostraba una enorme predisposición. Llegaba todos los días preparada y ni siquiera se le pasaba por la cabeza la posibilidad de quejarse por nimiedades. Y es que en el fondo estaba muy contenta de haber conseguido convertirse en actriz profesional.

Sin embargo, a medida que avanzaba la producción, Coop se fue volviendo cada vez más retraído. Por lo visto estaba sufriendo mucho a causa de la separación, que le afectaba más de lo que había querido reconocer frente a Grace. A veces se limitaba a quedarse ahí sentado, hundido en sus propias cavilaciones y con la mirada perdida. Grace ya había notado que en varias ocasiones en las que habían salido juntos de repente parecía ausente, y se dio cuenta de que corría el riesgo de que se le contagiara aquella tristeza. Siempre intentaba animarlo, pero no solía conseguirlo.

En algún momento Gary empezó a cancelar sus citas con poca antelación y a comportarse frente a Grace con más indiferencia, algo que a ella le sentó muy mal. Al ver que todos los intentos de hablar con él fracasaban, finalmente decidió dejarlo en paz. Le dio la impresión de que era justo lo que Coop deseaba, por mucho que ella lo lamentara.

De todos modos, tampoco tenía mucho tiempo para romperse la cabeza con el estado de ánimo de Coop, puesto que Fred Zinnemann le exigía mucho. Estaba dispuesto a sacar el máximo partido de su actuación, y Grace tuvo que concentrarse mucho en su papel. Quería hacerlo bien, progresar rápidamente y, a ser posible, no dar ni un solo paso atrás.

Coop no pareció darse cuenta de que ella se había retraído por completo. Y, por muy importante que hubiera sido para ella, en algún momento Grace dejó de intentar acercarse a él.

—Gracias —dijo Fred Zinnemann, mirando a su alrededor. Había reunido el equipo al completo para celebrar que había terminado el rodaje de *Solo ante el peligro*.

Aunque Grace encontró muchas pegas a su interpretación en esa película, lo cierto era que se sentía orgullosa de su participación y estaba convencida de que el resultado general sería más que aceptable.

Cuando *Solo ante el peligro* llegó a los cines en el año 1952, acabó recaudando en poco tiempo ni más ni menos que dieciocho millones de dólares, habiendo costado solo medio millón la producción. Y mientras que Gary Cooper ganó un Óscar por su interpretación de Will Kane en la categoría de actor principal, Grace no solo recibió grandes elogios por el personaje de Amy en *The New York Times*, sino que cada vez más gente empezó a preguntarse si esa joven rubia, tan distante pero al mismo tiempo tan brillante, no acabaría siendo otra de las estrellas que iluminaban el firmamento de Hollywood.

Treinta
Nueva York, 1952

Una vez terminado el rodaje de *Solo ante el peligro*, Grace regresó a Nueva York, donde se reencontró, entre otros, con Gene Lyons, que también había vuelto a la gran capital para participar en una producción de Broadway. Lyons la animó a recuperar su vieja pasión por el teatro y Grace interpretó varios papeles sobre el escenario durante los meses siguientes. Paralelamente continuó recibiendo clases de interpretación, en esa ocasión de Sanford Meisner, uno de los fundadores a principios de la década de 1930 del Group Theatre, al que Don Richardson, entre otros, se uniría más tarde, y al que perteneció también el legendario Lee Strasberg, quien a su vez se dedicó a enseñar a medio Hollywood «el Método», una técnica de interpretación basada en el naturalismo y en la identificación con el personaje.

Cuando esa tarde Grace se dirigía a la clase de Sanford Meisner, se encontró con su vieja amiga Mary Jo frente a la puerta. A Grace le entusiasmó el reencuentro.

—Hacía una eternidad que no nos veíamos, Mary Jo. ¿Cómo estás?

—¡Grace, qué alegría verte! —exclamó Mary Jo—. Todo genial. Mejor que nunca —contestó levantando la mano izquierda para mostrarle un anillo.

—¡Te has casado! ¿Cómo has podido casarte sin invitarnos a Cai ni a mí?

—Porque a la boda solo acudimos Mitch y yo. Y los testigos, por supuesto. Fue algo precipitado.

Entonces fue cuando Grace reparó en la barriga de Mary Jo y comprendió por qué ni siquiera se habían molestado en anunciar el enlace.

—Pero ¡si estás embarazada! ¡Enhorabuena! Me alegro mucho por ti —exclamó con total sinceridad. Aunque Grace estaba en un momento de su vida en el que de ninguna manera se podía imaginar siendo madre, comprendía lo felices que debían de estar sus amigas Cai y Mary Jo.

—Vamos, entremos —le dijo Mary Jo—. Quizá coincidamos en alguna clase.

Después de la sesión, Mary Jo acompañó a Grace al apartamento en el que vivía por aquel entonces. Nada más cruzar la puerta, sonó el teléfono. Grace creía que no llegaría a tiempo para coger la llamada, pero resultó ser su agente, que le preguntó si podía acudir enseguida a una audición para la película *Taxi* que la Twentieth Century-Fox pensaba rodar próximamente en Nueva York.

Sin maquillar, vestida con una falda anodina de *tweed* y zapatos planos, Grace volvió a salir de casa sin dilación.

—Grace, lamento decirte que no te han elegido para *Taxi* —le comunicó una empleada de la agencia por teléfono—. Pero han pasado las tomas de prueba que te hicieron y hemos recibido una llamada de John Ford. Ahora está rodando *Mogambo*, una película ambientada en África. En realidad buscaban a una actriz británica para el papel femenino secundario que acompañará a Ava Gardner y a Clark Gable, pero te quieren a ti.

Grace bajó el auricular e intentó mantener la compostura. Clark Gable. África... Con el tiempo que llevaba soñando con viajar al continente negro, resultaba que al final acabaría yendo para un rodaje.

—Grace, ¿estás ahí?

—Claro... Estoy... Es solo que me he emocionado un poco.

—No me extraña. Me preocupan algo los detalles del contrato, ¿hay algo que quieras añadir? Esta vez no podrás evitar vincularte con un contrato de estudio. La MGM quiere que te comprometas con ellos durante los próximos siete años.

—No... no sé, tal vez... Ay, no sé... Tengo que pensarlo.

—Tú misma, Grace. Volveré a llamarte mañana.

Grace se dedicó a repasarlo todo mentalmente con calma hasta el día siguiente. No le quedó más remedio que aceptar un compromiso con el estudio. Hasta el momento lo había evitado a toda costa porque los reglamentos del trabajo interpretativo le parecían demasiado severos, teniendo en cuenta las posibilidades que le ofrecía. Y, por encima de todo, su tío George siempre le estaba advirtiendo sobre esa clase de relaciones de dependencia. Aun así, no podía dejar escapar la oportunidad de viajar a África para participar en un rodaje junto con Clark Gable.

—Tengo un par de condiciones —le dijo Grace a su agente—. Me gustaría poder hacer una pausa cada dos años y no rodar más de tres películas al año, de manera que también pueda dedicarme al teatro. Y que no me obliguen a mudarme a Hollywood. Ya sé que ellos preferirán tenerme cerca, pero yo quiero quedarme en Nueva York.

Grace sabía que, tratándose de una actriz con tan poca experiencia como ella, era poco habitual negociar con tanta agresividad, pero no estaba dispuesta a poner en peligro su libertad artística tan fácilmente.

Todavía quedaría acordar los honorarios, puesto que setecientos cincuenta dólares por semana no igualaban ni mucho menos la retribución que recibiría como modelo, aunque también acabó cediendo en ese punto. Además, sabía que pronto podría aspirar a cobrar más.

A Grace le favoreció que John Ford hubiera rodado más tomas de prueba con ella, sobre todo teniendo en cuenta que fueron en color y que si a alguien favorecía esa nueva tecnología era a ella: la piel blanca como el alabastro, los ojos de un azul resplandeciente y el pelo rubio y sedoso. John Ford quiso incluirla en su película a cualquier precio, por lo que la productora tuvo que acceder a regañadientes a todas las condiciones y así se lo comunicó la agente.

—Ha quedado todo atado y bien atado, solo tienes que firmarlo.

—Me alegro —dijo Grace.

Se acercó a la ventana de su apartamento y miró hacia fuera. Desde abajo llegaba el bullicio habitual de la calle, con un torrente de personas, coches haciendo sonar las bocinas, peatones crispados, taxistas agresivos, gente cargada con bolsas de la compra... Y ella estaba allí sola, frente a su enorme ventanal, reflexionando. *Mogambo*.

Volaría hasta África y disfrutaría contemplando el exotismo de los animales, las tierras y las gentes. Se moría de ganas de empezar a hacer las maletas.

Grace se acercó a un pequeño mueble bar y sacó una botella. Necesitaba una copa de jerez. Quería brindar aunque fuera consigo misma por lo que estaba a punto de vivir. Se sirvió y volvió a mirar por la ventana para disfrutar de ese instante de éxito. Una sensación agradable se extendió por su cuerpo con el primer trago.

—Lo he conseguido, y encima lo he conseguido sola —se dijo a sí misma en voz baja mientras le dedicaba una sonrisa a la ciudad.

Y a continuación se imaginó cómo se lo contaría a sus padres, que tal vez se sentirían orgullosos de ella por primera vez. Su hija rodaría una película en África con Clark Gable, algo que sin duda alguna los Kelly podrían mencionar para impresionar a sus amistades.

Como probablemente casi todas las chicas de su generación, Grace había visto *Lo que el viento se llevó*, y recordaba a la perfección al elegante Rhett Butler, al que Scarlett O'Hara había rechazado durante tanto tiempo. Gable era un actor increíble, y Grace iba a rodar a su lado. Junto con Ava Gardner, que estaba casada ni más ni menos que con Frank Sinatra.

Llena de orgullo, Grace les escribió una carta muy larga a sus padres, pero estos, como de costumbre, le respondieron rebajando mucho la euforia. Se limitaron a tomar nota de que su hija pasaría unos meses en otro continente y le pidieron que, por consiguiente, de vez en cuando les mandara alguna señal de vida.

Treinta y uno
África Oriental, 1953

Grace por fin se sentó en el avión que estaba a punto de despegar rumbo a Londres. Tras ella dejaba cuatro meses de intenso trabajo y mucha presión, por no hablar de todas las complicaciones que habían surgido a nivel emocional, por lo que solo deseaba una cosa: dormir. Sin embargo, estaba demasiado emocionada para poder cerrar los ojos.

Para distraerse, cogió una de las revistas del avión, la hojeó un poco sin prestarle demasiada atención y luego se reclinó en su asiento y contempló por la ventanilla la espectacular extensión de África Oriental.

El calor había sido maravilloso en aquella región. No era un bochorno húmedo y molesto como el de Hollywood, que solo se podía combatir con la ayuda de aires acondicionados y cualquier otro medio posible. El calor en África era algo natural, formaba parte de la vida, y tanto las personas como los animales se adaptaban a él y al ritmo que marcaba en la naturaleza. Grace había disfrutado de la estancia en ese clima extraño tanto como de todo lo demás: las diferencias culturales, la sociedad profundamente negra y la riqueza de la flora y la fauna que la rodeaban.

Había llegado a África junto a un equipo de más de trescientas personas. Aparte de los actores y actrices también estaban el director, una plantilla de médicos y cocineros y el equipo técnico al completo entre otros. Grace no habría podido imaginar jamás la cantidad de gente que era necesaria para una producción de esas características. Erigieron tiendas para alojar un restaurante, un cine móvil, una sala recreativa en la que poder jugar a los dardos y todo lo posible para mantener a la gente entretenida. Se habían alojado en el New Stanley Hotel de Nairobi, y el ambiente que se había formado en el equipo y sobre todo a su alrededor había sido de lo más agradable.

Grace había mantenido una muy buena relación con Ava Gardner, una actriz que tenía mucha más experiencia que ella.

El papel de Ava era el de la elegante bailarina Eloise, que viajaba a África y conocía a Victor, un cazador interpretado por el grandísimo Clark Gable. A Grace le tocó el papel femenino antagonista de la sensual Ava, el de la esposa británica de un antropólogo, enamorada de Victor hasta que él finalmente se encuentra con Eloise.

Se habían divertido y se habían entendido bien. Cada día se habían reunido todos para cenar y pasar el rato juntos.

Durante las Navidades, Frank Sinatra había viajado también a África para visitar a su esposa, y encima se había presentado vestido de Papá Noel. Había resultado ser un tipo bastante celoso que sospechaba que su esposa mantenía una relación con un miembro del equipo, algo que a Grace no le pareció nada descabellado. La pareja había estado discutiendo en la tienda de Ava de un modo tan espectacular que Grace, desde la tienda de al lado, no pudo gozar ni de un solo minuto de calma. Durante esas riñas, a veces se lanzaban platos y tazas, de manera que todos habían terminado percatándose de lo que sucedía.

Sin embargo, cuando Ava estaba de buen humor era realmente maravillosa, una verdadera profesional de la interpretación de la que Grace había podido aprender muchas cosas.

La azafata le tendió una bandeja con la comida y, mientras Grace daba cuenta del pollo con arroz, se dedicó a reflexionar sobre la belleza insólita que había descubierto en África. Los paisajes, los sonidos..., sobre todo de noche. Una vez, unos miembros del equipo que tenían el día libre se habían embarcado en un pequeño safari y habían tenido la oportunidad de contemplar leones, elefantes y gacelas en libertad. Habían visto grandes lagos repletos de flamencos de un rosa embriagador, así como frutos sobre los que ni siquiera habían oído hablar hasta entonces, y siempre con ese aire tan puro, mucho más plácido que el de Filadelfia o el de Nueva York. A Grace le había encantado.

Por las noches, a menudo salía al balcón de su habitación de hotel para escuchar los sonidos nocturnos, el vuelo de las aves y los crujidos de los árboles mecidos por el viento, y en esos momentos siempre se preguntaba si algún animal la estaría observando. En la balaustrada de su balcón a veces se sentaban pequeños simios curiosos, a los que les lanzaba nueces. No se mostraban esquivos en absoluto y cada vez se le acercaban más.

Y durante los rodajes ella siempre había dado lo mejor de sí misma, algo que había llamado mucho la atención de los demás. Sobre todo de Clark Gable, que había quedado encantado con ella. Aunque más allá de su faceta artística al principio no parecía haber despertado ningún interés especial en él, lo cierto era que acabaron pasando mucho tiempo juntos, de manera que empezaron a circular rumores entre los miembros del equipo.

—En las últimas semanas has evolucionado de un modo increíble —le había dicho él un día—. Sigue así, Grace, no pierdas esa seguridad que tienes en ti misma. Te queda mucho camino por delante y esta película te ayudará. Intenta sacar todavía más de ti en cada ocasión, de manera que tu interpretación no parezca demasiado fría.

Grace tomó buena nota de esa crítica, y el director John Ford se dio cuenta y elogió la actitud de la actriz. Aunque también la corregía, por supuesto, lo que la ayudaba a mejorar y a continuar trabajando. A veces Grace se sentaba hasta muy tarde con el guion y ensayaba escenas que no habían dejado del todo convencido a John.

En general se había quedado con la sensación de que aquella temporada en África Oriental había constituido un verdadero paso adelante en su carrera.

Todavía quedaban por rodar los interiores en Londres, y luego podría dormir durante tres días seguidos.

—Adiós, mamá, da recuerdos a toda la familia de mi parte —le dijo Grace a su madre mientras esta subía a su vagón para regresar a casa. Margaret Kelly había pasado tres semanas en Londres con su hija, que había reaccionado con asombro ante la visita de su madre.

«Debería vigilarte más de cerca», le había dicho su madre por teléfono antes de acudir a verla. Lo que no había mencionado (aunque Grace se acabó enterando gracias a Lizanne) era que su madre quería conocer a Clark Gable en persona.

La atmósfera durante los rodajes en Londres fue totalmente distinta de la que había reinado en África. En los estudios ya no se bromeaba en absoluto, casi nunca se oían risas y todo se regía por una profesionalidad de lo más estricta.

Incluso Clark se comportó de un modo extraño con Grace. Si bien en África se había mostrado siempre relajado y del todo comprometido con el trabajo, en Londres apenas le dirigía la palabra, y cuando lo hacía era con brevedad y por motivos estrictamente profesionales. Con el entorno cargado de sensualidad de África había desaparecido también la atracción que Grace había detectado entre ellos dos. Aunque también era posible que solo la hubiera sentido ella.

Más allá de eso, a su madre la había cautivado por el carácter rudo pero encantador de Clark, y se quedó más tranquila después de comprobar que su hija no se había enredado con él, porque en la prensa sensacionalista circulaban varias especulaciones sobre un idilio y los rumores habían llegado hasta Filadelfia. Cuando su madre se los contó a Grace, esta guardó silencio y recordó con nostalgia el tiempo que había pasado junto a Clark en África.

—¿Qué harás después de esto? —quiso saber su madre antes de marcharse.

—Volveré a aparecer en televisión —le explicó Grace—. En un concurso que se transmitirá en vivo en la NBD. Colaboraré con un colega francés que se llama Jean-Pierre Aumont.

—Ah, ¿no será con Clark Gable? —le preguntó su madre, y Grace no supo interpretar si lo había preguntado con alivio o con decepción.

Treinta y dos
Nueva York, 1953

—Cuéntamelo otra vez, por favor, Jay —pidió Grace, sentada en su apartamento de Nueva York con el teléfono en la mano.

Jay Kanter, un agente de la MCA, soltó una carcajada al otro lado de la línea telefónica.

—Te lo repetiré con mucho gusto, Grace. Ni más ni menos que Alfred Hitchcock quiere conocerte. Ha visto las pruebas de rodaje de *Taxi* y, por lo que me han dicho, le han fascinado. Es para una película que se llamará *Crimen perfecto*. Hitchcock está buscando a su protagonista y quiere comprobar si la ha encontrado.

—Pero... —empezó ella intentando concentrarse a pesar de la emoción—. Hace poco, durante una cena, oí que Alfred Hitchcock había hablado de mí, pero creí que no eran más que rumores infundados. Entonces es cierto. ¡Es fantástico!

—Lo es —convino Jay—. Te compraré un billete a Los Ángeles para mediados de junio.

—Gracias, Jay —contestó Grace, sin saber qué más añadir. Todos los actores y actrices de la época soñaban con rodar al menos una vez en la vida con el director Alfred Hitchcock—. Por cierto, ¿cómo está Judith?

—Todavía no me ha pedido el divorcio —bromeó él—, o sea que supongo que no debe de estar tan mal. Se alegra de poder verte pronto otra vez. Cuando estés en Los Ángeles tienes que venir a cenar a casa.

—Con mucho gusto, Jay. Aún pienso a menudo en vuestra boda. Fue muy bonita, y me encanta entenderme tan bien con Judith. Realmente es un tesoro.

—Pues ella va contando lo mismo sobre ti, Grace. Bueno, hablaré con el despacho del gran jefe y ya te informaré sobre la cita y las fechas del vuelo.

—De acuerdo —dijo ella antes de colgar.

Una llamada como esa no se recibía todos los días.

—¡Ah, ahí está! —exclamó Alfred Hitchcock mientras se acercaba con los brazos abiertos a Grace, que se quedó petrificada al instante por la emoción.

—Ho- ho-hola, señor Hitchcock —tartamudeó ella mientras le daba un apretón de manos.

—Llámeme simplemente Hitch —le pidió el director con una sonrisa.

—De acuerdo... Hitch —convino Grace, respondiendo con otra sonrisa y sintiéndose poco a poco más relajada cuando se hubieron sentado.

Jay había considerado que lo mejor sería que se conocieran primero los dos solos. Hitchcock tenía sus peculiaridades y no era muy amante de las convenciones, por eso Jay había tenido la precaución de advertir a la actriz de antemano.

—Entonces será mejor que al principio hable lo menos posible, así al menos no me equivocaré —le había contestado Grace.

—Simplemente déjate llevar por lo que sientas —le había aconsejado Jay—. Quién sabe, tal vez se comporte como un perfecto caballero, pero te advierto que a veces le dan arrebatos algo extravagantes. He oído que en una ocasión celebró una cena azul, en la que todo era de ese color: la sopa, el pescado, la carne, el pan... Y Hitch actuó en todo momento como si fuera lo más normal del mundo.

—¿Y por qué lo hizo? —había querido saber ella.

—Nadie lo sabe —había respondido Jay.

A pesar de su inseguridad, Grace estaba contenta de tener la oportunidad de reunirse con Alfred Hitchcock. Durante varios días estuvo pensando cómo se vestiría y se maquillaría. Al final decidió seguir el consejo de una de sus amigas y no eligió nada ostentoso, sino que más bien se limitó a su habitual estilo discreto: un vestido sencillo de color celeste y pendientes de perlas como única joya.

Sin embargo, a Alfred Hitchcock no pareció interesarle lo más mínimo por su atuendo, como tampoco pareció reparar en su inseguridad. Se limitó a sentarse, cruzar las piernas y quedársela mirándola con gesto afable.

—Bueno, pues cuénteme.

—¿Qué quiere saber? —le preguntó Grace, cada vez más segura.

—Todo. De dónde procede, qué ha hecho hasta el momento, cómo se ha sentido con ello, por qué quiso ser actriz y, en su opinión, cómo cree que ha evolucionado. Qué espera del futuro y... Bueno, simplemente empiece.

Grace tomó aire, pensó un poco y comenzó a responder. De repente tuvo la sensación, por primera vez en la vida, de que alguien se interesaba en serio por ella, de que de verdad quería saber cosas sobre su vida. Así que se lo contó todo, desde su infancia en Filadelfia y su relación con sus padres y sus hermanos hasta lo mucho que le había gustado siempre actuar, ya fuera sola, con amigas, en la escuela o en el teatro, y que por eso había decidido seguir ese camino.

—Comprendo —dijo Hitchcock, asintiendo—. Continúe.

—Bueno, luego estudié en la American Academy of Dramatic Arts.

—Y superó la formación de un modo brillante, por lo que me han contado —comentó Alfred Hitchcock con una sonrisa.

De manera que, a medida que le iba explicando cosas, Grace se sentía cada vez más relajada. Fue casi como si estuviera poniendo al día a un familiar querido al que hacía tiempo que no veía.

En algún momento Grace dio por terminado el relato y se lo quedó mirando.

—Eso es todo —concluyó con una sonrisa.

Hitch le devolvió la sonrisa.

—Sí, ya está bien —afirmó mientras se levantaba. Grace ya pensaba que estaba a punto de marcharse y dejarla allí sentada—. ¿Por qué no damos un paseo y le hablo sobre la película? —propuso Hitch—. Del contrato se encargarán los demás.

—Encantada.

Grace también se puso en pie y de repente notó una seguridad en sí misma que no había sentido hasta entonces. Fue como si se la hubiera concedido Hitchcock, como si hubiera encontrado a alguien que la comprendía realmente y que compartía con ella la misma pasión por el cine. Le entraron ganas de ponerse a dar vueltas sobre sí misma solo para demostrarle de lo que era capaz.

Y quería aprender de él, porque se dio cuenta de que si alguien podía convertirla en una gran actriz, era él.

Treinta y tres
Los Ángeles, 1953

—Te lo explicaré una vez más, Grace —dijo Hitchcock, volviéndose hacia ella—. Eres apasionada, una mujer que ama, pero jamás pierdes el control sobre tus sentimientos. Tú querrías abrazar y besar a tu amante, pero no puedes porque tu marido está presente. Te controlas, no das rienda suelta al deseo. Por eso a la hora de la verdad siempre te muestras inaccesible, fría. Tu marido no debe notarlo, no puedes demostrar la más mínima complicidad con tu amante. Estás convencida de que lo tienes todo bajo control.

—Bien —dijo Grace, asintiendo, y por tercera vez se colocaron para repetir la escena: Grace, Robert Cummings y Ray Milland.

La maquilladora se acercó para empolvarle la cara, ajustaron las luces y comprobaron los últimos detalles. Grace se concentró y repasó mentalmente las palabras de Hitchcock.

Apasionada pero controlada. Fría. No era la primera vez que Hitchcock se lo había explicado, pero esa vez creía haberlo comprendido de verdad.

—¡Acción!

Fue como si las palabras de Hitchcock la guiaran. Ella, Margot Wendice, interpretó la escena en la que su marido, Tony, y su amante, Mark, comentaban en el salón que el esposo tenía que trabajar y que ella podía marcharse sola con Mark. Reservada, y aun así apasionada, Margot habló con su esposo y luego con su amante, manteniéndose grácil y elegante en todo momento, sin sospechar que su marido planeaba asesinarla.

—¡Corten! —gritó Hitchcock.

Cuando revisaron la escena juntos, el director quedó encantado con el resultado.

—Muy bien, Grace, me gusta cómo lo has interpretado —la elogió—. Has comprendido a la perfección lo que quería decir.

—Es que me lo has explicado muy bien, Hitch —respondió Grace con satisfacción—. Y más de una vez, que han sido necesarias varias tomas para que lo entendiera —añadió, agradecida por la paciencia que había demostrado Hitchcock y por haberla hecho creer que realmente podía conseguirlo. Por parte de los directores de *Solo ante el peligro* y de *Mogambo* no había recibido instrucciones tan precisas, y tampoco la habían tratado con aquel nivel de confianza.

Con Fred Zinnemann y John Ford había trabajado a gusto, pero en ninguna de esas dos películas le había parecido que el director se la tomara tan en serio como lo hacía Hitchcock. Por eso en *Solo ante el peligro* siempre salía algo rígida y en *Mogambo* no había logrado apartarse de la sombra de Ava Gardner. En el tiempo que pasó en África, Grace había querido aprender por encima de todo, por lo que había asistido también a los rodajes de sus compañeros aun cuando tenía el día libre, lo que le permitió fijarse en cómo lo hacían los demás. Los directores habían apoyado su tesón, pero no lo habían fomentado precisamente. En ocasiones Grace había tenido de nuevo aquella vieja sensación de no estar presente, viviendo el momento.

Con Hitchcock, en cambio, era distinto. Sabía explicarle lo que esperaba de ella y nunca se mostraba impaciente ni la presionaba cuando no conseguía hacerlo como él quería a la primera. Nunca le transmitía la impresión de que fuera culpa suya.

—Equivocarse es normal —le decía—. Te pasa a ti, me pasa a mí. ¡Nos pasa a todos! No debemos mirar atrás, solo hacia delante.

Gracias a él, durante el rodaje de *Crimen perfecto* Grace se sintió mejor que nunca. Cada día esperaba el momento de ponerse a trabajar y estaba de muy buen humor, siempre amable y cordial con todo el mundo.

A menudo Hitchcock se le acercaba durante las pausas del rodaje para hablar con ella y le pedía su opinión, igual que a sus compañeros Ray Milland y Robert Cummings. Siempre se tomaba en serio sus comentarios y prestaba atención a lo que tuviera que decir.

Sin embargo, en ocasiones también se mostraba un poco travieso. Le encantaba ponerla a prueba, provocarla contándole chistes verdes e interrogándola después al respecto. Aunque si lo que esperaba con ello era sonrojar a Grace, se equivocaba por completo.

Ella se limitaba a quedarse mirándolo con una leve sonrisa y le explicaba que desde que había salido de la escuela primaria ya no se escandalizaba por nada.

Cuando le soltaba una de esas respuestas, Hitchcock no podía parar de reír.

Los demás integrantes del equipo de rodaje también se percataron de que Grace y Hitchcock tenían una conexión especial. Se sentían a gusto cuando compartían tiempo juntos, y a Grace le encantaba escucharle y adaptar la interpretación del papel en función de las indicaciones que él le daba. Desde el punto de vista artístico, estaban hechos el uno para el otro, y aunque el rodaje de *Crimen perfecto* fue especialmente agotador y Grace llegaba siempre a casa hecha polvo, cada día se despertaba con unas ganas tremendas de ponerse a trabajar de nuevo.

—Intenta descansar bien, que mañana te espera un día duro —le dijo Hitchcock una noche—. Rodaremos la escena de las tijeras. ¿Estarás preparada?

—Me aprendí de memoria el guion entero hace semanas —le contestó Grace—. Sé lo importante que es esa escena. Y estoy lista.

Hitchcock se refería a la escena en la que Margot debe defenderse del intruso que su marido ha contratado para que la asesine. Tras un forcejeo, ella consigue matar al tipo con la ayuda de unas tijeras.

—Bien. Repasémoslo todo, pues.

Se sentaron y Hitchcock le explicó con todo lujo de detalles cómo esperaba que fuera la secuencia, qué motivaciones y subtexto debía encarnar su personaje, y Grace lo escuchó con atención, asintiendo, y se olvidó durante un rato de todos los que tenía a su alrededor.

—Necesito una pausa, Hitch —le pidió Grace sin aliento—. Es demasiado de golpe, he de recuperarme un poco.

La maquilladora llegó enseguida y empezó a retocarle el rostro a la actriz.

—No —respondió Hitchcock, negando con la cabeza—. Margot tampoco tiene tiempo de reponerse mientras la atacan. Volvemos a rodar ahora mismo. Defiéndete. Con más fuerza. Estás muerta de miedo, no debes dudar en absoluto, tienes que golpear a Anthony. Él te estrangulará, quiere asesinarte. Hace un momento aún hablabas por teléfono. Sin sospechar nada, has salido del dormitorio al oír que sonaba el aparato. Has descolgado sin darte cuenta de que había alguien detrás de ti y luego..., de repente ves que hay un intruso en tu casa. ¿Cómo reaccionarías si te ocurriera de verdad? El miedo te paralizaría, pero ¿qué te haría reaccionar? ¿Sentirías pánico? Allí hay alguien que solo tiene un propósito: asesinarte. A cualquier precio, Grace, a cualquier precio. Estás totalmente superada por la situación, pero se impone tu instinto de supervivencia: no te rendirás sin resistirte, y ese tipo no había contado con eso, con que lucharías. No piensas abandonar, sacas fuerzas de flaqueza y entonces... —narraba Hitch, cada vez con más pasión en la voz— ¡encuentras unas tijeras! Las ves. Extiendes la mano, pero no logras alcanzarlas enseguida. Cuando por fin las coges, estás dispuesta a cualquier cosa. Vamos, otra vez, por favor.

—¡Oh, Hitch! —exclamó Grace—. No sé si lo conseguiré. Llevamos dos días intentando rodar esta escena y ahora...

Hitchcock, que estaba regresando a su sitio, dio

media vuelta, se acercó a ella y la agarró por los hombros.

—Por supuesto que lo conseguirás, Grace. Hazlo tan bien como sepas. Y ten en cuenta lo que te he dicho. Sé que lo harás. Tarde o temprano. Y si no es en esta toma, será en la siguiente. O en la siguiente.

Ella lo miró con gratitud y confianza.

—Esta escena nos está llevando mucho tiempo...

—Vamos, deja que sea solo yo el que se preocupe por el tiempo. Estamos rodando una película, las cosas nunca salen como está previsto. Me gustaría que lo dieras todo, Grace. Eres buena. Muy buena. Recuérdalo. Y si tenemos que tardar más para sacar una escena tan importante como esta, pues tardamos más y punto.

—Gracias, Hitch —dijo.

Se sentó para dejar que terminaran de retocarle el maquillaje y se cambió el camisón, puesto que el anterior había quedado arrugado y desgarrado.

Su contrincante en la escena, Anthony Dawson, también parecía cansado. Dejó que le sacudieran el polvo de la ropa y se preparó de nuevo igual que Grace.

—¿Todo listo? —preguntó Hitchcock, y la maquilladora asintió con la cabeza—. Bien, pues todos en las marcas. Grace, ve hacia el teléfono. Por favor.

Estuvieron rodando hasta pasadas las ocho de la noche, y quedó agotada tras esa jornada tan larga que había empezado a las seis de la mañana. Lo único que quería era dormir.

Cuando Hitchcock por fin dijo que ya era suficiente y que se verían de nuevo al día siguiente a las ocho de la mañana, ella no pudo más que sentir gratitud. Gratitud por el tiempo que le había dedicado y por la paciencia que había demostrado.

Hitchcock a veces podía llegar a ser un poco ordinario y rudo, pero nunca con mala intención, y Grace no se imaginaba un maestro mejor para su oficio.

Nada más llegar al hotel, Grace se preparó un baño. Después de ese día tan agotador lo necesitaba. Se acomodó en la bañera con una copa de vino y repasó mentalmente todo lo que había ocurrido durante el rodaje.

La jornada había resultado extenuante e incluso dolorosa, porque había tenido que dejarse caer una y otra vez sobre una mesa, pero en algún momento Hitchcock se había dado por satisfecho, y eso era lo más importante.

A Grace le dolían todos los huesos, pero aun así se sentía orgullosa de su trabajo. Y sabía que aquella película sería algo especial.

Después del baño se aplicó crema en la piel y se puso un camisón limpio; entonces llamó a su amiga Prudence, que también había estudiado en la Academy y había vivido en el Barbizon y que por aquel entonces compartía piso con Rita Gam en Los Ángeles.

—Grace, ¿por qué no vienes a vivir con nosotras? Sería fantástico —le propuso Prudy—. Sweetzer Street, donde vivo con Rita, es un lugar muy animado. ¿Qué vas a hacer en un hotel? Así tendrías siempre un lugar cuando vinieras a Hollywood. ¿Qué te parece?

—Pues la verdad es que tienes razón —admitió cansada—. Cuéntame, Prudy, ¿qué hay de nuevo?

Y Prudy le habló de la vida nocturna y la puso al día sobre cierta gente a la que Grace ya conocía de antes. Se alegró de oír algo que pudiera distraerla de ese duro día de rodaje, y más tarde se quedó dormida.

—¡Acción!

Por primera vez Grace pensó que no quería volver a oír esa palabra.

Era el séptimo día que dedicaban a la escena de las tijeras. Cuando hubiera transcurrido ese día, habrían pasado ya una semana entera rodando solamente esa escena. No sabía ya cuántos camisones había arruinado, las veces que había respondido al teléfono y que había reaccionado con estupefacción al comprobar que alguien quería asesinarla. ¿Cuántas veces se había dejado caer sobre la mesa retorciéndose, forcejeando, gritando? No lo sabía, lo más probable era que ya nadie del equipo pudiera decirlo con exactitud a esas alturas. Todos estaban hartos de aquella escena. Todos menos Hitchcock, que como siempre estaba en plena forma y seguía demostrando una paciencia de santo con Grace.

Y entonces, hacia las tres de la tarde, el director dijo haber conseguido lo que quería.

Grace se dejó caer en una silla y cerró los ojos. Si Hitchcock pretendía pasar a otra escena justo después, no sabría qué hacer. Estaba terriblemente cansada.

Pero en aquella ocasión incluso el director parecía estar harto de rodar.

—Ya está bien por hoy —dijo—. Todos a comer.

A Grace le entraron ganas de abrazarlo para agradecérselo. Y a pesar del esfuerzo increíble que le había exigido, sabía que había valido la pena y que esa escena sería recordada durante mucho tiempo en el mundo del cine.

Cuando regresó a casa, tarde por la noche, por primera vez desde que habían rodado la escena se atrevió a mirarse en el espejo desde todos los ángulos. Tenía la piel cubierta de marcas azuladas y moradas, como si no hubiera luchado contra un solo asesino, sino contra varios.

Y aparte de eso estaba el cansancio. Nada más tenderse en la cama se sintió superada por el sueño. Durmió profundamente hasta que el teléfono que tenía junto a la cama sonó y el amable conserje la despertó como cada mañana.

Treinta y cuatro
Nueva York, 1953

Una vez terminado el rodaje de *Crimen perfecto*, y a pesar de la buena relación que había mantenido con Hitchcock y con el resto del equipo, Grace solo deseaba una cosa: volver a Nueva York.

Los Ángeles no le hacía sentir el entusiasmo que por lo visto despertaba en tanta gente. La ciudad le parecía demasiado cálida, la gente demasiado artificial y el ambiente demasiado impregnado de una alegría y un glamour claramente forzados, por no hablar de que no le interesaba en absoluto la fijación por el dinero y todo lo material que dominaba a los habitantes de Los Ángeles. A Grace, Nueva York le parecía mucho más arraigada, la consideraba una ciudad con carácter. Nada más regresar se sintió a gusto de inmediato.

Durante unos días se propuso no hacer nada de nada, solo ver a sus amistades, tranquilizarse, dormir y no pensar en nada más que en sí misma.

—Ha sido increíblemente agotador —le contó a su agente, Jay Kanter—. Hitchcock es brillante, pero también muy exigente.

—Eso es lo que tú querías —comentó Jay, riendo—. Yo en tu lugar no me quejaría. Además, vuelvo a tener novedades para ti.

—¿De qué se trata? —preguntó Grace.

—Me han propuesto dos ofertas más para ti —contestó Jay—. La primera: Elia Kazan dirigirá una película llamada *La ley del silencio*. Será un film realmente crudo sobre un boxeador fracasado, y por supuesto también sobre el amor. El protagonista será Marlon Brando, creo que ya le conoces.

Grace lo vio sonreír y tuvo que responder con otra sonrisa al recordar su encuentro con Marlon en la agencia de Edith Van Cleve.

—De acuerdo, Jay. ¿Y la otra?

—El señor Hitchcock ya ha intentado ponerse en contacto contigo por teléfono —le explicó Jay, y a Grace el corazón empezó a latirle más deprisa.

—Vaya —se limitó a decir ella—. ¿Y qué quería de mí?

—¿A ti qué te parece? Ofrecerte un papel, claro. Tendrías que interpretarlo junto a James Stewart. La película se llamará *La ventana indiscreta*.

—¡Vaya! —exclamó Grace de nuevo.

—El problema es que las dos películas entrarán pronto en el proceso de preproducción —le aclaró Jay—. O sea que tenemos que decidirnos enseguida.

—¿Puedes enviarme un resumen de los guiones? —preguntó Grace.

—Por supuesto —replicó Jay—. Mañana los tendrás. Te los mandaré por correo urgente.

Era una decisión difícil. *La ley del silencio* era una película en blanco y negro muy exigente, dura y cargada de crítica social. El personaje que le tocaría interpretar, una joven llamada Edie Doyle, tenía sus raíces en un mundo del todo desconocido para ella.

La ventana indiscreta, en cambio, era una película en color cuya protagonista femenina, Lisa, era una mujer elegante, vestida a la moda y segura de sí misma, que tenía los pies en el suelo y sabía lo que quería: quedarse junto a un hombre y casarse con él. Jeff, su gran amor, llevaba una pierna escayolada, por lo que se veía obligado a quedarse un tiempo encerrado en casa y durante todo el día no tenía nada más que hacer que espiar a los vecinos de las casas de enfrente de su ventana.

El papel de Lisa le resultaba más próximo, era un tipo de mujer que ella conocía bien.

La ley del silencio sería algo completamente nuevo para ella, pero a pesar de todo Grace terminó decidiéndose por rodar una vez más con Hitchcock, quien debía de haberlo previsto, puesto que antes de conocer la decisión de la actriz ya había empezado con los preparativos de su vestuario.

—¿Qué te parece, Jay? ¿Crees que he tomado la decisión correcta? —le preguntó Grace a su agente.

—¿Con qué te sentirás mejor? —replicó Jay.

—Con Hitchcock, sin duda. Durante el último rodaje aprendí mucho. Y, además, con él me siento segura, sé que puedo contar con él. Con Hitchcock no me ocurrirá lo mismo que con *Solo ante el peligro*, que cuando vi la película por primera vez en el cine no soportaba verme porque me encontraba horrible.

—Ya sabes que eso implica arriesgarse a sufrir algún que otro moratón —bromeó Jay.

Grace no pudo evitar reírse.

—Por lo visto, en esta película no tendré que pasar por eso. Además, me entusiasma la idea de trabajar junto a James Stewart.

—Marlon Brando también es una pareja interesante. No se conocen muchos actores como él —dijo Jay.

Sin embargo, a Grace no le interesaba nada Marlon Brando. Le había quedado un mal sabor de boca tras su primer encuentro. James Stewart, en cambio, tenía mucha más experiencia y sabría perfectamente lo que había que hacer. Sin duda podría aprender mucho de él. Al final Grace se decantó por *La ventana indiscreta*, y Hitchcock se alegró tanto de la decisión como ella de haber recibido la oferta.

Treinta y cinco
Los Ángeles, 1953

—Tenía que salir a la luz tarde o temprano —le dijo Ray Milland a Grace mientras esperaban que les sirvieran en un restaurante—. Aunque habría preferido poder evitarle a mi esposa esos rumores y acusaciones que se han publicado.

—Siempre hay rumores —replicó ella cansada—. Y luego el escándalo que montan cuando se confirman. En lugar de contentarse por el hecho de tener razón y simplemente dejarlo.

—Entonces no sería Hollywood —señaló Ray mirando a Grace, que estaba sentada frente a él con aire reflexivo.

Había intentado que en esa ocasión no surgiera ninguna complicación de tipo romántico. Además, se había concentrado tanto en el rodaje que en realidad debería haber sido inmune al encanto de Ray. No obstante, a la hora de la verdad había sido incapaz de quitarse de la cabeza al hombre que interpretaba a su marido en la película. Ray tenía un carisma increíble y desde el principio le había caído bien. Y, por supuesto, él también había sucumbido ante la belleza de la joven que interpretaba a su esposa en la película y muy pronto había empezado a flirtear con ella.

A Grace le había resultado imposible resistirse a la mirada de Ray, le pareció demasiado seductora. No solo era un hombre atractivo, sino que además era un gran actor y todo un caballero. Y aunque ella debería haber sabido de antemano que estaba felizmente casado y que era muy improbable que entre ellos hubiera algo más que un simple idilio, siguió siendo una romántica empedernida, incapaz de reprimir los sentimientos que despertaban en ella esos maduros compañeros de rodaje.

Aparte de su hermana Lizanne, nadie más estaba al corriente de lo que sentía por Ray.

Alfred Hitchcock y su esposa Alma invitaban a Grace a cenar a casa con cierta frecuencia, y en una ocasión el director comentó algo respecto a la posible relación, pero ella le quitó importancia describiendo a Ray como a un simple colega de trabajo simpático. Si Hitchcock se lo creyó es otra historia, pero al menos no volvió a sacar el tema.

Durante un tiempo las cosas fueron bien y nadie reparó en su relación. Ray y Grace se habían visto en secreto, habían cenado un par de veces en algún restaurante (tras la jornada de rodaje, de un modo absolutamente oficial y, por supuesto, sin segundas intenciones), pero los rumores solo iban en aumento. Sobre todo porque a Grace se le notaba muchísimo lo enamorada que estaba de Ray.

—¿Y ahora qué haremos? —preguntó Grace.

Ray alargó un brazo por encima de la mesa y le cogió la mano.

—¿A ti qué te apetece, Grace? ¿Qué esperas de lo nuestro?

Ella se lo quedó mirando con los ojos muy abiertos.

—Quiero estar contigo.

—Y yo contigo —respondió él, acariciándole la mano.

—Pero estás casado.

—Eso podría cambiar.

—¡¿Qué?! —Ella se sorprendió, incapaz de creer lo que oía—. ¿Estás pensando en divorciarte?

—De todos modos, lo nuestro ya es un secreto a voces —dijo Ray con resignación—. No me apetece negarlo. No quiero seguir mintiendo acerca de lo que siento por ti.

—¿Qué quieres decir con eso?

—Que te quiero, Grace.

Ella sintió calor y frío al mismo tiempo. Pensó en lo que su hermana Lizanne le había dicho pocos días antes: que se había sentado junto a Ray en un vuelo a Hollywood y que él había aprovechado la ocasión para contarle lo mucho que amaba a Grace.

Sin embargo, oírlo de sus propios labios le resultó maravilloso.

—Tendré que hablar con Murial —explicó Ray—. Espero que sepa encajarlo con serenidad y que sea razonable.

—¡Oh, Ray! —exclamó Grace—. Yo también te quiero —dijo con una amplia sonrisa que reflejaba la tremenda felicidad que sentía ante la perspectiva de mantener una relación seria con él.

Al día siguiente Ray la llamó por teléfono cuando Grace aún estaba en el séptimo cielo.

—Murial se me ha adelantado —le explicó—. Ha leído artículos en la prensa sensacionalista y le pidió a una amiga que me siguiera un día que fui al aeropuerto a recibirte. Parece ser que nos vio juntos. Ya estaba al corriente cuando ayer se lo quise contar todo.

—¿Y bien? —preguntó Grace, deseando oír que no había habido ningún problema.

—Se lo he planteado claramente y le he pedido el divorcio. Estoy buscando piso, Grace.

—Me alegro de oír eso —contestó ella.

—Sospecho que todo está siendo demasiado sencillo —confesó Ray—. Tengo la extraña sensación de que Murial se guarda un as en la manga. Pero dejemos que las cosas sigan su curso.

Ella estuvo de acuerdo, todo le pareció bien. Lo más importante era que podría estar con Ray. Se imaginó viviendo juntos, siendo pareja sin miedo a que los descubrieran.

La diferencia de edad no tenía la menor importancia para Grace. Un hombre como Ray, que pronto cumpliría los cincuenta, le parecía perfecto: sólido y con mucha experiencia de la que ella podría beneficiarse.

Quería estar a su lado en la vivienda que pronto alquilaría, porque le encantaba cuidarlo y seducirlo.

—Me tienes muy mimado, Grace —le decía Ray, halagado por toda la ternura y el afecto que esta le demostraba.

—Te mimo porque te quiero —le respondía ella entonces, feliz de que ese hombre enriqueciera tanto su vida.

Aun así, la armonía no duró mucho tiempo y la opinión pública de Hollywood se opuso a la relación, puesto que Murial Milland era una figura muy querida y tenía muchos amigos influyentes que no aprobaron que una joven como Grace le hubiera arrebatado el marido.

—La gente me trata como si fuera una bruja —se quejaba esta.

Ray, que lo veía todo de un modo mucho más relajado, y ya había estado expuesto a otras críticas públicas por el estilo, había decidido no leer lo que la prensa amarilla contaba acerca de su relación. Grace, no obstante, no estaba tan curtida en esos asuntos, y le inquietaba realmente que la retrataran como a una rubia maliciosa de guante blanco que tras una bonita fachada ocultaba el deseo de robarle el marido a una valerosa madre y ama de casa.

—Ahora resulta que tu mujer también ha llamado a una periodista de cotilleos —constató Grace, indignada, poco después—. Nada menos que a Louella Parsons. Y esta no tenía nada mejor que hacer que ponerse a escribir sobre ello. Cielo santo, Ray, por favor, habla con ella. Me da miedo que se ceben en mí, por no mencionar lo que eso puede llegar a suponer a mi carrera. Aquí dice que intento quitarle el marido a tu esposa, pero estás separado de ella, y al principio se mostró muy comprensiva. ¿Por qué ya no?

Ray estaba agotado.

—No tengo ni idea, Grace. Intentaré arreglarlo. Por favor, no te alteres.

—¡¿Cómo quieres que no me altere?! —exclamó ella enfadada—. Si estuviéramos en la Edad Media seguramente ya me habrían quemado en la hoguera.

Se moría de ganas de echarse a llorar, pero se controló. No quería parecer una niña inmadura delante de Ray.

—Mañana llamaré a Murial —prometió él—. Todo irá bien. Te quiero y me casaré contigo, Grace.

Ella se lo creyó, y también quiso creer que todo acabaría bien.

Grace esperó. Ray le había prometido que regresaría a casa justo después de quedar con su mujer. ¿Por qué tardaba tanto? Cuando por fin oyó como él metía la llave en el cerrojo, acudió a su encuentro enseguida.

—¿Qué te ha dicho? —preguntó con inquietud.

Ray estaba pálido mientras se quitaba el abrigo.

—Primero necesito una copa.

Grace le sirvió un whisky y se sentó con él en el sofá.

—No será tan sencillo como esperaba.

—¿A qué te refieres?

Ray tomó un buen trago antes de responder.

—Murial me ha dicho que no piensa dejar que me divorcie como si nada —explicó con un suspiro—. En cualquier caso, todas las propiedades están registradas a su nombre.

—Ajá, ¿y qué significa eso? —planteó ella alarmada.

—Eso significa que si me divorcio de ella no me quedará nada de nada —reveló Ray.

—Pero eso no importa —dijo Grace—. Yo puedo...

—Grace, te aseguro que no pienso vivir a tu costa. No, de ningún modo. Primero esperemos a que la gente y Murial se calmen, y después ya veremos. Vamos, sonríe un poco.

Ella lo intentó, pero fue incapaz, y, de hecho, su mal presentimiento se confirmó en los días siguientes. El estudio que tenía contratada a Grace pagó a los periodistas una suma de dinero considerable para que dejaran de publicar titulares negativos con el objetivo de proteger la imagen de su estrella más prometedora. Sin embargo, el escándalo no pudo contenerse mucho tiempo y amenazaba con terminar con su carrera, ya que esa historia tan sucia no encajaba en absoluto con la imagen aristocrática e impecable que Hollywood había asignado a su nueva estrella. Luego el *Confidential* publicó otro artículo sobre ellos y a Grace le pareció tan ofensivo que se negó a salir de casa en varios días, presa de un sentimiento de profunda humillación.

—Mañana iré a verte —le anunció su madre por teléfono con una voz fría como el hielo.

—No es necesario, mamá —replicó Grace—. Ya me apaño sola.

—No se trata de si te apañas o no. Nuestra familia tiene una reputación y no quiero que se eche a perder. Debo hablar contigo. Primero te comprometes con un hombre separado, luego ese idilio con Gary Cooper y ahora lo de Ray Milland. No quiero ni saber el resto de las historias y de los hombres que pueda haber habido, me basta con que la prensa mantenga el pico cerrado. ¿Qué te has creído?

Esta no respondió nada.

—Nos vemos mañana en cuanto haya aterrizado, ya conoces los horarios —dijo su madre antes de colgar.

Grace suspiró. ¿Por qué eran siempre tan complicadas las cuestiones del amor? Ella amaba a Ray, y él a ella. ¿Por qué no podían simplemente estar juntos? Todas esas normas sociales no tenían el más mínimo sentido. Cuando dos personas se amaban, debería haber alguna manera de que lo disfrutaran. Sin embargo, en los últimos días Ray se mostraba cada vez más distante, y Grace empezó a preocuparse.

—Grace —le dijo Margaret Kelly muy seria—. Te estás haciendo un flaco favor con toda esta historia. Por favor, hazme caso y ponle fin de una vez. Piensa en tu futuro, en tu carrera. Incluso si el señor Milland terminara divorciándose, no me parecería aceptable que vivieras con un divorciado.

Grace se puso furiosa cuando se enteró de que su madre había contratado a alguien para espiarla: la persona en cuestión era Scoop Conlan, un amigo de la familia al que habían encargado que la vigilara para que la familia estuviera al corriente de la relación que su hija mantenía con Ray. Scoop también estaba sentado con ellas a la misma mesa, mirando fijamente a Grace.

—Tu madre tiene razón —intervino él—. No sacarás nada bueno de todo este asunto. Si el *Confidential* ya ha publicado un artículo tan negativo, los demás no tardarán en imitarlo. Los del estudio pueden pagar los sobornos que quieran, la historia es demasiado jugosa para que los periódicos decidan no publicarla. Piensa en lo que te digo. Todo esto puede acabar muy mal.

Grace estaba a punto de echarse a llorar.

—Pero es que yo amo a Ray —declaró—. Lo que hay entre nosotros no es un idilio cualquiera. Quiero vivir con él.

—No es el hombre adecuado, Gracie —opinó su madre—. Confía en mi experiencia. Y haz caso a lo que te piden tus padres.

Estaba desconcertada, no sabía qué hacer. Además, había que sumar el hecho de que todas esas calumnias de la prensa estaban afectando tanto a Ray como a ella. Y lejos de dejarlos en paz, los periódicos solo habían intensificado el acoso.

Se sentía fatal. Algunos artículos sugirieron que elegía a sus amantes al tuntún. Que los medios de comunicación la llamaran «la dama del corsé de acero inoxidable» o, peor aún, «la monja» era algo que podía pasar por alto, pero era imposible hacer lo mismo con las acusaciones maliciosas que aparecían en grandes letras cada vez que abría un periódico.

—¿Qué debo hacer? —le preguntó a su hermana Lizanne, esperando recibir su consejo.

—Por muy trágico que parezca, creo que has de tomar una decisión: o bien eliges a Ray y pones en riesgo tu carrera, o bien... —dijo, titubeando antes de terminar la frase— lo dejas. Será el precio que tendrás que pagar para seguir siendo una actriz famosa. Porque es eso lo que quieres, ¿verdad? Y vas por buen camino. No sé qué haría yo en tu lugar.

—Es que amo a Ray. ¿Cómo voy a elegir algo así? —se lamentó Grace con tristeza.

—Comprendo que resulte tan difícil, pero eso no le interesa en absoluto a la prensa. Ellos solo buscan el escándalo, para poder sacar provecho de ello.

Grace reflexionó.

Y luego habló con Ray.

Con el corazón roto, decidió que lo mejor sería que se separaran.

Durante mucho tiempo se preguntó si podría haber encontrado alguna otra manera de resolverlo, y si el precio que había tenido que pagar por su carrera no había sido demasiado elevado.

Treinta y seis
Nueva York, 1953

—¿Dígame? —respondió Grace, todavía adormilada, cuando el teléfono la despertó.

—¿Eres tú, Blancanieves?

—Hitch —dijo Grace, bostezando—. ¿Sabes lo tarde que es? O, mejor dicho, ¿lo temprano que es?

—Tonterías. En Nueva York son poco más de las nueve y aquí en Los Ángeles, poco más de las seis. Son horas perfectamente normales. ¿No te alegras de que te llame?

—Claro, Hitch. ¿Qué me cuentas?

Grace estaba cansada. La noche anterior había salido con unas amigas y había regresado muy tarde.

—Nada en especial. Solo quería decirte lo mucho que me alegro de que vayamos a trabajar juntos de nuevo. Y que cuando llegues aquí saldremos a cenar con James. O James y tú venís a casa, da igual. Lo que quiero es que podáis conoceros.

—Es una buena idea —convino Grace.

—Será una película fantástica, estoy seguro —aseveró Hitch—. Estarás deslumbrante.

Grace sonrió. No veía el momento de empezar a rodar *La ventana indiscreta*.

Por suerte, la prensa había dejado de interesarse por ella. Desde que se había separado de Ray no había salido ni una vez sola, siempre había estado acompañada por al menos una «carabina». Grace se había hartado de aquellos artículos malintencionados que habían aparecido sobre ella en los periódicos, por lo que había decidido tomar precauciones.

Hacía poco tiempo que estaba de nuevo en Nueva York, y la perspectiva de regresar a Los Ángeles no la complacía en absoluto. Nunca se había sentido a gusto en aquella ciudad, donde todo estaba concebido solo para deslumbrar a la gente: el dinero, las joyas, los peinados..., incluso ese sol que no dejaba de brillar jamás. Aun así, había decidido seguir ese camino y no pretendía abandonarlo.

Además, tenía la ocasión de trabajar con James Stewart, un compañero especialmente interesante.

A Grace le entusiasmaba su futuro. La esperaban muchas novedades.

—John —le dijo Hitchcock a John Michael Hayes, el guionista de *La ventana indiscreta*—. Esta es Grace Kelly. Grace, John Michael Hayes. No te extrañes si ves que se fija mucho en ti durante unos días. Todavía nos estamos planteando la posibilidad de modificar el papel de Lisa. Me gustaría adaptarla para que encaje a la perfección contigo y no al revés, Grace. Debería resaltar lo que tú representas. Pienso sobre todo en el contraste entre tu elegancia fría, por un lado, y esa sensualidad vital por el otro. ¿Crees que lo conseguirás, John?

—Claro, Hitch —contestó John, riendo—. Además, ya conozco a Grace. No tienes que preocuparte por nada, lo lograremos. Hola, Grace.

Grace le estrechó la mano con amabilidad, esbozando una sonrisa.

—Me alegro de verle.

—Ya conoce usted el guion, por lo que podemos hablar de él y discutir las opciones que se nos presenten.

—Será un placer —replicó Grace con cordialidad, como solía hacer siempre con todos los miembros de los equipos de rodaje.

La habían educado para ser cortés y mantenía una relación respetuosa con todo el mundo, tanto si se trataba del director como de colegas de interpretación o técnicos de cableado o de iluminación, estilistas e incluso el personal de limpieza. Su amabilidad le proporcionaba seguridad y al mismo tiempo era una medida de protección que consideraba del todo necesaria. Su objetivo era que nadie pudiera decir nada negativo sobre ella, y que no la acusaran de comportarse como una diva, algo típico de las estrellas de Hollywood de la época. Además, aún le pesaba la separación de Ray, así como lo humillantes que fueron todas las difamaciones que había publicado la prensa. Grace no quería volver a sentirse como cuando había sido la protagonista de todos aquellos artículos malintencionados. Quería que se hablara de su manera de actuar, y en esa película tendría la oportunidad de demostrar de qué era capaz.

—Me alegro de conocerla, señorita Kelly —dijo James Stewart mientras se acercaba a ella con una amplia sonrisa en los labios para estrecharle la mano.

—Lo mismo digo, señor Stewart.

Grace se alegraba de verdad, y James Stewart le causó una impresión muy positiva.

—¿Le parece bien que nos tuteemos? —preguntó él, y ella asintió enseguida.

—Por supuesto. Llámame Grace.

—Muy bien, a mí puedes llamarme Jimmy. Sentémonos, que para eso les han puesto nuestros nombres a esas sillas.

Stewart tomó la iniciativa y tomaron asiento.

—He visto todas tus películas —dijo él.

—Dicho así, parece que haya rodado un montón —replicó ella, sonriendo—. En realidad solo he participado en...

—Cinco —completó Jimmy—. Me gusta mucho cómo actúas. Se nota tu evolución desde *Mogambo* a *Crimen perfecto*.

—¿De verdad? Vaya, muchas gracias —respondió Grace levemente sonrojada.

—Me alegré mucho cuando me dijeron que trabajaríamos juntos.

Grace le dedicó una mirada de agradecimiento. James Stewart parecía justo el colega simpático que tanto necesitaba durante aquella fase tan difícil. Además, acababa de casarse, por lo que a la prensa no se le ocurriría publicar que pudiera estar engañando a su esposa con ella.

Treinta y siete

Grace estaba encantada con el guardarropa que había concebido para ella Edith Head, una diseñadora de vestuario muy conocida en Hollywood tanto por su trabajo como por su singular apariencia, siempre con gafas y peinado de tazón.

—¡Cielo santo, Edith! —exclamó al ver las prendas: un vestido verde lima, otro de chifón blanco, otro dorado...

Edith sonrió.

—Bueno, cuando me lo encargó, Hitch ya sabía exactamente cómo quería mostrarte en escena, me dio indicaciones precisas acerca de los colores y los estilos. Y es evidente que tiene buen gusto —dijo la diseñadora—. Y yo también, claro. Tengo muchas ganas de ver cómo quedan estas piezas en pantalla. Hitch quería que llevaras algo intocable, precioso, frágil como una pieza de porcelana de Meissen.

—No sé muy bien cómo tomarme esa comparación —comentó Grace, riendo—. Pero ahora mismo la abrazaría, Edith.

—Adelante, no tengo nada en contra de los abrazos —contestó la diseñadora—. Pero pruébate el vestido para la primera escena.

—¿Qué te parece, Jimmy? —preguntó Hitchcock, cuando se reunió con Grace, James, John y Edith. El rodaje había terminado por ese día, y estaban hablando de las escenas que acababan de rodar.

—Vamos, Hitch, pobre Jimmy. ¿Qué quieres que diga? —comentó Edith, negando con la cabeza—. Si Grace está presente no te dirá nada malo, de todos modos.

Jimmy sonrió.

—Aunque no estuviera aquí, tampoco podría decir nada malo de ella —aseguró—. ¿Quién podría decir algo negativo de ti, Grace? En serio, Hitch. Es profesional, minuciosa, amable y, por encima de todo, es una actriz excepcional.

—Jimmy..., gracias —contestó Grace, alegre como unas castañuelas.

—Es que lo creo de verdad —insistió Jimmy—. Actuar contigo resulta verdaderamente sencillo. Sabes escuchar y meterte en el papel. Sí, Hitch, Grace se concentra tanto como digo, hasta el punto de que sus pensamientos y sus reacciones a mis palabras pueden leerse en su rostro. Algunas actrices ni escuchan ni parecen pensar en nada, es como si estuvieran contando las palabras para saber cuándo llega su turno.

Hitchcock esbozó una amplia sonrisa, satisfecho con la valoración de Jimmy como un padre cuya hija recibe los elogios del maestro. Por su parte, Grace estaba a la altura de las alabanzas de James Stewart. Por fin se encontraba rodeada de gente que reconocía su trabajo y sus verdaderas intenciones.

En ocasiones, durante los rodajes, no podía evitar pensar en su madre, que exigía la máxima puntualidad porque la actitud contraria le parecía una falta de educación. Hacer esperar a los demás era como robarles el tiempo. Por eso Grace siempre era puntual, siempre se sabía los textos de memoria, siempre llegaba preparada y nunca era veleidosa ni titubeaba a la hora de hacer lo que tenía que hacer. Una noche tras otra, regresaba a casa cargada de elogios por el transcurso del rodaje, o salía a tomar una copa con algunos colegas cuidando siempre de no quedarse sola con ningún hombre.

Grace llevaba un *deshabillé*, y Hitch le dio una vuelta, la observó unos segundos y frunció el ceño.

—El... esto... el busto no está bien —dijo de la forma más cordial posible.

—¿Qué le pasa? —Edith se extrañó.

—Pues que..., bueno..., creo que deberíamos ponerle un relleno.

Antes de que Grace pudiera decir nada, Edith se la llevó al guardarropa.

—¿Qué le pasa a Hitch con mis pechos? —preguntó—. Los tengo igual que siempre.

—Tranquila —contestó Edith—. Si cosemos un poco de espuma aquí, parecerán más grandes. Así Hitch quedará satisfecho. Déjame hacer a mí. Cuando se le mete algo en la cabeza, no para hasta que lo consigue.

—Edith, es que se notará, y no quiero —se quejó Grace. Edith soltó un suspiro y se puso a pensar qué podían hacer—. Simplemente cose algo en los lados para que quede más ajustado —propuso—. Y levanta un poco de aquí. Sí, así —indicó, poniéndose muy derecha frente a Edith—. ¿Qué te parece?

—Muy bien. Ahora está más firme —opinó esta—. Saca pecho, con la espalda bien erguida.

Grace se presentó de nuevo ante Hitch, que la recibió asintiendo.

—¡Ah! —exclamó con satisfacción—. Menuda diferencia. Ya te lo he dicho, un poco de relleno.

Grace y Edith intercambiaron una sonrisa.

—Cuánta razón tienes, Hitch —dijo Grace.

Llegó el último día de rodaje y, a diferencia de las películas anteriores, que siempre la habían dejado al límite de sus fuerzas, Grace terminó más bien triste por el hecho de tener que separarse de aquel equipo. Durante las últimas semanas se lo había pasado en grande, y además había aprendido mucho de Hitchcock, de Jimmy y también de Thelma Ritter, que interpretaba a la fisioterapeuta Stella y resultó ser una persona de lo más graciosa.

Pero de quien peor le supo tener que separarse fue de Jimmy, que se había ganado su corazón del mismo modo que ella se había ganado el de él.

—Seguiremos en contacto, Grace —le aseguró Jimmy cuando se despidieron con un fuerte abrazo—. Te llamaré.

—Sí, por favor. Y nos escribiremos —añadió Grace, ante lo que Jimmy asintió.

Hitchcock también le dio un abrazo.

—Hasta pronto, Blancanieves. Cuídate mucho. El estudio tiene más trabajo para ti.

—Sí —contestó Grace, asintiendo con la cabeza sin demasiada convicción—. Aunque solo es un papel menor.

Su siguiente proyecto era *Los puentes de Toko-Ri*, donde aparecería junto a William Holden, aunque no tenía una gran participación, ya que esas epopeyas bélicas se centraban sobre todo en el destino de la figura masculina.

—De todos modos, has hecho bien aceptando el papel —insistió Hitch—. El director, Seaton, rodó *De ilusión también se vive*, que es la mejor película navideña de todos los tiempos. Habría sido una tontería no aprovechar la oportunidad que te han brindado de trabajar con él.

—Al menos no tendré que viajar a Japón —comentó Grace—, sino que podré quedarme aquí y rodar en el estudio. El equipo regresará pronto y entonces me tocará a mí intervenir.

—Lo estás haciendo muy bien, Grace. Y colaborar con buenos profesionales es la mejor publicidad posible para tu carrera. Fíjate en mí, si no —dijo Hitch con el pecho henchido de orgullo—. Dinos algo de vez en cuando, querida. Alma y yo siempre nos alegramos de saber de ti.

—Con mucho gusto, Hitch.

Treinta y ocho
Hollywood, 1954

—¿Qué tal? —preguntó Lizanne entusiasmada.

Grace sonrió. Lizanne siempre quería conocer hasta el último detalle.

—Emocionante —respondió Grace—. Y de hecho me han concedido un Globo de Oro por *Mogambo*. No me lo puedo creer. Como mejor actriz secundaria.

—¡Oh, Grace, es fantástico! Se lo contaré enseguida a papá y mamá. ¿O prefieres darles tú misma la noticia?

Grace reflexionó unos instantes.

—No. Pero tampoco les digas nada, por favor. Esperemos a ver cómo reaccionan cuando lo lean en los periódicos.

—¿Quién se encargará de entregarte el Globo de Oro?

—Robert Taylor y Eleanor Powell.

—Oh, Robert Taylor... —Su hermana suspiró.

—Ya ves. —Grace se rio.

A Lizanne le encantaba el colorido mundo del glamour y visitaba a Grace tan a menudo como podía para disfrutarlo ella también.

—¿Estás orgullosa, Gracie?

¿Lo estaba? Grace se lo planteó. Sí, sin duda alguna, aunque habría deseado que alguien más lo estuviera.

—Lo más importante es que mamá y papá acaben sintiéndose orgullosos de mí. Mañana te llamo.

—No te olvides, Gracie. Y dime, ¿es cierto lo que se cuenta sobre William Holden y tú?

A Grace se le dispararon las alarmas de repente.

—¿Perdona?

—Se rumorea que mantuvisteis un idilio durante el rodaje de *Los puentes de Toko-Ri*. He oído que Holden es un seductor insaciable. ¿No tuvo también una aventura con Audrey Hepburn? La verdad es que es muy atractivo.

Grace se alegró de que Lizanne no pudiera ver lo colorada que se puso.

—Menudas cosas se inventa la prensa —dijo antes de colgar.

—Necesito participar en esa película, William, por mucho que sea para otro estudio —comentó Grace, que se había leído el guion y estaba sentada con el productor William Perlberg, que también había participado en *Los puentes de Toko-Ri*—. Georgie Elgin es un papel hecho a medida para mí. Por fin una figura femenina compleja que no se limita a ser guapa. Y no reniego de las películas que he rodado con Hitch, que conste —se apresuró a matizar—, pero siempre dependen de mi aspecto exterior, mientras que *La angustia de vivir* es realmente de otro calibre. El de Georgie es un papel sensacional.

—Tienes razón. Y respecto a la cuestión del reparto, George Seaton, que se encargará de la dirección, y yo enseguida hemos pensado que tenías que interpretarlo tú.

—No me lo puedo creer —dijo Grace—. El papel de Georgie era para Jennifer Jones...

—Sí, pero resulta que se ha quedado embarazada —aclaró William Perlberg, aparentemente feliz de que así fuera—. De manera que queremos que seas tú. Bueno, ¿qué me dices?

—Que sí —respondió ella, reprimiendo un grito de júbilo—. Es fantástico.

—Entonces mañana llamaré a la Metro para solicitar el permiso.

Aunque Grace seguía comprometida con la MGM, ya había conseguido el permiso necesario para trabajar para otras productoras, por lo que no contaba con que surgieran problemas al respecto.

Al día siguiente estalló el bombazo.

Perlberg la llamó por teléfono.

—La Metro no está dispuesta a concederte el permiso —anunció, claramente molesto por la negativa.

—¿Cómo dices? Pero ¿por qué? —preguntó Grace indignada.

—Supongo que empiezan a darse cuenta de tu valía, Grace. Al parecer tienen grandes planes para ti.

—Pues a mí no me lo han hecho saber —repuso ella, que ya se había asombrado de lo poco que el estudio reconocía sus éxitos.

La Paramount, en cambio, la había convertido en la atracción comercial de *La ventana indiscreta*, incluyéndola en los anuncios con la leyenda «La nueva película de

Grace Kelly». Había demostrado ser una verdadera artista taquillera, y James Stewart se había conformado con aparecer en la segunda línea, por eso la irritó tanto la reacción de la MGM.

—En un año y medio me han ofrecido un solo papel, el de *Mogambo*. Nada más. ¿Qué quieren que haga?

—Una película de aventuras —respondió Perlberg—. *Fuego verde*, se llamará. Lo que no sabría decirte es la temática. En cualquier caso, parece ser que Lana Turner ya ha rechazado el papel y Robert Taylor también se ha desvinculado del tema, pero quieren que tú participes sea como sea.

—Bueno, pues ya lo veremos —replicó ella.

Grace estaba realmente indignada, y nada más colgar llamó de inmediato a su agente en Los Ángeles. Este se encargó de recordar a los jefes del estudio lo tenaz que podía llegar a ser Grace cuando se proponía algo.

Hasta que al final consiguió el papel.

Sin embargo, cuando se hizo público el reparto y se supo que el papel de Georgie era para Grace, se topó con otro obstáculo: las dudas de Arthur Jacobson, el ayudante de producción, que frunció el ceño después de ver fragmentos de *La ventana indiscreta*.

—William, es una joven emergente que además irradia glamour y es increíblemente guapa. Lo que necesitamos para *La angustia de vivir* es la esposa de edad avanzada de un actor venido a menos que no tiene nada mejor que hacer aparte de preocuparse por su apariencia física. Una mujer que ha perdido a sus hijos y lleva años casada con un alcohólico. Esta actriz es demasiado feliz, demasiado perfecta.

—Un poco de paciencia, Arthur —dijo William Perlberg sonriendo—. Espera a ver la transformación.

Bing Crosby, que interpretaba el papel masculino y cuya opinión se tendría en cuenta en la asignación del papel de su compañera, también tuvo dificultades para ver a Grace como la actriz más adecuada para el personaje de Georgie. Durante el rodaje de *Los puentes de Toko-Ri*, había tenido una breve aventura con ella, pero luego se habían distanciado de nuevo. No obstante, William Perlberg se mostró de lo más convincente y Crosby terminó por acceder.

Grace se tomó esas dudas acerca de su idoneidad para el papel como un estímulo adicional, y logró transformar de la noche a la mañana a aquella Grace tan elegante, que la opinión pública ya había erigido como un verdadero icono del estilo, en la desaliñada y agotada Georgie, que tenía que lidiar con un alcohólico. Bing Crosby se quedó asombrado.

—Bill, no creí que fuera posible —dijo tras el primer día de rodaje—. La interpretación de Grace es excepcional.

—Ya te lo dije —respondió Perlberg con satisfacción.

Grace lo dio todo en ese papel. Con la ayuda del maquillaje y del tinte, puesto que se oscureció el pelo, consiguió parecer más acongojada, por lo que su interpretación de Georgie resultó tan convincente que todos quedaron fascinados con su actuación y con su siempre presente amabilidad. Además, ella recordó el afecto que le había despertado Bing Crosby, de manera que aprovecharon cada momento para pasar tiempo juntos y ella a menudo se dejaba caer por el camerino de Bing para tomar una copa.

William Holden estaba al corriente de lo que había ocurrido entre Crosby y Grace, pero Crosby no sabía que también había habido algo entre ella y Holden. Hasta que esta se lo contó.

Para evitar malentendidos, Crosby decidió mantener una conversación al respecto con Holden. Le dejó muy claro que no tenía ninguna intención de contrariarlo.

Cuando Grace y Bing salían juntos, ella siempre insistía en que los acompañara alguien más. Le explicó a Bing que no le apetecía en absoluto provocar otro escándalo periodístico como el que había tenido que soportar con Ray Milland. No quería que le volviera a ocurrir jamás nada semejante.

—Lo comprendo —contestó Bing, asintiendo.

Así pues, siempre se llevaban a una de las hermanas de Grace, que a menudo acudían a visitarla. O Peggy o Lizanne se encontraban sentadas a la mesa con ellos cuando llegaban los fotógrafos, y Grace procuraba que salieran en las instantáneas.

—Gracie —le dijo Lizanne en una ocasión en la que se quedaron solas por la noche—. Bing Crosby está loco por ti, eso se nota a la legua.

Acababan de regresar de una cena en el restaurante Scandia de Sunset Strip.

—¿Lo crees de verdad? —preguntó ella—. Es amable, me gusta. Y disfruto pasando tiempo con él.

No dijo nada más, pero unos días después llamó por teléfono a su hermana tras un viaje.

—Lizanne, Bing me ha pedido que me case con él.

—¡¿Qué?! —exclamó Lizanne—. ¿Y qué le has dicho?

—Hay un problema —añadió Grace—. Básicamente, que yo no lo amo.

—Ay, Grace... —dijo Lizanne—. Pobre tipo.

—Sí, pero ¿qué quieres que haga? —repuso—. Ya sabes lo importante que es eso para mí. Siempre me he sentido atraída por hombres con los que siento haber encontrado al amor de mi vida, porque deseo amar a alguien de todo corazón. Sin embargo, no sé si hasta ahora lo he conseguido. Bueno, en el caso de Don era amor, pero nuestros padres lo rechazaron. ¿Y luego? No tengo ni idea de si realmente he amado a nadie desde entonces. Lo único que sé es que me gustaría ser feliz. Y con Bing no lo sería.

—Tampoco puedes estar tan segura de ello —replicó Lizanne.

—Ya, pero no lo creo. Y casarme con él solo para comprobarlo y después tener que separarme no me parece una buena alternativa. De este modo seguro que no encontraré el amor —objetó Grace.

Así pues, rechazó la oferta de Bing cuando volvieron a encontrarse y le pidió que no se enfadara con ella.

—No, no estoy enfadado contigo —aseguró él, triste pero comprensivo.

A Grace, que consideró más adecuado dejar de mantener el contacto con Bing para no hacerle más daño, casi se le rompió el corazón cuando se enteró de que Bing a menudo se sentaba solo a la mesa que tantas veces habían compartido en el Scandia con la mirada perdida.

—Me parece terrible, pero ¿qué puedo hacer, si lo siento así? —le preguntó a Lizanne, y esta la apoyó en su decisión de esperar al hombre adecuado.

Treinta y nueve
Nueva York, 1954

—Cielo santo, ¿es que no pueden dejarme en paz? —exclamó Grace, amargada.

Ella y William Holden estaban sentados en un restaurante de las afueras de Nueva York, pero un periodista los había localizado de todas formas y les había sacado unas cuantas fotografías. Era insoportable. De haberlo sabido de antemano... ¿Qué? ¿Acaso habría hecho las cosas de otro modo?

Después de rodar *La angustia de vivir*, Grace quedó más exhausta que nunca. Había sido un rodaje especialmente duro y lo había dado todo, pero valió la pena: los elogios estuvieron a la altura del resultado. Por fin había podido demostrar que no solo resultaba convincente cuando se ponía un vestido fabuloso, joyas caras y un maquillaje espectacular, sino que también era capaz de interpretar un personaje complejo. Apenas sin maquillaje y con un vestuario sencillo, había conseguido encarnar a Georgie a la perfección. Aquella era justo la clase de película que se había propuesto como objetivo para su carrera, y estaba orgullosa de haber logrado superar el desafío.

Lástima de la prensa.

—Me agota —admitió Grace—. ¿Qué quieren de mí? ¿Realmente creen que pienso contarles algo íntimo sobre mi vida?

—Sin duda eso les encantaría —señaló Holden—. Pero no te enfades. Aprovechemos la velada para pasarlo bien.

—¿Cómo pretendes que lo pase bien si esos buitres no paran de seguirnos a todas partes? —resopló, aliviada de que los dos periodistas por fin se hubieran alejado con sus cámaras. Era evidente que habían previsto descubrir algo más interesante que simplemente a Grace y a William cenando.

Su relación era bien conocida, después de que el coche de William apareciera aparcado una mañana delante del apartamento de Grace. El hecho de que Holden la hubiera pasado a recoger ese día porque la actriz no había conseguido arrancar su propio vehículo no había interesado lo más mínimo a la prensa del corazón.

—En el *Confidential* han vuelto a publicar artículos sobre mí y sobre ese fuego que supuestamente arde bajo mi gélida apariencia exterior —dijo ella—. Todo esto empieza a cansarme. Cada vez que veo a alguien con una cámara de fotos me siento superada por la ansiedad.

—Vamos, Grace. Mañana intentarán vender su género en el mercado, pero esa clase de historias ya no interesan a nadie —trató de tranquilizarla William.

Por supuesto, tenía razón, y Grace lo sabía. Aun así,

estaba harta de que la gente la pusiera verde en público, de que la trataran como a una rubia fría como el hielo, una imagen que en realidad nada tenía que ver con cómo era ni con lo que esperaba de la vida.

Le costaba mucho conciliar el sueño, y cuando por fin lo lograba se despertaba varias veces a lo largo de la noche. Le daba vueltas al tema hasta el punto de desvelarse. Por la mañana se levantaba hecha polvo y abrumada. Por todo y por todos.

—Estoy muy cansada, William —dijo—. Llévame a casa, por favor.

Grace se sentía agotada, vacía. Se sentó frente a la ventana de su apartamento para contemplar la lluvia que caía sin cesar.

En algún momento la llamó por teléfono su hermana Lizanne. Estaba muy preocupada por ella, y al final la convenció para que fuera a ver a un profesional.

Pasó un tiempo antes de que Grace lograra descubrir lo que le ocurría.

—Han sido demasiadas cosas de golpe —convino su hermana más adelante—. Demasiado éxito, demasiadas emociones. También con los hombres. ¿Cómo estás ahora? —preguntó con genuino interés.

—Mejor. Pero tengo que cuidarme y dejar de tomarme las cosas tan a pecho. Debo poner límites a todo esto de algún modo, según el psicólogo.

—¿Quieres seguir con las visitas?

—Sí, me ayudan mucho.

A partir de entonces, Grace empezó a mostrarse todavía más reservada frente a la prensa. Pronto fue capaz de divertirse de nuevo, de ser amable y cordial, de saludar con un gesto y desearle un buen día a cualquiera, así que los periodistas perdieron el interés que habían manifestado por su vida. No era accesible ni pretendía serlo.

Además, el *Confidential* paró de publicar artículos incómodos después de que el padre y el hermano de Grace se presentaran en la redacción para dejar las cosas claras. Al parecer, incluso se produjo una pelea, pero lo importante fue que Grace ya no volvió a oír rumores sobre su vida íntima.

La actriz era consciente de que, igual que las rosas de jardín, había trepado muy deprisa. Y a esas alturas, al rosal le habían salido también espinas, como debía ser.

«¿Quién es Grace Kelly?», se preguntaba la prensa, sin encontrar una respuesta definitiva. Grace no podía evitar sonreír ante esa aura de misterio.

La vinculación con la MGM cada vez le provocaba más insatisfacción. Sabía que el estudio había ganado mucho dinero cada vez que le habían permitido rodar con otras productoras. Las ofertas que había recibido de la MGM, en cambio, habían sido más bien irrisorias, de manera que las había ido rechazando todas hasta que se había visto obligada a aceptar la película de aventuras *Fuego verde* como contrapartida a la carta de libertad que le permitió participar en *La angustia de vivir*.

No obstante, todas las películas que había rodado en los últimos tiempos empezaron a estrenarse en una rápida sucesión: *Crimen perfecto*, *La ventana indiscreta*, *La angustia de vivir*, *Los puentes de Toko-Ri* y *Fuego verde*.

—¿No es todo demasiado bueno? —les preguntó

Grace a sus agentes—. ¿No creéis que la gente se cansará de mí enseguida, al ver que salgo en todas partes?

Los agentes negaron con la cabeza.

—Tú espera, Grace. Pronto te conocerán en el mundo entero.

Y así ocurrió.

Cuarenta

—Soy yo —dijo una voz masculina al otro lado de la línea telefónica.

—¿Quién podría ser si no? —respondió Grace riendo, al oír aquella voz que habría sabido reconocer entre miles—. ¿Cómo estás, Hitch?

—Bien, como siempre que hablo contigo. Recuerdos de Alma, te echamos mucho de menos. Estaba pensando que podríamos volver a rodar una película juntos —bromeó Hitchcock.

—Estaría bien —respondió Grace—, pero no creo que consigas convencer a los de la MGM. Últimamente se muestran muy reacios a permitir que ruede con otros estudios.

—Esos de la Metro... Yo me ocupo de eso, no te preocupes. ¿No quieres saber de qué película se trata?

—No hace falta, contigo participaría en cualquier película —contestó Grace—. En serio, confío en ti, Hitch.

Hitchcock le explicó el argumento de *Atrapa a un ladrón*:

—Un famoso ladrón de joyas conocido como «el Gato», que siempre entraba por los tejados en casas de mujeres adineradas para perpetrar sus golpes, con los años acaba viviendo honradamente en la Costa Azul. Cuando empiezan a producirse de nuevo una serie de robos siguiendo el mismo procedimiento, por supuesto, se convierte en el principal sospechoso, y dispone de poco tiempo para demostrar su inocencia. En esto conoce a una millonaria y a su hija Frances, que es tan bella como reservada. Te doy tres intentos para que adivines quién tengo pensado para que la interprete. El caso es que la millonaria también acaba siendo víctima de un robo y ya nadie se cree que no haya sido él. Sin embargo, gracias a la ayuda de Frances, consigue probar su inocencia, atrapar al verdadero ladrón y conquistar a la hija. Por supuesto, te lo he contado muy resumido —explicó Hitchcock—. Ni que decir tiene que en la película habrá varias complicaciones y alguna escena de acción, con la Costa Azul como telón de fondo. Ah, y he encargado un vestuario fabuloso para ti, Blancanieves.

—¿A Edith?

—Por supuesto, ¿a quién si no? Edith es nuestro ángel de la guarda. Haré que te manden el guion y en cuanto me des tu respuesta convenceré a los de la Metro.

—De acuerdo, Hitch, lo haremos así. ¿Quién será el protagonista masculino?

—Ni más ni menos que Cary Grant.

—¿Qué? Pero si Cary Grant había dejado el mundo del cine —repuso Grace desconcertada.

—Pues ha decidido volver a empezar. ¿Y sabes qué es lo mejor? Que le parece fantástico que seas tú quien interprete a Frances.

Grace no podía estar más contenta. Rodar con Hitchcock siempre era especial, y tan solo esperaba que la MGM no pusiera trabas al asunto.

—¿Era Alfred Hitchcock? —preguntó Oleg Cassini, que justo en esos momentos estaba en casa de Grace. Oleg era un buen amigo y un diseñador fabuloso que ya le había confeccionado varios vestidos estupendos.

Ella asintió.

—Me acaba de ofrecer una película nueva. En Niza y Cannes, en la Costa Azul. ¿No te parece de ensueño?

—¡Uau! —exclamó Oleg mientras se servía un whisky—. Viajar al sur de Francia siempre vale la pena.

—Podrías venir conmigo —le propuso Grace.

—No, no soy un buen acompañante —dijo Oleg—. Pero te esperaré.

—Entonces no me queda más remedio que ir sola. —Suspiró—. ¿Pensarás en mí de vez en cuando, al menos?

Oleg sonrió.

—Sabes perfectamente que no paro de pensar en ti ni un momento.

Grace respondió con otra sonrisa.

—Eres un encanto.

Ella y Oleg se habían hecho buenos amigos, y Grace disfrutaba mucho pasando el rato con él, que además de ser un conde ruso de ascendencia judía y criado en Florencia, era un hombre inteligente, encantador, cosmopolita y respetuoso.

Se conocían desde hacía mucho tiempo, y Cassini, que había quedado cautivado al instante después de verla en *Mogambo*, no había escatimado en flores para ganarse su atención. Aunque en esa época ella no estaba preparada para un nuevo amor, nada más llegar a Niza le escribió una postal:

Los que me aman me siguen.

Cuarenta y uno
Niza, 1954

Entusiasmada, Grace se puso en pie en la habitación del hotel de Niza y abrió los brazos.

—¡Has venido!

—Sí —dijo Oleg, asintiendo—. Aquí estoy. ¿Qué esperabas, después de invitarme?

—Una carta con un «te quiero», pero la verdad es que no me habría bastado —respondió ella sonriente—. Dame un abrazo.

Tener a Oleg cerca la hizo sentir bien. Sabía que podía confiar en él, que la apoyaba y que era un hombre discreto. Pasaban la mayor parte del tiempo libre después de los rodajes en la habitación del hotel, y de tanto estar con el encantador Oleg, que en su Europa natal resultaba aún más encantador que en Estados Unidos, Grace se acabó enamorando de él. A ella le encantaban las galanterías y los cortejos, y Oleg hacía todo lo posible para que ella se sintiera a gusto. Era un perfecto caballero: alto, delgado y pulcro, y, a pesar del pequeño bigote que lucía, con mucho estilo.

—Esta noche saldremos con Hitch, Alma, Cary y su

esposa Betty a cenar —le dijo Grace tras una jornada de rodaje—. Me gustaría ver un poco los alrededores, aprovechando que estoy por aquí.

—Nosotros, por supuesto, no somos más que buenos amigos —señaló Oleg.

—Por supuesto —repitió ella con un fervor fingido antes de estallar en una carcajada.

A partir de entonces, siempre que tuvieron la ocasión aprovecharon para ir a alguno de los bonitos restaurantes de la Riviera. Una noche, después de cenar incluso fueron al casino, y Grace se llevó la alegría de ganar unos centenares de francos.

—¿Qué es ese palacio que hay ahí arriba? —preguntó un día después de rodar una escena con Cary en la Moyenne Corniche, una de las legendarias calles que bordeaban la costa y ofrecían unas vistas espectaculares del Mediterráneo.

John Michael Hayes, el guionista de la película, le explicó que se trataba del palacio de la familia real de Mónaco, en el que vivía el príncipe Rainiero Grimaldi, que tenía fama de no ser un hombre especialmente dado a la diversión.

Con la vista fijada en aquellos jardines tan singulares, Grace dijo que el príncipe podía ser tan aburrido como quisiera, pero que de todos modos le encantaría ver las flores que crecían en la finca del palacio.

—Típico de Grace. Eres una romántica sin remedio —comentó Cary, riendo.

—¡Vamos, vamos! —gritó Hitchcock para reunir a su equipo de rodaje—. Basta de tonterías, a trabajar. Grace,

Cary, ahora filmaremos la escena del coche. Cary, tu personaje, por supuesto, es como todos los hombres y no cree que una mujer deba conducir.

—No solo lo cree mi personaje —bromeó Cary, haciendo caso omiso de las protestas de las damas presentes.

—Yo conduzco muy bien —le aseguró ella a Cary—. No te preocupes.

—De acuerdo —le contestó Cary con un guiño—. Confío en ti.

—Qué día tan radiante —comentó Grace mientras subían al descapotable—. Jamás había respirado un aire tan puro como el de esta región.

Mientras preparaban la cámara, la maquilladora se encargó de dar los últimos toques a Grace y se dispusieron a empezar.

Esta arrancó enseguida y comenzó a acelerar cada vez más, adelantó a un autobús y estuvo a punto de chocar contra un coche que llegaba de frente.

Cary tuvo que controlarse para no gritar en más de una ocasión una vez iniciado el rodaje.

Al final de la escena, la cámara dejó de filmar, pero ella siguió conduciendo y Cary se puso a gritar de verdad cuando Grace estuvo a punto de rozar el guardarraíl.

—¿Qué te pasa? —preguntó ella—. ¡Me has dado un susto de muerte!

—¿Te has propuesto matarnos? —le espetó Cary.

Ella se volvió hacia él y se echó a reír.

—Es que no llevo gafas. ¿Cómo pretendes que vea las cosas de lejos?

—¿Qué? No sabía que tuvieras problemas de vista. ¡Cuidado, que viene un coche de frente!

Cary agarró el volante y resolvió la situación. Gracias a Dios, resultó que Hitchcock había quedado satisfecho con la escena.

Oleg se rio mucho cuando se lo contaron más tarde.

—Es que Grace es impredecible —dijo, y en la manera en que la miró se vio claramente lo enamorado que estaba.

Cuarenta y dos

Los tres meses armoniosos que pasaron en la Costa Azul estuvieron marcados por un trabajo intenso, pero también hubo tiempo para reír y disfrutar de la vida, para la amistad y para el amor. Igual que en la primera película que habían rodado juntos, Grace disfrutó del apoyo constante de Hitchcock, de sus consejos para seguir mejorando y del hecho de que el director no perdiera jamás la paciencia cuando una escena no salía bien a la primera. Cary y ella formaban la pareja perfecta en pantalla, las escenas románticas estaban cargadas de erotismo y Grace deslumbró gracias a esa sensibilidad sutil que tanto la caracterizaba.

Cary fue amable con ella y demostró lo mucho que se alegraba de trabajar a su lado. Se notaba que no se arrepentía lo más mínimo de haber tomado la decisión de volver a aparecer en una película.

Y luego estaba Oleg. Se esforzaba de un modo tan conmovedor, era tan cariñoso y respetuoso en el trato con Grace, que ella no pudo más que enamorarse de él. En esa época la actriz no tuvo la sensación de necesitar tiempo para ella misma en ningún momento, como le había ocurrido con otros hombres. Con él no se aburría jamás, Oleg siempre conseguía hacerla reír, le regalaba flores y otros detalles, y la admiración que le profesaba la llenaba de confianza. Cuando ella por fin le reveló lo que sentía, él sonrió y le dio un abrazo.

Ese día hablaron por primera vez sobre la posibilidad de casarse.

—Pero mis padres... —Grace vaciló—. Espero que te acepten.

Por supuesto, los Kelly ya estaban al corriente de la relación que su hija mantenía con Oleg. Las especulaciones de las columnas de cotilleos proporcionaron al padre la información necesaria: que era un diseñador de moda judío y que se había divorciado dos veces.

De todos modos, Grace tenía esperanzas de que sus padres lo aceptaran, aunque también era consciente de lo que podía esperar de su padre, después de las críticas que había dirigido a Don Richardson. Aun así, su relación les pareció demasiado valiosa como para no intentarlo.

—Confío en mi madre —dijo.

Sin embargo, cuando la llamó por teléfono, esta contestó:

—Tu padre dice que debes dejar de salir con esa clase de hombres. Siempre te enredas con divorciados, o incluso con casados. ¿Y por qué nunca buscas a un hombre con un oficio respetable? O un deportista. Tu padre se niega en redondo a aceptarlo, Gracie, pero intentaré hablar con Dorothea Sitley, a ver si ella te apoya.

Dorothea era la jefa de publicidad de los almacenes Gimbels y había trabajado con Cassini. El asunto se precipitó porque Grace decidió acudir a la segunda residencia que la familia Kelly tenía en Ocean City con Oleg. Dorothea y Margaret Kelly eran buenas amigas, y puesto que la madre de Grace sabía a la perfección cómo reaccionaría su marido si su hija se presentaba en casa como si nada con su nuevo amante, quiso asegurarse de si valía la pena interceder a su favor.

Sin embargo, la respuesta de Dorothea no fue precisamente tranquilizadora.

—Bueno, Oleg es un diseñador fantástico, de eso no cabe ninguna duda —le contó—. Es encantador, abierto y no le falta dinero. Pero ese hombre no es el más adecuado para tu hija, Margaret.

—¿Por qué no? —preguntó Margaret al ver cómo sus esperanzas se desvanecían.

—Se toma las cosas muy a la ligera —le explicó Dorothea—. No es un tipo serio. Y Gracie es muy jovencita.

En ese sentido, Margaret no podía estar más de acuerdo. Otra vez un hombre mayor, en ese caso dieciséis años mayor que Grace. Aun así, accedió a conocerlo y viajó a Nueva York antes de que Oleg y Grace llegaran a Ocean City para pasar unas vacaciones, pensando que quizá ese tal Cassini estaría receptivo y podría quitarle de la cabeza los planes de boda.

Margaret se mostró amable, aunque también determinada, cuando le dijo que a pesar de todas sus cualidades no era el hombre adecuado para su hija. Supuso que él aceptaría el veredicto sin rechistar, pero Cassini se quedó de piedra y se puso a la defensiva. Le explicó con toda seriedad cuáles eran sus intenciones y que podía respetar las reticencias ante un hombre que se había divorciado ya dos veces, pero también le dejó claro que no pensaba sacrificar su amor por Grace por respetar unos valores semejantes.

Y puesto que su coraje y su espíritu combativo no dejaron indiferente a Margaret, terminaron acordando que Grace y él acudirían a Ocean City a visitar a la familia.

—Grace. ¿Cómo puedes soportarlo? —le preguntó Oleg cuando hubo pasado el fin de semana en cuestión. La estancia con su familia le había minado la moral. A excepción de las hermanas de Grace, Peggy y Lizanne, nadie más le había dirigido la palabra en todo el tiempo.

—Lo siento mucho —se lamentó ella, pensando en cómo había tenido que disculparse por lo mismo ante Don Richardson y en cómo se había propuesto no volver a verse en las mismas—. No sé qué puedo hacer al respecto.

—¿Qué puedes hacer? No dejar que tus padres sigan decidiendo sobre tu vida. No vayas a verlos más —le dijo Oleg desconcertado—. ¿Qué manera es esa de tratar a los invitados?

—Lo siento mucho, de verdad —repitió Grace con desesperación.

¿Por qué sus padres se oponían tanto a todas sus parejas? Habían tratado con normalidad incluso al novio de Lizanne, Donald LeVine, que también había pasado el fin de semana con ellos en Ocean City, y eso que también era judío. Nadie había dicho nada malo sobre él, todos le habían tratado con amabilidad. Oleg, en cambio, había sido el blanco de todas las críticas.

Grace quedó consternada por el comportamiento de sus padres, a los que parecía traerles sin cuidado que su hija tuviera ya veinticinco años y fuera una actriz famosa, puesto que continuaban imponiendo sus criterios en lugar de permitir que tomara las riendas de su propia vida. Y entonces sí que lo vio claro, de una vez por todas: solo podría casarse cuando su familia aprobara al hombre que les presentara. Era aquello o romper los lazos con ella, y de eso no se veía capaz.

—No pienso volver a visitar a tu familia en la vida —afirmó Oleg agotado.

—Ojalá siguiéramos en Niza. —Grace suspiró con aire melancólico—. Todo era tan sencillo allí...

—Nuestra vida cotidiana no está en el sur de Francia —constató Oleg antes de abrazarla.

—¿Sabes qué haremos? —dijo, sentándose más erguida—. ¡Nos casaremos! Buscaremos a un cura de confianza. ¿Qué te parece?

Oleg se rio.

—Claro, mañana mismo.

Sin embargo, pronto empezaron a llegar llamadas y cartas, y al cabo de poco tiempo Grace volvió a someterse a los deseos de sus padres.

Cuarenta y tres
Los Ángeles, 1954

Grace tuvo que acudir a Los Ángeles para rodar las escenas interiores de *Atrapa a un ladrón*. Estaba más cansada que nunca, y bastante triste por haberse distanciado de Oleg. ¿Por qué no podían irle bien las cosas en ese sentido? Lo único que le apetecía era dormir, estaba demasiado cansada para defenderse, tenía la sensación de que todo la superaba. Cuando llamaba por teléfono a Oleg, que estaba en Nueva York, solía acusar la presión y no paraban de discutir.

Después de rodar seis películas en solo dieciocho meses, Grace estaba en las últimas, de manera que pidió al estudio que le permitieran hacer un descanso tras el rodaje. Gracias a la capacidad de negociación que le proporcionaba el contrato, la MGM tuvo que concederle el permiso a pesar de lo mucho que les habría gustado seguir exprimiendo a su activo más joven y lucrativo.

Grace decidió regresar a Nueva York, la ciudad en la que se sentía realmente como en casa. Allí dispuso del tiempo necesario para reflexionar, lejos de ese padre y esa madre que no paraban de dictarle lo que podía hacer y lo que no. Y tuvo que decidir hacia dónde deseaba dirigir su propia vida. Porque ¿cómo iba a tener una relación satisfactoria si sus padres o su carrera seguían poniéndole trabas como lo habían hecho hasta entonces?

Poco después de llegar la llamó su agente para anunciarle que había recibido la oferta de dos guiones más de la MGM. Sin embargo, a Grace le parecieron del todo inadecuados y se encargó de dejarlo bien claro. Los jefes del estudio se pusieron furiosos e intentaron obligarla a aceptar al menos una de las dos películas. No obstante, la estrategia no pudo ser más errónea.

—No —dijo Grace con una sonrisa cuando le solicitaron por teléfono que se presentara en el set de rodaje al día siguiente a las siete en punto.

Grace hizo caso omiso, y entonces la MGM respondió con algo que habría obligado a prácticamente cualquier actor a regresar al estudio: le concedieron las vacaciones pero no le mandaron el cheque semanal.

—¿Qué se han creído? —se quejó, indignada, a su hermana Lizanne—. ¿Que me daré por vencida porque necesito dinero? No, he ahorrado lo suficiente. Además, me intriga saber cuánto tiempo están dispuestos a aguantar. Se acerca la ceremonia de los Óscars, y al fin y al cabo estoy nominada.

En realidad, a ella misma le costaba creerlo, pero la habían nominado en la categoría de mejor actriz junto con Audrey Hepburn, Judy Garland, Jane Wyman y Dorothy Dandridge. Por si fuera poco, a juzgar por los cotilleos que circulaban por Hollywood, las que tenían más opciones de llevárselo eran Judy Garland y ella, por lo que el pronóstico no estaba nada mal.

—No veo el momento de saber quién lo ganará —comentó Lizanne, y Grace asintió, puesto que compartía la expectación de su hermana.

—Da igual si me lo dan a mí o a Judy, lo que sería una vergüenza es que la MGM tuviera que reconocer que no estoy cobrando. Verás cómo acaban cediendo.

Efectivamente, desde la MGM no tardaron en informarla de que volvía a estar en nómina.

—Pues claro —dijo Grace—. Ya lo sabía yo.

También le ofrecieron otro guion, pero ella se limitó a sonreír y a decir que tenía que pensarlo.

Cuarenta y cuatro
Hollywood, 1955

La elección del vestido con el que acudiría a la ceremonia de los Óscars no solo la mantuvo ocupada a ella, sino también a su diseñadora de vestuario preferida, Edith Head, que se encargó de asesorarla. Después de pensarlo mucho tiempo, Grace se decidió por un vestido de seda color aguamarina y tirantes dobles tan sencillo como impresionante. La amplia falda combinaba a la perfección con una parte superior más ajustada, mientras que los finos tirantes aportaban un toque sexy y atrevido. Lo complementó con unos guantes blancos y unos simples pendientes de perlas.

Grace no se atrevía a imaginar cómo reaccionaría si llegaban a concederle el premio. El mundo entero la estaría mirando. Incluso sus padres. ¿Y qué diría?

Estaba tan nerviosa que casi llegó a desear que le concedieran el Óscar a Judy Garland, la otra favorita. Sin embargo, enseguida volvió a pensar que era ella quien se lo merecía, por mucho que Judy también hubiera hecho méritos más que suficientes.

El día de la entrega se obligó a quedarse más tiempo

del necesario en la cama, y luego dedicó el resto del día simplemente a descansar. No quería aparecer hecha un manojo de nervios por nada del mundo.

Luego se maquilló con discreción y se dejó el pelo suelto, aunque peinado de forma elegante y simple, como siempre.

Edith Head, que estaba con ella mientras se maquillaba, quedó encantada con su aspecto.

—Estás fantástica, Grace. Natural pero absolutamente perfecta.

—¿No crees que el vestido tal vez es demasiado sencillo? —preguntó Grace—. No me gustaría parecer una mosquita muerta entre todas esas diosas del celuloide.

—Tonterías —replicó Edith—. Estás muy guapa, punto. El vestido solo realza tu belleza. Hay mujeres que necesitan lentejuelas y otras que no.

Satisfecha con el veredicto, Grace sonrió en dirección al gran espejo.

—Estoy muy nerviosa —confesó—. Ojalá no hubiera aceptado inaugurar la ceremonia junto a Bob Hope.

—Lo harás muy bien —le aseguró Edith, y Grace realmente fue un deleite para los ojos cuando apareció junto a Bob Hope sobre el escenario y abrió el acto con unas palabras divertidas.

Cuando volvió a sentarse entre el público, miró a su alrededor. Había un montón de gente famosa. Vio a Humphrey Bogart, a Billy Wilder, a Bing Crosby y a Audrey Hepburn, y también a Jane Wyman, Karl Malden, Rod Steiger... La sensación era de puro vértigo.

¿De verdad merecía estar rodeada de todos ellos? Ella, Grace Kelly, de Filadelfia. De repente una oleada de felicidad se apoderó de ella y tuvo que controlarse para no echarse a llorar. En lugar de eso se aferró a la mano de Edith y esta respondió con otro apretón cuando se dio cuenta de lo emocionada que estaba Grace.

Cuando por fin presentaron el galardón, siendo el encargado de ello ni más ni menos que William Holden, el corazón empezó a latirle a toda velocidad. Con dificultades para respirar, intentaba convencerse a sí misma de que la elegida sería Judy Garland cuando pronunciaron su nombre.

—¡... Grace Kelly! —anunció William, y desde ese preciso instante nada volvió a ser como antes. No podía creerlo.

«Cielo santo», fue lo único que pudo pensar Grace mientras se ponía en pie, cerraba su bolso de mano y se dirigía hacia el escenario para recibir el galardón.

Subió los escalones, aceptó la estatuilla y, claro, llegó el momento de decir algo. Estaba tan superada por la situación que no le vino nada a la cabeza. Al ver que corría el riesgo de que le fallara la voz, se convenció de que al fin y al cabo no tenía ninguna relevancia lo que dijera en ese momento, puesto que lo único que le importaba era que su familia la estuviera viendo.

Sin duda alguna, las cosas cambiarían a partir de entonces: su padre por fin se sentiría orgulloso de ella y de lo que había conseguido. Con esa idea en la mente, se acercó al micrófono.

—La emoción del momento me impide expresar lo que siento realmente. No puedo más que dar las gracias de todo corazón a todas las personas que han hecho posible que esto me esté sucediendo.

Y, dicho esto, volvió a bajar del escenario.

La fiesta que tuvo lugar después de la ceremonia podría haber sido el momento más triunfal de toda su carrera, una ocasión estelar, de absoluta alegría. Sin embargo, la noche acabó convirtiéndose en uno de los mayores desengaños de su vida, porque la prensa intentó conseguir que su padre, que había seguido la ceremonia por televisión, hiciera alguna declaración con motivo del Óscar que acababa de ganar su hija.

Lo que dijo no podría haberle dolido más a Grace: su padre se sorprendió, hablando con los periodistas, de que precisamente hubiera sido esa hija la que hubiese cosechado tanto éxito. Afirmó no haberlo previsto y aseguró que en realidad su hija Peggy había sido siempre mucho mejor, y que por eso no había contado con la posibilidad de que le concedieran un premio tan importante justo a Grace.

Cuarenta y cinco
Nueva York, 1955

Tras el ajetreo de la entrega de los Óscars, Grace regresó a Nueva York y disfrutó al máximo de ese tiempo sin rodajes. Nada necesitaba más en esos momentos que distanciarse un poco del deslumbrante mundo del cine y de los escándalos de la prensa.

Sin embargo, la llamó por teléfono Rupert Allan, el corresponsal de la revista *Look*, para invitarla a asistir al festival de cine de Cannes.

—No —respondió Grace rotundamente para que no quedara la menor duda de sus intenciones.

¿Por qué debería interrumpir ese periodo de apacible retiro para emprender un viaje durante el cual tendría a la prensa en los talones en todo momento?

Sin embargo, Allan insistió y le doró la píldora haciendo énfasis en la importancia que podría tener para ella participar en el festival. Después de todo, en Cannes estaba previsto que se proyectara *La angustia de vivir*, y el sur de Francia había demostrado ser un lugar al que siempre valía la pena viajar.

Grace se acordó de lo mucho que había disfrutado en

aquella zona durante el rodaje de *Atrapa a un ladrón*, por lo que acabó aceptando la invitación. Allan se sintió aliviado y se ofreció a acompañarla.

La noticia de que Grace viajaría a Cannes llegó pronto a oídos de la prensa francesa, y la redacción de la revista *Paris Match* urdió un plan para conseguir que conociera al príncipe Rainiero de Mónaco. Al parecer, la perspectiva de escribir como titular «El príncipe de cuento de hadas conoce a la princesa del celuloide» resultaba demasiado tentadora.

Entretanto, Grace ni siquiera podía sospechar lo que la esperaba. Eligió con mucho esmero la ropa de su equipaje y se preparó para cualquier cosa que pudiera ocurrir en la Costa Azul. Por un lado estaba muy contenta de volver a ver aquella región única en la que tan feliz había sido recientemente, pero por otro lado temía el jaleo que pudieran provocar los medios de comunicación que cubrían el festival.

Una tarde, poco antes de partir hacia Francia, llamó a su colega Jean-Pierre Aumont, al que había conocido en uno de los programas de televisión en los que había participado. Llevaban mucho tiempo sin verse y, puesto que él estaba en Nueva York, salieron a cenar. Lo pasaron tan bien juntos que Jean-Pierre decidió acompañar a Grace a Francia.

Una vez llegados a París, Grace y Jean-Pierre se alojaron en el hotel Raphael, cerca de los Campos Elíseos, y pasaron unos días maravillosos antes de coger el tren hacia Cannes.

Fue durante ese trayecto en tren cuando Grace coincidió (por casualidad, por supuesto) con Pierre Galante, redactor de *Paris Match*, que viajaba acompañado de su esposa, Olivia de Havilland, que había interpretado el personaje de Melania Hamilton en *Lo que el viento se llevó*.

Grace mantuvo una espléndida conversación con su colega, y en algún momento Pierre Galante preguntó si Grace, en tanto que princesa de la industria cinematográfica estadounidense, se prestaría a una sesión fotográfica con el príncipe monegasco. A pesar de las reservas iniciales por el hecho de que la sesión implicara sacrificar uno de esos días tan preciados en la Costa Azul, Grace se dejó convencer al recordar los suntuosos jardines de la residencia real que había divisado durante el rodaje de *Atrapa a un ladrón*.

Primero pasó unos días muy agradables con Jean-Pierre en Cannes. Grace disfrutó tanto de su compañía que incluso empezó a preguntarse hasta qué punto podía ser importante ese hombre en su vida. Sin duda era atractivo, y también un gran compañero de profesión, por no hablar de lo bien que se lo estaba pasando en Francia, ese país tan espléndido, a su lado. Sin embargo, ¿realmente podía haber entre ellos algo más que esos momentos románticos? No lo tenía nada claro.

En cualquier caso, su complicidad era innegable, lo cual muy pronto llamó la atención de los periodistas. Y fue entonces, al preguntarle si su relación con Aumont iba en serio, cuando se dio cuenta de que no era así.

A Jean-Pierre le dolió mucho ese rechazo, de manera que su idilio terminó de forma súbita. Y aunque el amor siguiera esquivando a Grace, lo cierto era que una vez más le había permitido recrearse en la ilusión de haberlo encontrado.

Cuarenta y seis
Nueva York, 1955

—¿Cómo fue eso de conocer al príncipe en su palacio? —quiso saber Peggy, la hermana de Grace—. Cuéntamelo todo, hasta el último detalle. Quiero saber cómo es él, cómo es el lugar y cómo debes comportarte en presencia de un príncipe, qué te dijo, si fue amable contigo...

—Pero ¡si no me dejas hablar! —Grace rio—. Bueno, mira, llevaba un día y medio en Cannes...

—Con Jean-Pierre Aumont —se adelantó Peggy—. Eso ya lo he leído en el periódico. Yo y todo el mundo.

—Sí, es un buen amigo —dijo Grace para quitarle importancia al asunto.

—Las fotos revelan algo muy distinto —bromeó su hermana—. Llevabas un turbante y...

—Peggy, recuerdo qué llevaba puesto; ¿quieres saber cómo fue con el príncipe o no?

—Sí —respondió su hermana, callándose al fin para escucharla.

Grace pensó en aquellos días tan turbulentos y en cómo había intentado cancelar la sesión fotográfica con el príncipe por la proximidad de la cita con los compromisos del festival. Sin embargo, arguyendo que una audiencia con el príncipe no podía cancelarse con tanta facilidad, lo que hicieron fue adelantar la visita, de forma que a Grace no le quedó más remedio, por muy acostumbrada que estuviera a esas alturas a adaptar su agenda a su antojo, que viajar hasta Mónaco.

Y, a partir de ese instante, todo lo que podía salir mal salió mal.

—Imagínate, Peggy, me esperaban para una sesión de fotos de *Paris Match* y justo entonces se fue la luz en el hotel, de manera que ni siquiera pude secarme el pelo, porque me lo acababa de lavar, ni plancharme la ropa, que había acabado hecha un desastre por culpa del viaje.

—Pero en las fotografías eso no se notó en absoluto.

—Hicimos lo que pudimos. Tuve que recogerme el pelo y al final elegí un vestido negro estampado con flores que no había quedado muy arrugado. De todos modos fue bastante ridículo que me presentara en un día tan soleado y radiante con un vestido oscuro y encima de manga larga, pero ¿qué podía hacer si no? Me pasé el día entero temiendo llegar tarde, y al final resultó ser el príncipe el que me hizo esperar a mí cuarenta y cinco minutos.

—Con lo que te fastidia a ti la impuntualidad... —señaló Peggy, hablando por experiencia.

—Exacto —replicó Grace, recordando la molestia del retraso. Mientras esperaban al príncipe aprovecharon para mostrarle el palacio, cuya suntuosidad estética y opulencia histórica le causaron una profunda impresión—. Luego apareció y preguntó si me apetecía ver el resto del edificio, a lo que le contesté «Gracias, pero ya he visto suficiente. Al fin y al cabo, llevo un buen rato esperando».

Peggy soltó una exclamación ahogada.

—¿De veras le dijiste eso?

—Sí. Pero su reacción fue de lo más amable y enseguida me mostró los jardines, con todos los cactus y las flores, y también *Le Rocher*, la roca sobre la que se erige el palacio y que ofrece unas vistas espectaculares. Fue realmente encantador. Al final incluso dimos una vuelta por su zoológico privado. Imagínate, tiene incluso su propio tigre, se lo regaló el emperador de Indochina. Y al pasar le acarició la cabeza, así, como si nada.

Al pensar en ese paseo por el jardín real, al que solo podía accederse en circunstancias muy especiales, Grace no pudo evitar sonreír. Había oído decir una y otra vez que el príncipe no era una persona de trato agradable, pero a ella le había parecido afable y refinado. Conocerlo en ese entorno tan espléndido y exótico que era su hogar la había fascinado.

Su hermana la arrancó de sus cavilaciones.

—Gracie, he leído que el príncipe mantuvo una relación con una actriz, Gisèle Pascal, y que lo dejaron solo porque ella no podía tener hijos. Debe de ser bastante extraña la vida de un príncipe como él, ¿no crees?

—En cualquier caso, es un mundo aparte —dijo Grace, preguntándose cómo debía de ser vivir en un palacio semejante.

—¿Volveréis a veros?

Eso se preguntaba Grace. ¿Se volverían a ver? ¿Qué ocasión lo justificaría?

—No lo creo —contestó al fin—. Ahora debo concentrarme en mi próxima película.

Y se dio cuenta de que en cierto modo lo lamentaba, y no solo por el hecho de que se hubieran terminado esas maravillosas vacaciones.

El rodaje de *El cisne* comenzó a finales del verano del año 1955. Se trataba de una adaptación cinematográfica de la obra de teatro de Ferenc Molnár, en la que una princesa maravillosa se veía obligada a elegir entre el amor y el deber. Los decorados de la película eran exquisitos para poder representar un mundo de ensueño, igual que el vestuario de Grace, compuesto por fantásticos vestidos confeccionados especialmente para ella, entre los que se contaba un vestido de baile de gasa blanca con camelias bordadas. A ella y a su compañero de reparto, Alec Guinness, les servían la comida con cubiertos de plata, algo que a Grace le pareció exagerado.

A pesar de que el rodaje transcurrió de un modo satisfactorio y de que hubo mucha armonía con Alec Guinness, a menudo se quedaba absorta y se apartaba a un rincón para reflexionar con calma.

Y es que desde aquel paseo tan encantador por los jardines reales monegascos no había podido parar de pensar en el príncipe Rainiero. Además, desde entonces él no había dejado de mandarle cartas y ramos de flores, y la llamaba por teléfono con frecuencia.

Era evidente que Grace también lo había impresionado, tal como había comprobado el padre Francis Tucker, jefe de la Iglesia de Mónaco, quien además conocía bien a la familia Kelly y aprobó el interés del príncipe por la joven americana. Gracias a su mediación fue posible el intercambio epistolar entre Grace y Rainiero, que con los meses se volvió cada vez más frecuente.

Hasta que finalmente Rainiero empezó a insinuar la idea de un futuro en común. Cuanto más tomaba forma esa propuesta, más vueltas le daba Grace: ¿de veras quería ser la mujer de ese príncipe? ¿Qué clase de vida tendría como esposa de Rainiero? Sin embargo, seguía presente en sus pensamientos ese rato maravilloso que habían compartido en los jardines del palacio de Mónaco.

Cuando Rainiero por fin expresó su deseo inequívoco de casarse con ella, Grace no podía creer todas las cosas que tenían en común su vida y la película que justo estaba rodando en esa época. Estaba interpretando a una princesa de cuento de hadas precisamente cuando un príncipe de verdad le propuso matrimonio.

Cuarenta y siete
Filadelfia, 1955

Las últimas semanas fueron para Grace una época de profunda reflexión. Pocas veces se había sentido tan indecisa acerca del camino que debía tomar, tan dividida entre el sí y el no, entre la vida que tenía y la que le ofrecían. Por supuesto, la proposición de Rainiero resultaba tentadora. ¿Qué mujer no habría quedado encantada ante el alud de cartas como las que el príncipe le enviaba, redactadas con tanta inteligencia y tanta cortesía, tan afectuosas y encantadoras, así como con las llamadas telefónicas cada vez más frecuentes, que no hicieron sino aumentar la confianza hasta un punto íntimo?

Y luego, aquella propuesta sobre la mesa: convertirse en princesa, en la princesa de Mónaco.

Grace no paraba de darle vueltas. Sin duda el príncipe le gustaba. Mucho, incluso. Pero ¿era amor verdadero? ¿Ese amor con mayúsculas, inquebrantable y duradero que ansiaba desde hacía tanto tiempo? Al fin y al cabo, ¿qué sabía ella sobre el amor? Había tenido un buen número de relaciones, en las que siempre había buscado el amor sin llegar a encontrarlo jamás. Y en esos momentos, por primera vez tenía la sensación de encontrarse frente a algo serio, algo que estaba a su alcance y que tal vez le permitiría cumplir el sueño de su vida.

Pero ¿qué clase de vida supondría? Una vida de esplendor y pompa, una vida dedicada a tener descendencia y a ejercer una representación, rodeada de lámparas de araña relucientes y de mayordomos y sirvientas de librea. Y en realidad... apenas conocía al príncipe. Aunque Rainiero tenía que ir pronto a Estados Unidos y volverían a verse, puesto que él ya había anunciado su visita. Quería conocer a los padres de Grace.

Y luego ¿qué? Le pediría la mano. ¿Era lo que ella deseaba? Grace sabía que estaba en la cima de su carrera, y había tenido que trabajar muy duro para llegar hasta allí. Los éxitos cosechados no le habían caído del cielo, había luchado para lograrlos, incluso en contra de la voluntad de sus padres. Y a pesar de todo, lo que todavía no había obtenido era la aprobación de su padre. Y eso que había rodado unas películas extraordinarias y había ganado premios por ello. ¡Incluso le habían concedido un Óscar! Era innegable que había demostrado lo buena que podía ser como actriz.

Estaba donde siempre había querido estar. ¿Y ahora tenía que abandonarlo todo?

¿Cómo sería su vida como princesa? Sin duda habría más prensa, más cámaras y todavía más gente persiguiéndola que en Hollywood. E hijos. Rainiero ya le había dicho que necesitaba un heredero para el trono, de lo contrario Mónaco acabaría en manos de Francia. ¿Estaba preparada para ello? Esa pregunta le pareció fácil de responder: sí, si de algo estaba segura era de que quería tener hijos. Y sabía muy bien que ese deseo podía verse seriamente comprometido si continuaba con su carrera en Hollywood. En cambio, se veía capaz de formar una familia junto a Rainiero, puesto que era un hombre serio y en el que podía confiar para pasar la vida a su lado.

Si se decidía a ello.

Rainiero no tardaría en llegar a la residencia de Henry Avenue. Los padres de Grace le habían invitado a celebrar las Navidades con ellos.

Grace estaba increíblemente nerviosa, y así se lo confió a su hermana Peggy, quien intentó tranquilizarla.

—Puedes estar contenta de que mamá y papá por fin hayan accedido a invitar a alguien a quien querías presentarles —le dijo—. El resto saldrá solo.

—Pero es que es un príncipe —señaló Grace.

—Al que no conoce nadie —replicó Peggy—. Al menos aquí en Estados Unidos. Seguirá siendo un desconocido y no despertará un gran revuelo.

—Ya se verá —contestó Grace, armándose de valor ante la llegada de Rainiero y del padre Tucker.

Grace estuvo radiante durante toda la velada. Desde la llegada de Rainiero fue como si algo en ella se hubiera disuelto, como si la decisión que tantos quebraderos de cabeza le había provocado hubiera encontrado respuesta por sí misma. En cuanto lo vio de nuevo, todo pareció mucho más sencillo. Ese hombre era tan cortés, tan encantador, tan amable y tan ingenioso que la chispa saltó enseguida. Se sentó con Rainiero y estuvieron conversando mucho rato, riendo, hasta que fueron a casa de Peggy para jugar a las cartas.

Durante los días siguientes pasaron todos los momentos libres juntos, y Grace no tardó en darse cuenta de que aquello que sentía era justo lo que había estado esperando desde hacía mucho tiempo. Lo que había entre ellos dos era muy distinto a lo que había experimentado en todas sus relaciones anteriores: simplemente encajaban. A su lado era feliz.

Aunque en esos días no se interesó más que por ese sentimiento nuevo que cada vez ocupaba un lugar más predominante en su vida, a finales de diciembre debía viajar a Manhattan para recibir lecciones de canto para *Alta sociedad*, una versión musical de la obra de Broadway *Philadelphia Story*. Rainiero la acompañó y Grace tuvo la ocasión de mostrarle Nueva York, aquella ciudad que tanto amaba. Como era de esperar, la prensa les estuvo pisando los talones continuamente.

Poco antes de Nochevieja, Grace llamó a su madre para contarle lo que su hermana Lizanne ya sabía. Le confió primero lo enamorados que estaban y luego, después de titubear un poco, reunió todo su valor para anunciarle que Rainiero y ella se casarían.

Por primera vez su madre no reaccionó con reservas ni de forma airada o con su acostumbrada frialdad. Se limitó a alegrarse.

Y Grace se dio cuenta de que había tomado la decisión correcta.

Cuarenta y ocho

Que Grace y Rainiero estaban locamente enamorados lo comprendieron todos los que tuvieron la ocasión de verlos juntos. Siempre que era posible se cogían de la mano, intercambiaban miradas cariñosas y pasaban cada minuto libre juntos. Y aun así había algo que todavía se interponía entre ellos dos.

—Grace —le dijo Rainiero, y por su tono de voz ella supo enseguida que se trataba de algún asunto serio. Un escalofrío le recorrió la espalda—. Nos queda una cuestión por resolver.

—¿Una cuestión? —preguntó ella petrificada—. ¿A qué te refieres?

—Ya sabes que solo puedo casarme con una mujer que... que pueda tener hijos —le explicó, y en su incomodidad ella pudo comprobar lo mucho que le había costado decírselo—. Tienes..., bueno, tendrías que someterte a un examen médico. Con un ginecólogo.

Grace ya había oído decir que Rainiero había querido casarse con Gisèle Pascal, pero que se había visto obligado a rechazarla debido a que ella era incapaz de concebir.

—Ningún problema —respondió ella aliviada—. Pero no quiero que mi familia se entere.

Cuanto más pensaba en ello, más problemático le parecía el examen médico. Al fin y al cabo, ya no era virgen, y quería evitar que Rainiero se enterara por medio de un informe oficial.

Aun así, sus preocupaciones demostraron ser infundadas, puesto que el médico no mencionó el tema en ningún momento, sino que se limitó a confirmar lo más importante:

—Señorita Kelly, puede usted traer al mundo tantos hijos como quiera.

Después de todo, aquello era lo único que al príncipe le interesaba saber.

Para Grace todo había quedado aclarado. Se había decidido por Rainiero, por convertirse en princesa y empezar una nueva vida. Su suerte estaba echada, formaría una familia con él.

No obstante, todavía les esperaban más obstáculos que superar.

Como la dote, una tradición esencial en las bodas reales monegascas y que ascendía a dos millones de dólares.

Fueron necesarias largas e intensas negociaciones con su padre, hasta que acordaron que Grace pagaría una mitad y su padre la otra. La madre, que ya temía que su Gracie tal vez no podría convertirse en princesa, se alegró muchísimo.

También su padre empezó a mostrarse cada vez más encantado con la idea de que una hija suya fuera princesa. Eso contribuyó a la reputación de la familia, que hasta el momento nunca había sido tan respetada como a él le habría gustado. Por fin parecía orgulloso de su hija. Y nada podría haber hecho más feliz a Grace.

La MGM no se mostró ni mucho menos tan encantada, porque era fácil suponer que el matrimonio implicaba perder a Grace como actriz durante una larga temporada o incluso para siempre. Sin embargo, entretanto ya habían estrenado *El cisne* y *Alta sociedad*.

Y gracias a los planes de boda con Rainiero, Grace se convirtió en un reclamo publicitario aún mayor, por lo que al menos se aprovecharon de eso mientras pudieron.

Cuarenta y nueve
Filadelfia, 1955

A pesar de la emoción propia de los preparativos de la boda, Grace se lo tomó con mucha calma. Mientras a su alrededor todo se volvía cada vez más frenético a medida que se acercaba la fecha de la ceremonia, ella irradiaba una serenidad imperturbable. Estaba segura de lo que estaba haciendo, y esa certidumbre la ayudó a mantener a raya los nervios.

Cuando anunciaron su compromiso en casa de los padres de Grace, en Filadelfia, también invitaron a la prensa, y una vez más ella se dio cuenta de lo poco que le afectaba todo el revuelo. Más que poco, nada. Por supuesto, aquello no cambiaría cuando se hubiera convertido en princesa, pero al menos contaría con una plantilla de empleados que se encargarían de mantener a raya las molestias. Al fin y al cabo estaba preparada para asumir el papel de princesa con la misma profesionalidad y entusiasmo con los que había interpretado todos los demás papeles que había aceptado a lo largo de su carrera.

Además, había otra cosa que reforzó todavía más su decisión de despedirse de la industria cinematográfica, con toda probabilidad para siempre. Grace era lo bastante lista para ir por la vida con los ojos bien abiertos, por lo que no le había pasado desapercibido el trato que recibían las mujeres en el mundo del cine a medida que envejecían. Grace era plenamente consciente de lo que le esperaba, y durante una cena tras una jornada de rodaje de *Alta sociedad* se había dado cuenta de que ella tampoco podía eludir el proceso irreversible del envejecimiento.

En su animado círculo había surgido el tema del siguiente día de rodaje y la hora a la que tenía que presentarse cada uno de ellos. A Grace le habían dicho que debía llegar a las siete y media, y cuando había preguntado el motivo alguien había mencionado la «convocatoria para maquillaje». Entonces fue cuando le cayó la venda de los ojos acerca de algo que hasta el momento solo había intuido de forma inconsciente.

Uno de los invitados le hizo una pregunta:

—¿Por qué quiere huir de Hollywood precisamente ahora que ha alcanzado la cima?

—¿Sabe usted lo que es la convocatoria para maquillaje? —preguntó ella a su vez como respuesta.

—Pues no. ¿De qué se trata?

—Yo tampoco lo sabía hasta que llegué a Hollywood hace unos años. Entonces me contaron que debía presentarme a las ocho de la mañana para que me maquillaran. Hoy en día, mi convocatoria se ha adelantado ya media hora. Joan Crawford tiene que presentarse a las cinco de la mañana, y Loretta Young incluso a las cuatro. No quiero dedicar mi vida a un oficio en el que cada año tenga que levantarme más temprano para pasar más tiempo maquillándome antes de rodar.

Grace sabía que sus años de gloria durarían menos de lo que podría disfrutarlos. El torrente de jóvenes que deseaban aparecer ante las cámaras no cesaría, y la carrera de la mayor parte de las mujeres de Hollywood podía resumirse en muchos menos capítulos de los que ellas habrían deseado. Sabía que abandonar la industria del cine cuando todavía estaba en lo más alto de su carrera era lo más adecuado.

Por lo que decidió dejar simplemente que las cosas fueran llegando.

Cincuenta

—Me aseguraste que lo dejarías —le dijo Rainiero, y Grace notó en su voz lo delicado que era ese tema para él.

—Sí, pero me gustaría cumplir con mis contratos —le explicó Grace con paciencia—. He asumido ciertos compromisos, y no resulta tan sencillo distanciarse de ellos.

Pero Rainiero ya había declarado públicamente que no quería que Grace siguiera apareciendo ante las cámaras, que ella compartía su opinión y que pensaba dar por terminada su carrera tras la boda.

—Hablaré con la MGM —accedió Grace.

Rainiero se alegró cuando supo que Grace no recibiría ninguna demanda ni sería obligada a hacer algo que no deseara, sino que tan solo le habían prolongado el contrato unos años más de forma tácita, para que si cambiaba de opinión pudiera regresar en cualquier momento.

—Si eso es lo quiere el príncipe, que así sea —convino Grace a la prensa, tras lo que decidió cambiar de tema y centrarse en lo que probablemente más importaría a la opinión pública durante los meses siguientes: su vestuario.

Grace recibió el asesoramiento de la experta en moda Eleanor Lambert, considerada la mejor en su campo, de manera que acabó subiendo a bordo del *SS Constitution*, el barco que la llevó de Estados Unidos a Europa, con un equipaje compuesto por cuatro grandes baúles y cincuenta y seis maletas. Su vestido de novia, valorado en más de siete mil dólares, también estaba incluido en el equipaje, junto con una buena cantidad de pantalones y jerséis, puesto que Grace tenía la intención de vestir de un modo mucho más informal durante su tiempo libre en Mónaco.

Viajó acompañada de sus padres, parientes y amigos, así como de representantes de la prensa, muy a pesar de Grace. Y aunque ya le habían advertido lo difícil que resultaría estar rodeada de periodistas en el barco, no pudo hacer nada para evitar que estos también embarcaran. Así pues, Grace tuvo que mantener la compostura a pesar de que la primera conferencia de prensa, antes de que el barco zarpara, ya estuvo a punto de acabar en catástrofe cuando unos doscientos cincuenta periodistas empezaron a disputarse los mejores sitios con una agresividad que le puso los pelos de punta.

—¡Cielo santo! ¡Que esto es una conferencia de prensa, no un abordaje! —gritaban los miembros de la tripulación del barco—. ¡Retrocedan y dejen espacio para que la señorita Kelly pueda respirar!

Grace se quedó impasible, sin decir nada. Solo esperaba que todo terminara cuanto antes. Sin embargo, al partir se llevó el disgusto de comprobar que el número de periodistas a bordo seguía superando el centenar.

A la hora de zarpar, el barco estaba completamente envuelto por la neblina, y Grace buscó un lugar tranquilo en cubierta para disfrutar de unos instantes de sosiego.

Se apoyó en la barandilla y miró hacia la niebla, aquella bruma impenetrable que tan bien representaba el momento de incertidumbre que estaba viviendo.

¿Quién sabía lo que la esperaba al otro lado de ese manto de niebla? ¿Qué clase de mundo encontraría allí? ¿Y adónde la llevaría esa vida?

Soltó un leve suspiro.

Todo iría bien. Cerró los ojos y respiró hondo. Viajaba para encontrarse con el hombre al que amaba. Y donde había amor, no podía haber dolor que no se pudiera superar.

Filmografía

Televisión

1950-1953: *The Philco Television Playhouse* (5 capítulos)
1950: *Ripley's Believe It or Not!* (1 capítulo)
1950/1952: *Danger* (2 capítulos)
1950/1952: *Lights Out* (2 capítulos)
1950/1952: *Studio One* (2 capítulos)
1950: *Actors Studio* (3 capítulos)
1950: *The Clock* (1 capítulo)
1950: *Somerset Maugham TV Theatre* (1 capítulo)
1951-1952: *Armstrong Circle Theatre* (4 capítulos)
1951: *Prudential Family Playhouse* (1 capítulo)
1951: *The Nash Airflyte Theater* (1 capítulo)
1952-1953: *Lux Video Theatre* (3 capítulos)
1952: *CBS Television Workshop* (1 capítulo)
1952: *Hallmark Hall of Fame: The Big Build Up* (telefilm)
1952: *Robert Montgomery Presents* (1 capítulo)
1952: *Suspense* (1 capítulo)
1952: *Goodyear Television Playhouse* (1 capítulo)

Cine

1951: *Fourteen Hours (Catorce horas)*
Reparto: Paul Douglas: agente Charlie Dunnigan; Richard Basehart: Robert Cosick; Barbara Bel Geddes: Virginia Foster; Debra Paget: Ruth; Agnes Moorehead: Christine Hill Cosick; Robert Keith: Paul E. Cosick; Howard Da Silva: teniente Moskar; Jeffrey Hunter: Danny Klempner; Martin Gabel: doctor Strauss; Grace Kelly: Louise Ann Fuller.

1952: *High Noon (Solo ante el peligro)*
Reparto: Gary Cooper: marshal Will Kane; Grace Kelly: Amy Fowler Kane; Lloyd Bridges: ayudante del sheriff Harvey Pell; Katy Jurado: Helen Ramírez; Thomas Mitchell: alcalde; Otto Kruger: Richter Mettrick.

1953: *Mogambo*
Reparto: Clark Gable: Victor Marswell; Ava Gardner: Eloise Kelly; Grace Kelly: Linda Nordley; Donald Sinden: Donald Nordley; Philip Stainton: John Brown-Pryce; Eric Pohlmann: Leon Boltchak.

1954: *Dial M for Murder (Crimen perfecto)*
Reparto: Ray Milland: Tony Wendice; Grace Kelly: Margot Mary Wendice; Robert Cummings: Mark Halliday; John Williams: inspector jefe Hubbard; Anthony Dawson: Charles Alexander Swann/capitán Lesgate

1954: *Rear Window (La ventana indiscreta)*
Reparto: James Stewart: L. B. «Jeff» Jefferies; Grace Kelly: Lisa Carol Fremont; Thelma Ritter: Stella; Wendell Corey: inspector Thomas «Tom» J. Doyle; Raymond Burr: Lars Thorwald.

1954: *The Country Girl (La angustia de vivir)*
Reparto: Bing Crosby: Frank Elgin; Grace Kelly: Georgie

Elgin; William Holden: Bernie Dodd; Anthony Ross: Philip Cook; Gene Reynolds: Larry; Jacqueline Fontaine: cantante.

1954: *Green Fire (Fuego verde)*
Reparto: Stewart Granger: Rian X. Mitchell; Grace Kelly: Catherine Knowland; Paul Douglas: Vic Leonard; John Ericson: Donald Knowland; Murvyn Vye: El Moro; José Torvay: Manuel.

1954: *The Bridges at Toko-Ri (Los puentes de Toko-Ri)*
Reparto: William Holden: teniente Harry Brubaker; Grace Kelly: Nancy Brubaker; Fredric March: George Tarrant; Mickey Rooney: Mike Forney; Robert Strauss: «Barril de cerveza»; Charles McGraw: comandante Wayne Lee.

1955: *To Catch a Thief (Atrapa a un ladrón)*
Reparto: Cary Grant: John Robie («Gato»); Grace Kelly: Frances Stevens; Jessie Royce Landis: Jessie Stevens; John Williams: H. H. Hughson; Charles Vanel: señor Bertani; Brigitte Auber: Danielle Foussard.

1956: *The Swan (El cisne)*
Reparto: Grace Kelly: princesa Alejandra; Alec Guinness: príncipe Alberto; Louis Jourdan: doctor Nicholas Agi; Agnes Moorehead: reina María Dominica; Jessie Royce Landis: princesa Beatriz; Brian Aherne: padre Hyacinth.

1956: *High Society (Alta sociedad)*
Reparto: Bing Crosby: C. K. Dexter-Haven; Grace Kelly: Tracy Samantha Lord; Frank Sinatra: Mike Connor; Celeste Holm: Liz Imbrie; John Lund: George Kittredge; Louis Calhern: tío Willie.

DISTINCIONES

1954: Globo de Oro como mejor actriz secundaria: *Mogambo*, 1953

1954: Nominada al Óscar como mejor actriz secundaria: *Mogambo*, 1953

1954: Premio del National Board of Review como mejor actriz principal: *Crimen perfecto* (*Dial M for Murder*, 1954), *La ventana indiscreta* (*Rear Window*, 1954), *La angustia de vivir* (*The Country Girl*, 1954)

1954: Premio New York Film Critics Circle como mejor actriz principal: *Crimen perfecto, La ventana indiscreta, La angustia de vivir*

1955: Globo de Oro como mejor actriz principal en la categoría Drama: *La angustia de vivir*

1955: Óscar a la mejor actriz principal: *La angustia de vivir*

1955: Nominación a los premios BAFTA como mejor actriz extranjera: *Crimen perfecto*

1956: Nominación a los premios BAFTA como mejor actriz extranjera: *La angustia de vivir*

1956: Premio Henrietta como actriz más querida

1960: Estrella en el paseo de la fama de Hollywood en la categoría de cine (Hollywood Boulevard, 6329)

Bibliografía y fuentes

Ball, Gregor, *Grace Kelly. Ihre Filme – ihr Leben*, Heyne Verlag, Múnich, 1983.

Leigh, Wendy, *True Grace. The Life and Death of an American Princess*, Macmillan Publishers, Nueva York, 2007.

Prechtel, Adrian, *Grace Kelly*, Langen Müller Verlag, Múnich, 2007.

Spada, James, *Grace Kelly*, Thorndike-Magna, Augsburgo, 1987. (Hay trad. cast.: *Grace Kelly: las vidas secretas de la princesa*, Ediciones B, Barcelona, 1987.)

Taraborrelli, J. Randy, *Grace Kelly und Fürst Rainier. Ein Hollywoodmärchen in Monaco*, Krüger Verlag, Fráncfort del Meno, 2006.

Wydra, Thilo, *Grace. Die Biographie*, Aufbau Taschenbuch Verlag, Berlín, 2012.

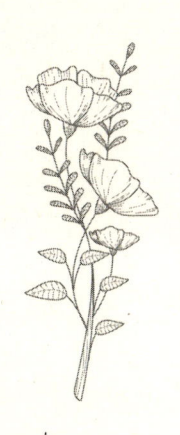